# ことばとイマージュの交歓

――フランスと日本の詩情――

宗像衣子

*Munakata Kinuko*

人文書院

# まえがき

一九世紀末の象徴派詩人マラルメをめぐって、その詩学の広範な価値を追究しようと考え、造形芸術、音楽の領域にそれを求めたのが、既刊『マラルメの詩学―抒情と抽象をめぐる近現代の芸術家たち―』（一九九九）であった。結果としてそれは深く日本文化にかかわるものともなった。そのような中で、造形芸術に様々な関心を抱いた、マラルメ以降の作家たちの探索へと導かれた。そこで本書において、彼ら本来の文学世界と造形芸術や音楽など芸術諸ジャンルとの関連を探り、ことばとイマージュの諸々のつながりが浮き彫りにしてくれるものを明らかにすることを企図した。これは、前著で示したマラルメの世界の固有性を見直すことにもなるだろう。同時に、マラルメのみならずそれ以降の作家・芸術家たちにおいても認められる日本の文芸・文化への関心について検討することによって、その意味に対して再検討する試みともなるだろう。このように振り返りつつさらに開かれた世界に視線を投じることが、本書の目的である。

対象となった詩人・芸術家たちは多岐にわたる。ヴェルレーヌ、アポリネール、ミショー、エリュアール、シャール、ビュトールについて、この問題意識の角度から考察し、ゴンクールとロチ、バルトについて、とりわけ日本との関係の視点から吟味した。またゴッホやピカソ、ブラックについて、上に挙げた人々との関係や上記問題の関連から検討することとなった。さらに、クシュー、蕪村、俳句・ハイカイへと、思索はつながってゆき、やはりそのたびに、マラルメを振り返ることになった。芸術諸分野のつながりのうちに、日本の文芸そして文化が、ひとつのコンテキストにおいて思索しうることに気づかされる。マラルメが、美術や音楽や、そして日本の文芸・文化に思いを馳せた、その深層にふれる思いがする。

本書は四部から構成され、それぞれに二ないし三の章をもつ。その筋道について略述したい。第一部は、諸芸術の融合の意識とその源の探求である。まず第一章で、ヴェルレーヌの詩情に対して、音楽性が紡ぐイマージュの生成を見ながら、その筆触に印象派と象徴主義の橋わたしとなるものを認めた。つまり、自然に対する極めて写実的な描写が、その極地において、いわば抽象的となり、あるいは象徴性を帯びる、その様子について検討した。その意味は、美術や音楽の世界との対照のなかで、よりよくうかがわれるものだったと思う。次に第二章、アポリネールの章では、マラルメと同じように図形詩を試み、ことばとイマージュの融合を求めたと思われるアポリネールの表現に対して、両者に、融合のあり方の違いとおのおのの価値を見て、象徴主義からシュールレアリスムへの推移の一面を考察した。これについてもまた諸芸術のかかわりの視野のなかで、意味あるひとつの様相を検討できると思われた。最後に第三章で、一人の作家のうちでまさにことばとイマージュの作品を生み出したアンリ・ミショーにおいて、両者のかかわりに対する意識と実践が示す芸術諸ジャンルの源泉を辿った。そこに、音楽性と抽象性の根源的価値とともに、東洋への傾斜、墨への注目を確認できたことは、興味深い点であった。

次に第二部では、創作活動において画家たちと交わりをもった作家を対象に、ことばとイマージュのつながりについて考察を進めた。第一章で、エリュアールとピカソに関して、芸術と現実のつながりを芸術と社会の観点から検討した。特に前者が、危機的社会状況のなかで互いの創作をめぐって育んだ思考を吟味した。第二章では、ルネ・シャールの世界、その晩年の相貌の考察を試みた。ここでは、芸術と現実のかかわりを、芸術と自然のかかわりとして、眺めることになった。主にゴッホへのシャールの関心をめぐって、シャールの自然主義的な視線に相反的な思索を見届けた。こうして、第一章では創作活動に直接かかわるものとして、とのつながりに接した。

第二章では間接的に創作の意識として、ことばとイマージュの問題を検討した。この両者においても、日本とのつながりに接した。

続いて第三部で、ジャンルを越える創造意識、ジャンルによる創造意識について考察を展開した。第一章では、ビュトールが絵と文字の根本的なつながりについて探究するところを、彼がその脈絡で検討するゴッホへ視界を広げ、ゴッホが実践する絵の中の文字の意識との関係から、吟味した。両者に日本の芸術・文化に寄せられる思考を確認した。第二章では、日本美術のフランスへの紹介として貴重な役割を果たしたゴンクールが感じとった日本の芸術と日本人の様相を、異文化の旅の記録を綴った同世代のロチにおける日本と日本人観との対比として、考察した。彼らは、異国趣味とジャポニスムの流れの内外でゴッホらに大きな影響を与えた人物である。日本人、日本の芸術や社会の理解の多様性に、日本文化における自然主義的なものの独自のあり方に対する理解の多様さがかかわるのではないかと推察した。第三章では、詩人画家ブラックのことば、その箴言集を、ことばとイマージュのつながりの思索として検討し、そこに固有の詩意識を見た。それはマラルメを強く喚起するものであり、マラルメと照らし合わせると共に、それにも関係してマラルメの思考を検討するバルトの日本観、日本の文芸への見方、殊に俳句についての認識に対して検討を加えた。そこでバルトにおけることばとイマージュの問題を、象形の文字に対する画家たちの探究の側面から考察することになった。ビュトールらの文字の思索と照らし合わせながら、日本独特の文字や文学・芸術と文化の感覚の追究に導かれることになる。

最後第四部では、以上から文芸と文化の交流の視野へと誘われ、ことばとイマージュのつながりについて思索を伸ばし広げた。第一章では、明治期、日露戦争の前後、日本の文芸、とくに俳句に、日本文化を象徴するものとして惹かれたクシュー、彼のフランスへの文芸と文化の伝播について検証した。そこにとりわけマラルメと蕪村への関心が認められた。そこで、第二章で、画俳両道に長けた蕪村の詩と絵の意識と実践の検討を、マラルメの詩学との関係から試みた。写生と夢想の、言い換えれば写実と象徴にまたがるひとつの文芸のあり方、字と絵の近さ、書くことと描くことの近さを見ることになった。こうして第三章において、文学・美術が文化の背景の中で捉えられることの価値と共に、諸文芸・諸芸術のつながりの中で日本が浮上してくることの必然性、その自然主義的な文芸文化のあり方の意味について検討した。描写が描出であり、抒情が象徴であり抽象であり、また具象が抽象であること、写生が夢想であること、自然が生活であり芸術であることに関して考察することになった。それぞれの深浅と持ち味をもって交歓し合う文学・美術・音楽と並ぶように、そしてことば・音・色と形といった芸術要素の自律的あり方と照らし合うように、多様に消滅への道を辿ってきた主体が、ひとつの消失の仕方をするに至る。ここで俳句に関心をもつ現代のフランスの詩人ジャコテやボヌフォワが、このような世界に共感を抱いていることを確認したが、この彼らの意識において、第一部第一章のヴェルレーヌの情感に、またたびたびマラルメの思念に、直接間接に邂逅した。こうして前著で見たマラルメの詩学、「抒情と抽象をめぐる近現代の芸術家たち」から見たその詩学が、繰り広げられ、少し輪を大きくして、肉付けされ伸展すると同時に、同じ核にも向かうことになった。

繙くうちに、対象のそれぞれが意外なつながりを見せ、探索の試みは、元に戻っては先に進む、そのような過程だった。おもしろい発見、おどろくような発見があった。自分自身、ずいぶん以前に考えていたことになつかしく舞い戻ったり、ずいぶん以前に何気なく出会い示唆を受けた書物や研究者に確かな脈絡の手ごたえをもって再会するよろこびも得た。意外な研究者たちのつながりが見えもした。当然のことかもしれないが、人とその創造のかかわり、研究とそのつながり、研究者たちとその交わり、それらの時空を越える有り様に、人の営みの小ささと豊かさが仄見える思いがした。

専門分野を越える領域、また専門的に詳細に研究しているわけではない多様な作家たちに関わる探究であるため、一定の視角をもつとはいえ学びは表層的でしばしば紹介の域を出ないかもしれない。呆れた誤りや思い違いがあるかもしれない。一面的で研究として不十分であろうし、叱正をいただきながら丹念な勉強がさらに必要だろう。自分自身としても不満はここかしこ限りない。しかしここで、上記の問題意識に導かれたこれまでの足跡をひとつに纏めておきたいと思う。終章の学びの場で、そこに登場した詩人や研究者たちの言及において、最初の章で扱ったヴェルレーヌに、また集約的にマラルメに再会したとき、一巡の思いを強くしたからということもある。思えばひとりでできる勉強はたかがしれている。しかしそこには、あくまで個々別々の問題意識と表現から展開され様々につなぎ合わされる諸研究の集成とは異なる、小さく貧しくともひとつのコンテキストの世界が提示されないだろうか。必須の優れた共作の傍らで、これもまた多少の価値をもたないだろうか。いつかどこかで誰かに何かを示唆することはないだろうか。ある程度まとまりをも保った章毎が、ひとつの統一的な、ずれも偏向もまた均一に近い、内的外的視線によってつながれた小さな世界の書物であればと願う。

思えばこのような意識は、厳密に個的であると同時に、現時の公共性というよりは時空を越えた普遍へと開かれた、マラルメの意識でもあったと思われる。こうして幾重にも、やはりマラルメの影をまためぐって、文芸文化の、ジャンルの枠と国の文化を越えて行き交う、つまり厳格に劃定された研究分野とは別に、おそらく人の自然本来の関心や営為にかかわる、おもしろさとむつかしさの味わい、そのささやかな考察を纏めておきたい。これが本書の、目的というよりはむしろ願いである。

# 目次

# ことばとイマージュの交歓
## ――フランスと日本の詩情――

この小著を　亡き父　中村二柄、母　淳子に　捧げる

# 第一部　融合の意識と源泉の探求

# 第一章　ヴェルレーヌの詩情——パラドックスと芸術史的価値——

## はじめに

文学と、美術や音楽などの芸術とは、どのようなつながりをもつのだろうか。そのつながりのなかで見えてくるものが、各々の価値をより明らかにし、相互に重なり合う広い視野を開くというようなことがあるのではないだろうか。このような視点から、詩人と画家たち、その創造性の関係を考察してゆきたい。さて、一九世紀象徴主義の詩人、ヴェルレーヌ（一八四四 - 九六）は、音楽的な詩人としてよく知られているが、またイマージュの美しさでも広く親しまれていると思われる。その詩情と創作意識が具体的にどのようなものか、そしてそれはどのような芸術史的価値をもつのか、またそれが文学史的にはどうかかわることになるのかについて検討したい。

## 一　生と作品

まず彼の生涯を概観しておこう。一八四四年、大尉の子としてフランス北部の軍都メッツに生まれ、父の退職後、七歳でパリに出て、富裕な金利生活を過ごす。学生時代ののち、七年間パリ市役所に勤めた。父の死後も母とともに裕福な暮らしを続ける。この市役所勤めの間、文学青年たちと交友し、詩作や朗読に興じる。文学カフェでカチュール・マンデス、アナトール・フランス、ヴィリエ・ド・リラダンなど高踏派の詩人たちを知ることになる。『現代高踏詩集』の版元ルメール書店から、一八六六年、詩人二二歳の時に、処女詩集『土星の子の歌』を、そして三年後、『艶なる宴』を出版した。これら初期の二詩集は高踏派的なところもあるとはいえ、すでに彼自身の独自の才能が認められると言われる。醜男で知られたこの詩人は、一八七〇年、友人の妹、一六歳の乙女マティルド・モーテと結ばれる。『やさしき歌』はその恋の詩集である。一八七一年、息子ジョルジュが生まれるのと相前後して、一七歳の若き詩人アルチュール・ランボーと出会う。彼がヴェルレーヌ夫妻の家庭不和と離婚の原因となることは周知のとおりである。美貌の青年ランボーに振り回され、ベルギー、イギリスへとわたる。しかし一八七三年頃から仲違いが頻繁になる。ヴェルレーヌはランボーを追いかけ負傷させ、その罪のため一年半の間、モンスの刑務所で服役する。過去の放浪生活を歌ったのが、『無言の恋歌』である。服役中に、離婚の申請が受理され、悔恨に明け暮れるが、そこから信仰心に導かれ、気持ちも新たに、詩集『知恵』を上梓する。刑期を終え、改悛の思いをもって、イギリスで、フランス語教師となる。そののちフランス北部の小都市で教師生活を続けるが、教え子の少年を熱愛する。しかし、追い求めたこの少年レチノアはパリで病死する。自暴自棄のパリ生活のなかで手がけられた晩年の詩作は、名声の高まりとは別に、概してすぐれたものとは認められていない。持病のリュウマチも悪化し、身体も不自由となり、施療病院で過ごす。最後は肺炎のため、自宅で五一歳の生涯を閉じる。

ヴェルレーヌがこのように社会的には無軌道というべき生涯を送ったことは広く知られているが、文学史的価値としては、彼はロマン派、高踏派から、自由詩への道を開いた象徴主義の代表的な詩人たちのひとりと考えられている。その価値とはどのようなものだろうか、その芸術上の広がりについて考えてみたい。

マラルメの「火曜会」の参加者であり、シャルル・モリスによってヴェルレーヌに紹介されたアーサー・

シモンズは、その著作『象徴主義の文学運動』において、フランスの詩は、ロンサール以降、ヴィクトル・ユゴーによって「歌われる」ようになり、ボードレールによって現代的な感情と感覚を表現するための語彙を得たが、まだこの二人にあって詩は修辞法の支配下にあった、と語る。ヴェルレーヌによって、ことばは、音楽となり、色彩となり、形となったと指摘して、諸芸術の相照にシモンズは言及する。(1) こうした点を芸術上の流れ全般から考えることによって、文学史的な推移の確認が得られるとともに、より広範な新たな価値が見えてこないだろうか。

シモンズによれば、ヴェルレーヌは自然の原動力としての一瞬一瞬の時間を大切にしたのだという。一瞬一瞬、通常、人が聞かないようなものを耳にし、人が見過ごすような光景に対して視線を送る。その眼はなかば閉じられ、眠りと覚醒の中間にいる猫のようだという。ヴェルレーヌにとっては、世界は美にみち、物理的な光景も、脳のうちの奇妙な錬金術的操作によって精神的な幻想と一体化しているのだという。そこでは曖昧模糊とした可視の世界がひとつの新たな精神的な織物として捉えられるのであると語る。(2) 詩人のもとでどのような現実の一瞬一瞬が心の風景として織られてゆくのだろうか。

## 二　二つの詩

音楽的であり絵画的であると言われる彼の詩情はどのようなものなのか、ヴェルレーヌの処女詩集『土星の子の歌』に収録された詩篇二篇について、その様子を具体的に吟味したい。若い時の作品ではあるが、彼の詩情の本質的なもの、原質のようなものが感じとれる。風景詩人の作品たるにふさわしい詩において、音によるイマージュの生成を読みたい。

Soleils couchants(3)

Une aube affaiblie
Verse par les champs
La mélancolie
Des soleils couchants.
La mélancolie
Berce de doux chants
Mon cœur qui s'oublie
Aux soleils couchants.
Et d'étranges rêves,
Comme des soleils
Couchants sur les grèves,
Fantômes vermeils,
Défilent sans trêves,
Défilent, pareils
A des grands soleils
Couchants sur les grèves.

沈む日

弱々しいうす明かりが
沈む日の
メランコリーを
野にそそぐ。
メランコリーは
やさしい歌で
沈む日にわれを忘れる
わたしの心をうちゆする。
砂浜に沈む
日もさながらの
不可思議の夢
紅の幻影となり
絶えまなくうちつづく
うちつづく
砂浜に沈む
大いなる日のように。

音がイマージュを紡ぐ。まさしく音の重なりとずれがイマージュを紡いでいる。弱くかすかな

（affaib*lie*）光が、沈む太陽の（Des soleils cou*chants*）、メランコリー（mélanco*lie*）を、野原にそそぎ始める（Verse par les *champs*）。そのメランコリー（mélanco*lie*）は、やさしい歌となり子守唄のように心をゆり動かし（Berce de doux *chants*）、心は、沈む太陽に（Aux soleils cou*chants*）、我を忘れる（s'ou*blie*）。心を消え入らせるような音の連鎖のなかで、「沈む太陽の」（Des soleils couchants）の短い一音desの音[de]によって、太陽が複数であることがわかる。幻影のように沈んでゆくいくつもの太陽が目に浮かぶ。そそがれた（*verse*）目的語メランコリーは、主語となって引き継がれ、心をゆらす（*berce*）。心象風景が小さな音の推移を組み込みながら展開してゆく。メランコリー（mélancolie）をめぐって、沈みゆくいくつもの太陽から（*Des* soleils couchants）、沈みゆくいくつもの太陽へと（*Aux* soleils couchants）、[de]から[o]への一音の変化で、めくるめくような幻覚の流動を感じさせる。音とイマージュの共鳴とずれのなかで、自然の光景と心が一体化してゆく。

「不可思議な夢たち」（*rêves*）が、「太陽たち」（sol*eils*）のようにと重ねられ、さらに「赤い（ver-*meils*）幻影たち」、とつながれ、音とイマージュが連なってゆく。その間、「沈む太陽たち」（soleils couchants）が、「砂浜（gr*èves*）に沈む太陽たち」の間で句またぎをし、「沈む」（couchants）が浮き彫りにされる。脚韻部で響いていた音が、内部に、詩行の頭で、際立ちながら取り込まれてずれてゆく。不可思議な夢たち（*rêves*）、赤い幻影たちが、絶え間なく（sans tr*êves*）、列をなし続く（défilent）。砂浜に沈む、大きな太陽たちの複数性、その連なりが強調されるかのように、「列をなす」défilentが繰り返される。最後に、par*eils*/A（～のように）と、また句またぎで浮き彫りになる「大きな太陽たち」（des grands sol*eils*）。その不可思議な夢（*rêves*）の幻の列が砂浜に（sur les gr*èves*）沈んでゆくのであった。「沈む太陽たち」（soleils couchants）は、二度くり返し「沈む」（couchants）ことの強調へと移行するなかで、「沈む」という動き自体へと変貌して、増殖増大する幻影の連なりと呼応し、自然の推移と心象の推移が連繫するかのようである。
　同一語の反復とずれ、類似音の細かなタッチの連鎖が、イマージュを織る。脚韻だけでなく、内部韻の微妙な継起が、音の織物のなかで細かくイマージュをつなぎ合わせ浮上させる。意味連関が音の模様として視覚化される。詩は、太陽の光の震えによる幻惑、固定されることなく空気に溶け入るようなイマージュの推移それ自体を、まさに幻影のように生み出していないだろうか。
　もう一篇、上田敏の名訳で知られた詩、同詩集に収録された「秋の歌」を見よう。

Chanson d'automne (4)

Les sanglots longs
Des violons
　De l'automne
Blessent mon cœur
D'une langueur
　Monotone.

Tout suffocant
Et blême, quand
　Sonne l'heure,

秋の歌

秋の日の
ヴィオロンの
　長いすすり泣きが
単調な
もの悲しさで
　私の心を傷つける。

鐘の音に
息もつまり
　青ざめて、

Je me souviens　過ぎた日々を
Des jours anciens　思い出し
　Et je pleure;　涙にくれる。

Et je m'en vais　いじわるな
Au vent mauvais　風に吹かれて
　Qui m'emporte,　私はさまよう、
Deçà, delà,　あちら、こちら
Pareil à la　枯れはてた
　Feuille morte.　落葉のように。

秋のヴィオロン（vio*lons*）の長い（*longs*）すすり泣きが、単調なもの悲しさで心を傷つける。秋（l'au*tomne*）と響き合う単調さ（mono*tone*）、もの悲しさ（lang*ueur*）と呼び合う心（*cœur*）が、短く切れてつながる特別の行の配置のなかで、音と意味を重ねる。*L*es, sang*l*ots, *l*ongs, vio*l*ons, *l*'automne, B*l*essent, *l*angueur と、[l] の音の連なりが主調音のように響く。それは、最初の平韻 *longs*, vio*lons* で共鳴するヴィオロンの音によって、詩を縁取りながら導いてゆくように思われる。秋のものうい調子を呼び覚まし、そこにもの悲しさ（*l*angueur, B*l*essent）の音を織り込んでいるかのようである。

次節では、「息もつまる」（suffo*cant*）、「（時の鐘が鳴る）時」（*quand*）、と押韻で音が重なり、切実な鐘の音の響きが聞こえるようである。その quand（〜の時）以下は、句またぎによって鐘の鳴る「時」と「音が鳴る」ことがさらに強調され、[s] 音でもつながりながら、「祈りの時（の鐘）が鳴る」（Sonne l'heure）

となる。その「時の音」（*l'heure*）と音韻を合わせて「私は泣く」（p*leure*）。それに挟まれ、思い出す（Je me souv*iens*）のは、いにしえの日々（jours anc*iens*）である。[l] の音が流れるように続いている。

そして最後の詩節で、いたずらな風に吹かれるかのようにわたしはさまよう。*m'en vais*, au *vent mauvais* と続き、vais に収束する [m], [v] の音の散らばり、そして母音・鼻母音の細かな反響が連なってゆく。この [m], [ɑ̃] の音は次行に引き継がれ、「私を連れ去る」（Qui *m'em*porte）「風」とつながる。それは「落ち葉」（Feuille *mo*rte）に及ぶが、この間で、「私」は、そこここに飛び散る「落ち葉」、句またぎ（Pareil à la/Feuille morte）で浮かび上がる「落ち葉」に、重ねられる。あちこちへの散らばり（Deçà, delà）は、句またぎで切り放される行末の la によって la の音を重ねられつつ「あちらへ」（là）と響きを残す。第二詩節にも引き継がれた [l]、すなわち、b*l*ême, *l*'heure, p*l*eure から、[l] 音はここで là, la と端的に拾い集められることになる。詩篇冒頭以来の [l] の散らばりが、まさに遠くへの散らばりとしてここに到る。小さな音のつながりが、ヴィオロンから細く延び広がり飛び交う。同一音、類似音が詩句内部で幾重にも呼び合い重なり、短い筆触で連なり、句またぎによって度々小さく方角を変えて、音が、自然と心の情景を、モビールのように風のままに、巧みな遊びさながら、織りあげてゆくように感じられる。

ピエール・マルチノは、その著書『高踏派と象徴主義』においてヴェルレーヌについて語っている。題名自体ボードレールから借り受けた『土星の子の歌』にはボードレールの影響が見られるが、ボードレール的な大規模なテーマをヴェルレーヌは小さく素朴、繊細優美で哀しいテーマに変えたという。ボードレールの憂愁の苦さはもたず、日常の光景のうちに妙なる感覚をヴェルレーヌは味わったのだという。またマルチノは、この詩集に、灰色で絵画的なパリ描写、メランコリックなイマージュを見て、詩句を不確かな線でできた音楽的旋律に変えようとする意欲を認めている。そしていわば支離滅裂に連接する茫漠たる諸感覚を表現するために、高踏派の堅固な詩句から離れ、挿入節の多い曲折した文体を使っているという。ことばとことばがこだまし合い、イマージュとイマージュが反射し合い、それは感覚に直接訴える。茫洋とした感情を暗示する漠たるデッサンであるという。(5) 鑑賞してきた「沈む日」「秋の歌」の詩篇は、まさにこうした批評が当を得たものと思わせないだろうか。

絵画と文学における印象主義運動を探究するアンドレーエフによれば、ヴェルレーヌは印象主義を主張し、象徴主義への足がかりとなり、伝統的なロマン主義や高踏派の詩から離れたが、処女詩集『土星の子の歌』に、すでにそれは明らかであるという。そして、今検討してきた「沈む日」「秋の歌」がその例として取り上げられる。そこでは自然と抒情的主人公はひとつのイマージュ、ひとつのメタファー、ひとつの統一的全体のうちに溶け込んでいるとアンドレーエフは語る。それは自然であり人間であり、主観と客観の境界が消滅しているという。そしてアンドレーエフは、「沈む日」はヴェルレーヌの詩的ミニアチュールの典型であると考える。音楽性は、音の流れのなかで、外的なものと内的なものが溶け合って生まれているという。「秋の歌」も同様であり、この音の流れは分解できないという。つまりこれは秋の風景であり、同時に魂の風景であり、枯れ葉は自然であり人間であるという。このミニアチュールはデッサンであり、響きをもつ線であるという。そしてヴェルレーヌの知覚は絵画に特徴的な視覚において卓越している、と推論するのであった。(6)

## 三　「詩法」

このように音楽であり絵画であると見なされる詩を生むヴェルレーヌは、どのような詩作の意識をもっていたのだろうか。理論を好まないヴェルレーヌであるが、一八八四年、詩集『昔と今』において、「詩法の詩」を掲げている。創作は一八七四年である。そこに、これまで見てきた詩情に呼応する思索が読みとれそうに思われる。長い詩篇であるが、この点で注目すべき詩なので、全体を引用しておきたい。

Art poétique(7)

A Charles Morice.

詩法

シャルル・モリスに

De la musique avant toute chose,
Et pour cela préfère l'Impair
Plus vague et plus soluble dans l'air,
Sans rien en lui qui pèse ou qui pose.

音調をまず第一に
そのために「奇数脚」を選べ
おぼろげに空気に溶けて
何ものもとどこおらない。

Il faut aussi que tu n'ailles point
Choisir tes mots sans quelque méprise :
Rien de plus cher que la chanson grise
Où l'Indécis au Précis se joint.

言い間違いを恐れずに、
「さだかなる」と「さだかならぬ」の
うち交じる灰色の歌
これにまさるものはない。

C'est des beaux yeux derrière des voiles,
C'est le grand jour tremblant de midi,
C'est, par un ciel d'automne attiédi,

それはヴェールの陰の美しい眸、
それは真昼のふるえる光、
それはなまあたたかい秋空に

Le bleu fouillis des claires étoiles!
Car nous voulons la Nuance encor,
Pas la Couleur, rien que la nuance!
Oh! la nuance seule fiance
Le rêve au rêve et la flûte au cor!
Fuis du plus loin la Pointe assassine,
L'Esprit cruel et le Rire impur,
Qui font pleurer les yeux de l'Azur,
Et tout cet ail de basse cuisine!
Prends l'éloquence et tords-lui son cou!
Tu feras bien, en train d'énergie,
De rendre un peu la Rime assagie.
Si l'on n'y veille, elle ira jusqu'où?
O qui dira les torts de la Rime?
Quel enfant sourd ou quel nègre fou
Nous a forgé ce bijou d'un sou
散らばる青い星くず。
われら詩に「色彩」を求めず、
「陰翳」を、ひとえに「陰翳」を
「陰翳」こそ、夢を夢、
笛の音を角の音に結びつけるもの。
刺すような「鋭い言葉」、
酷い「機知」、不純な「笑い」は避けよ、
それは安物の料理の韮か
「天」の目も泣かせるもの。
雄弁をとらえ、くびり殺せ。
またついでに
「脚韻」をたしなめよ。
さもなくばそれはつけあがる。
ああ、誰が「脚韻」の害毒を語るだろう、
いかなる者、いかなる狂人が、
磨くほどいよいよ空しい

Qui sonne creux et faux sous la lime ?
この宝石をつくったのか。

De la musique encore et toujours !
Que ton vers soit la chose envolée
Qu'on sent qui fuit d'une âme en allée
Vers d'autres cieux à d'autres amours.

音調を、なお、いつも、
君の詩句に翼あらしめ
魂より出て、別の空、別の愛へと
飛び立つ歌のように。

Que ton vers soit la bonne aventure
Eparse au vent crispé du matin
Qui va fleurant la menthe et le thym...
Et tout le reste est littérature.

さわやかな朝風に乗る冒険、
薄荷、麝香草の香りを放ち、
君の歌がそうなるように、
そのほかはすべて記録だから。

何よりも音楽を、と始められるこの詩は、音楽を信条とする象徴詩のあり方を明らかに表している。「空気に溶け」は、比喩的表現というよりは、具体的なその情景をも喚起する。明確なものと不明確なものが結ばれた「灰色の歌」が重要である、と曖昧模糊とした様子の意味が示される。そしてそれは、美しい眼、真昼の光、なま暖かい空の星くず（beaux yeux, grand jour, midi, attiédi, fouillis）とつながり、内部で類似音を重ねながら、上方へとイマージュを連鎖させてゆく。色ではなく色合い「ニュアンス」（N*uance*）が、微妙に異なるものたちを結びつける（fi*ance*）、と続き、nuance（ニュアンス）が内部に二度、脚韻部に一度置かれ、fiance（婚姻させる）に対して音と意味を合わせながら鮮明に浮かび上がる。わざとらしさを遠ざけ、雄弁の首を締め、とぎすまされた（l*ime*）脚韻（R*ime*）を横行させないように、と戒めながら、軽やかさへの意図を示す。そして、別の空へ、香る風に飛ぶ冒険になるように、と空に浮かび溶けてゆくような芳しい歌が目指される。

ことばの音による音楽が企図される。それは空気に消えてゆくように軽い。異なるものたちが結ばれる灰色の歌は、光のイマージュのなかでニュアンスに導かれる。脚韻の呪縛を解いて全体的な音の流動を、と唱えるこの詩自体、イマージュの軽妙な推移、音の緊密な反響をもつが、このなかで描かれた詩的意識は、考察した詩篇たちを彷彿させないだろうか。音が細分化され、ことばが細分化され、音とイマージュが反響し合い、おぼろげな線描のデッサンのなかで、語の個々の意味の確固たる輪郭が消える。そうして全体は、固定した意味から解き放たれ、エーテル化してゆく。こうした音のイマージュは、確かに彼の詩の本質につながるものと考えられるだろう。

先に挙げたアンドレーエフは、とりわけヴェルレーヌの詩情について分析するが、彼は、ヴェルレーヌもモネと同じように理論家ではないだけに、この詩法の詩が貴重であると注目している。ヴェルレーヌは歴史上の題材や、アレクサンドランを捨て、叙事詩的、英雄詩的な伝統から離れ、幻想を解き放ち、未知のリズムを目指し、ニュアンスを求めたのだという。そして「詩法」には印象主義の綱領が見事に定式化されているという。いわゆる音楽や色彩でなくニュアンスを描き、脚韻の力を弱めることは、印象主義そのものの簡潔で正確なスローガンにほかならない、とアンドレーエフは考える(8)。

また絵画の印象主義の全体性を唱えるモーリス・セリュラスは、瞬時の印象の把捉、また推論による概念化に対する感覚の優位を印象派の創作態度と考えるが、彼は、文学者や音楽家もこれを採用するという。そして彼もまた、ヴェルレーヌの「詩法」を取り上げ、まさにそれが画家にも当てはまる信条、印象派のヴィジョンを表明している、と語るのであった(9)。ではヴェルレーヌの詩は、音楽、美術の世界でどのように具体的に照らし合わされるだろうか。

## 四　音楽と絵画の詩

詩に対する意識的反省的思索は、ヴェルレーヌの「詩法」に明らかであった。彼の詩は、音楽であり絵画である詩としてしばしば注目されているわけだが、ドビュッシーをも研究するアンドレ・シュアレスが、ヴェルレーヌの詩を繊細な音楽であり絵画であると認め、その抒情性を高く評価したこと、ボードレールの息子というべきヴェルレーヌがもっとも真正で純粋な詩人であると考えたことに留意したい。

文学の象徴主義を総合的視野から考察した前出のシモンズによれば、まず、ヴェルレーヌは目にしたものを正確に表現するという。そしてヴェルレーヌにおける瞬間への没入を取り上げ、彼の芸術は、風景の影、喚起的な雰囲気の影を描く画家ホイッスラーの芸術に引き比べることができると考える。ホイッスラーは音楽用語を絵画に適用したが、絵が色彩ではなく陰翳・幻想として意図されるとき、音楽の領域にかかわってゆくことになるのだとシモンズはいう。言語の単純性が優美の極地となっているヴェルレーヌの詩は純粋な音楽であり、ヴェルレーヌにとってことばは「エアリアル」、空気の精である。彼のことばはそれ自身で変化し音楽や色彩や影になる、それも形のない音楽、透明な色彩、輝く影となるという。このように、ヴェルレーヌにとっては聴覚と視覚は互換的だとシモンズは考える。ヴェルレーヌの風景画は喚起であり、輪郭は雰囲気のうちに消失している。すなわちヴェルレーヌの可視の世界は幻影としてあり、すべての感覚によってそこに傾斜する、とシモンズは見る。そして、魂の感覚、微妙な感情に対応することばをヴェルレーヌは見出したのであり、独白のような詩に、思想が聞こえ、賛嘆すべきことばがあるとする。このような自由詩化が彼の手柄であるとシモンズは考えるのであった。ここでユゴーやボードレール、高踏派などの修辞の下に隠されていた「自然」がそれ自体として現れ、そして詩の技法は甦るというのである。こうしたシモンズのヴェルレーヌに対する評価は、まさに検討してきた彼の詩を思わせ、「詩法」の詩に見られる詩人の意識を確認させ、そして音楽であり絵画である詩が彼の本質であったことを総合的に我々に示すだろう。(10)

印象主義の総合芸術性を掲げ、象徴主義との関連をも探ったアンドレーエフは、印象主義は、絵画においてその方法の可能性と特性が発揮されるにふさわしいが、文学においてもそれはかなり完全に実現され、印象主義的ジャンルを形成する力をもっていると考える。自由詩の理論家ギュスターヴ・カーンを取り上げ、彼によれば象徴主義にとって、「自然」が主観的なものを客観化するための出発点にすぎないにせよ、象徴主義は、客観的なものを主観化する印象主義的形式に養われるに相違ない、とアンドレーエフは推論する。象徴主義の思索家ジャン・モレアスに対しては、イデーは、それ自身に凝縮してゆくのでなく、外部的なアナロジーを求めるものであるから、感覚的形式に注意を向けられるのだ、と判断する。象徴主義の画家モーリス・ドニにおいても「自然」に開かれた窓が閉じられていたわけではない、と彼はいう。また象徴詩の理論家ルネ・ギルに対しても、創造物がどれほど飛翔しようと、それは楽器としてのことばに帰着すると思索した、とアンドレーエフは述べる。そして、ギルが音と色彩的印象との照応を「音の色」と見なしていることを指摘する。その上で、こうしたギルの理論や根拠は、ヴェルレーヌの「何よりも音楽を」という簡潔な表現があらわすものにほかならない、と語る。そしてそれは、象徴主義のスローガンであるばかりでなく、印象主義のスローガンでもあったと推し測るのであった。さて一方、音楽の領域においては、二つの方法の境界は揺らぎ接近している、とアンドレーエフは考える。そしてドビュッシーの音楽は、音楽の独自性において、きわめて印象主義的であると同時に、それは象徴主義的であるのだとする。最後に彼は、マラルメの印象主義的感覚を指摘する。そうして象徴主義の頂点に達したようなマラルメがいわば地上的な詩人ヴェルレーヌの印象主義を賞賛していることに注目する。このようにして詩においては、印象主義と象徴主義は結びつき、前者は後者の土壌となっている、と彼は結論づける。あくまで具体的なものに象徴が根づくのだと考えるのである。(11)

そしてアンドレーエフは、ヴェルレーヌの絵画性そして音楽性の全体について説得力のある考察を加える。彼は、ヴェルレーヌの視覚のするどさを語り、ヴェルレーヌが常に、形態、色彩、陰翳を追っていた様子を吟味する。そして印象主義のレアリスムの性質をヴェルレーヌに確認する。彼にあって、描写は具体的でありながら、同時にパラドキシカルに抽象化されてゆくことを指摘し、そこに印象主義的イマージュと見なしうるような曖昧さ、不鮮明さが現れるとする。そしてそれは、詩のシンタックスや、個々の要素を規定するのであり、論理的な展開をもつフレーズのかわりに短いフレーズが見られるが、それは絵画における人捌けであり、印象主義の画家の筆触のようなものであるという。またヴェルレーヌが、存在だけを示す être 以外には、動詞を排除している傾向を指摘する。このような構造によって詩は絵画に近づくのであり、絵画的な課題がこうした詩を生み出したのだという。たとえばよく知られた詩篇「わがこころに涙ふる……」にも題材はなく、何も語られない。ひとつの生きたメタファーがあるだけである。これは印象主義者ヴェルレーヌの革新性を証明するものだという。流れるような早いリズム、リフレイン、内部韻や頭韻がことばの音楽をつくっているが、音色の変化のなかで知覚される魂の風景はことばの絵画である、と述べる。このように詩を絵画に並べると、印象派が詩人を画家に変えるほどの包括的な原理をもった芸術流派であることがわかるのであり、たとえばモネとヴェルレーヌは、それぞれ絵画と詩を生み出す人として別個のように見えるが、ひとつの流派のなかにいる、と彼は考える。ことばは、絵を描く使命、音を響かせる任務のなかで、意味を伝え内容を伝達するということばの課題から自由になってゆく。そして意味は薄れ、色や音になってゆくという。目の前の風景は具体的に描かれながら、色や音として抽象化されてゆく。印象主義から象徴主義への推移がここにある、とアンドレーエフは的確に推論する。[12]

絵画の印象主義に基点を置き、印象派を探究するモーリス・セリュラスもまた、文学者も水、光、振動、反映、風を描くと考え、ジッド、プルーストを例に挙げる。プルーストの登場人物と、モネやルノワールの画布との関連についても指摘する。そして、画家たちが点描法を用いたように、ドビュッシーは、音と音色を細分化しているが、それは絵画的在り方に対応しているという。またセリュラスは、メロディーの線を欠いたグリザイユと非難されたドビュッシーの音楽的あり方にも言及する。セリュラスも印象派の総合芸術性について探究するのであった。[13]

このように、詩における絵画性と音楽性の脈絡で、印象主義と象徴主義の密接なつながりが吟味され、その包括的意味が考察されるのである。これはさらに芸術上の展開を示してくれないだろうか。

## 五　絵画の流れ

詩における絵画性と音楽性は、音楽性に傾倒した画家を想起させた。ヴェルレーヌとの関連でシモンズが言及するホイッスラー（一八三四－一九〇三）は、アメリカに生まれ、フランスとイギリスを舞台に活躍した画家である。パリでグレールの画塾に学び、ロンドンではラファエロ前派の画家達と親交を結ぶ。日本趣味が際だち、喚起力にすぐれたその画布には、音楽用語を用いた題名が好んで付されていた。そしてその象徴主義的な画風は、単純化され、抽象化されてゆくのであった。

もちろん、ことばの細分化、意味の輪郭の曖昧さ、エーテル化は、すぐに印象派の絵画を喚起する。光のイマージュのなかで徐々に色を描いてゆく様子は、同時代の印象派の代表画家、クロード・モネの画布を思わせる。

アンドレーエフやセリュラスの指摘するモネ(一八四〇−一九二七)は、パリ生まれ、ル・アーヴルで少年時代を送ったが、パリでアカデミー・シュイス、グレールの画塾で学び、刻々と移り変わる光景の印象を筆触分割によって画布に定着させることを試みる。光、空気、水など不定形な自然の諸相を捉えようと努める。一八八〇年代末から、とくに連作に取り組むが、具体的な瞬間の表現を求めながら、パラドキシカルに、事物の再現を越え、純粋な色彩空間に向かい、抽象化された自律的な色の世界に到るのであった。次に見るモネに対する幾つかの評価に、造形上のひとつの流れと同時に、ヴェルレーヌの詩的在り方との照応を確認することができないだろうか。

モネに対して、作家でジャーナリストであるオクターヴ・ミルボー(一八四八−一九一七)は、自然に関する正確で感動的なその解釈に注目し、それは瞬間の描写にまつわっているが、モネはそのことをよく理解しているという。モネは、影・光・反映といった、流動するものの総体を把握しようとしたのだと語っている。(14) これはまず端的にまたヴェルレーヌを思い起こさせる。

あるいはモネの生涯と作品について述べた批評家、ジェフロワ(一八五五−一九二六)は、モネは光によってあらわになる自然の様々な相貌の表現、魔法のような喚起に満ちた表現に向かい、未知の宇宙を示してくれると賛美する。そしてそれは、まさに啓示であり詩であるのだとする。(15) このような見知らぬ宇宙・自然の光景、その抒情詩的風景の幻影のような描写は、ヴェルレーヌがまさしく繰り広げたものであった。

また、美術評論家であり政治家でもあるジョルジュ・クレマンソー(一八四一−一九二九)は、モネの繊細な眼を賞賛し、その眼の捉える調和の戯れに宇宙的交感を認める。モネの創造は眼と絵筆の結合から生みだされ、それは事物の奥深くへ視線を誘っているという。モネの事物に対する新しいヴィションには、宇宙的感性の力が感じとれるという。直接の像から反射された像、さらにまた反射された像へと、光の拡散の中でイマージュが推移する。そのハーモニーのなかに、天と地の光の交換の場があり、事物の無限の関連の高み、それへの感動がある、というのであった[16]。ここには具体的描写からイマージュと音の連鎖のうちでいつしか自然・大気・宇宙に向かう、夢想を描き出すヴェルレーヌの光に満ちた詩情のあり方が感じとれないだろうか。

さて抽象絵画を開いたカンディンスキーが、一八九六-九七年のモスクワの印象派展で、モネの「積み藁」の前で深い感動を覚えたことはつとに知られている。彼はそこに対象物の欠如、色彩の力を垣間見たのであった。彼が抽象における音楽性の価値を掲げたことは周知のことであり、またドビュッシーのうちにすぐれて抽象的な意味を見出していたことも想起される。テオドール・デュレもまた、モネの連作において、本格的な抽象への道を見ていたことを付記しておきたい[17]。

## 六　印象派、象徴主義、そして抽象

以上のようにホイッスラーやモネの周辺を検討すると、そこに、ヴェルレーヌに認められた音楽性、細分化されたイマージュの持続、反射反映、自然との共鳴や宇宙的交感が見られ、その観点における詩人と画家の緊密な照応が感じられる。そして、それらがその双方において、具象の描写の先鋭化のただ中で抽象へ向かうというパラドックスを明らかにしていることが認められるだろう。同一語の繰り返し、内部韻、頭韻によって、細かく響き合う音のなかで、光景が紡ぎ出されてゆく。連鎖するイマージュのなかで、ことばはその意味からなかば解き放たれる。現実を克明に具体的に描写しながら、音とイマージュの推移のうちでそれは抽象化されてゆく。画布においてもまた自然の克明な描写は、色彩のハーモニーに向かい抽象化されてゆくのであった。ここにアンドレーエフのいう、印象主義のパラドキシカルな法則、具象的なものの抽象化が確認できるだろう。そして、詩と絵の抽象化には音楽性があった。

こうしてアンドレーエフの語った具象と抽象のパラドックスをヴェルレーヌにおいて明らかにしうると同時に、ヴェルレーヌにおける、印象派から象徴派への流れ、そして抽象への流れを内包している詩情を、ひとつの自然な芸術上の流れとして読みとれないだろうか。ヴェルレーヌの音楽性は、このように、諸芸術の動向の視野から眺めたとき、貴重な総合的意味を担っていることがわかる。それは、ことばとイマージュ、各々の具象と抽象の表現の間で、極めて貴重な意味と価値をもつのであったと言えるだろう。文学史上の自由詩化、言葉の音楽、イマージュの音楽は、まさに諸芸術との緊密な連動を保つ革新性をもつものであった。そうした流れのなかに位置づけられる極めて抒情的な抽象の例をここに見ることができるのではないだろうか。

# 第二章　アポリネールの文芸——詩画融合観のあり方——

## はじめに

いわゆる新精神、エスプリ・ヌーヴォーを掲げて二十世紀の詩の世界、ひいては広く前衛の芸術世界を先導してきたギヨーム・アポリネール（一八八〇－一九一八）におけることばとイマージュのつながり、その文芸的価値について考察したい。果敢な冒険の精神、未来への自由な働きかけによって、十九世紀・二十世紀の文学と芸術の仲立となり、象徴主義からシュールレアリスムへの流れを導いた詩人と彼は考えられるだろう。フランスにとっては外国人というべき生い立ちのこの作家が、フランスの文芸を展開させたことは特筆すべきである。詩と視覚芸術の関連はアポリネールの文芸観の本質に関わる事柄と言えるだろう。詩と絵画の相関に限らず二十世紀の諸芸術の融合は、さらに新たな時代の映像芸術である映画の取り込みをも含めて顕著であるが、この映画への彼の関心を見ても彼の予見の鋭さが感じさせられる。

そのようなアポリネールの詩と造形に関する意識、その意味について考察しよう。言語と視覚性について彼はどのような関心を抱き、どのような可能性を探ったのだろうか。特にこの角度から比較分析を促せられるマラルメ（一八四二－九八）の詩作品、視覚性を機軸とする『骰子一擲』(1)と引き比べながら検討し、彼の文学史的芸術史的価値について考察したい。

## 一　活動の広がり

詩人アポリネールは、シチリア王国の退役将校を父とし、亡命ポーランド貴族を母として、一八八〇年ローマに生まれた私生児であり、生まれながらのコスモポリタンである。一八九九年パリに出て文学活動を始める。コント集『異端教祖株式会社』(一九一〇)刊行の後、句読点を排除した詩集『アルコール』(一九一三)を出版したが、これはいわゆる新精神の実験的試みとしての価値をもつ。これと同年の出版、『キュビスムの画家たち』では、美術評論家として新しい時代の造形芸術の展開に一翼を担ったアポリネールの姿が認められる。第一次世界大戦への出征で重傷を負い、終戦の前に、スペイン風邪のため三八歳で夭折した。死の年に刊行された図形詩『カリグラム』(一九一八)は、詩と造形芸術の問題を探る新しい言語実践として貴重な価値を示す。前衛グループ、マックス・ジャコブ、ピカソ、ヴラマンクたちと親交し、触発し合いながら、時代の前衛運動を推進する。イタリアの未来派、ドイツの表現派、英米のイマジズムなどの実験的な文学・芸術の革新運動ともつながり、ダダ、シュールレアリスム、ヌーヴォー・ロマンへの道を開くなど、その活動は地理的にも広範な影響力をもち、短い生涯ながら極めて多面的な役割を果たした人物であると言えるだろう。(2) このようにアポリネールは造形芸術の世界と深く関わっているわけであるが、その文学作品の特徴から、芸術全般の流れと呼応するものがどのように見られるかを検討したい。

## 二　『カリグラム』

同時性をめぐるイタリア未来派とアポリネールの論争はよく知られているが、(3) 同時性の概念は、古代以来の詩画比較論に関わるものと思われる。この視野から、詩における視覚的構築、すなわち文字の使用と配置を先鋭的に問題化した『カリグラム』における図形詩についていくらかの考察を試みることができるだろう。カリグラム、抒情的表意文字 idéogramme lyrique は、詩と絵画の融合の意識に支えられたものである。しかし、融合にもいろいろなあり方があるだろう。観点を設定して検討したい。

『カリグラム』には、「平和と戦争の詩(一九一三-一九一六)」という副題がついている。戦場を想起させる詩篇、恋人ルーに対する愛の詩等から成るが、そこでは、ことばが意味するものの形を文字で様々に形態的に表現している詩が見られる。特殊な文字使いで革新的であったこの詩集を、同様に造形的な詩、詩的宇宙を映したと考えられる象徴主義の詩人マラルメの作品『骰子一擲』との比較において考察する意味があるだろう。言語的なものと視覚的なものを起点に、以下のように重層する観点から、形象的取り込みと言語的破格の両者に関して具体的に検討することによって、アポリネールの詩と絵画の融合のあり方を吟味しよう。

〔A〕形態の観点から

1　形象性

事物の形象性は様々だろう。特に具体的事物に対して、表象の具象度抽象度の違いがあるだろう。また、事物の形象と意味(のもたらすイメージ)の形象・図化など、いろいろ見られるだろう。

2　図化のあり方

全面的に図化されている詩もあれば、通常の詩の形態のなかに部分的に図化が現れているものもある。装飾的価値について考えられるだろう。

3　造形性、キュビスム・ダダイスム・シュールレアリスムとの関連

コラージュ感覚があるか否か。本来コラージュは、ジャンル固有のマチエールとは異質の、既存の素材物質を切り取るなどして、画布に貼り付ける手法と考えられるだろうが、リアリティーとイリュージョンの問題等にかかわるこの美術上の手法が、詩の場合、どのように考えられ、どのように現れている

だろうか。

4　形態の意味するテーマやモチーフとその現れ

時代の新しい生活の光景を映し出している様子があるかどうか。現実世界の目に見える事物や風景が形態的に描かれているのだろうか。モチーフの組み合わせがある場合、大小関係や配合配置はどうだろうか。

5　形態と音韻との関連

詩としての音韻と図形とのつながりが見られるかどうか。詩（行）の音韻的側面より、絵画的側面が優先されているのかどうか。

〔B〕文字の観点から

1　文字の配置

欧文文字表記の常識から外れるが、曲線的な並べ方があるかどうか。円状や斜めや縦の文字配置があるかどうか。あるいは水平な直線上に並べられた、通常の横書き文字群の、特殊な配置なのかどうか。

2　文字の読み

前項に関連して、やはり欧文文字の通常から外れることになるが、左から右にではなく、右から左へ、上から下へ、あるいは下から読ませるようなこと等があるかどうか。

3　文字の用い方

二つの単語にまたがって、文字を二度使いすることがあるかどうか。文字の共有は、文字を視覚的に扱っていることから来ているのかどうか。

4　語を成す文字群の切れ方

文字群がひとつの単語の途中でも切れるかどうか。意味よりも造形性のほうが重視されているか否かについて考えられるだろう。

5　字間の様々

ひとつの単語内で字間が特別に空くか否か、また字間には単語内と単語間の区別があるかどうか。単語が視覚的に分断され、形象化・デザイン化していることがあるだろうか。

6　文字の大小

ひとつの単語内で文字の大小があるか、大きさによる形象化・デザイン化があるか。それとも単語毎、句毎、節毎などで一定しているか。詩篇内での文字の大小についてはどうか。

7　字体に関して

字体の違いや、イタリック体とローマン体の区別は、句や節毎、語群毎にあるかどうか。混在の具合いはどうか。

すなわち、形象性の種類やあり方、その表現の仕方に注目できる。視覚性、絵画的同時性の現れが問題となるだろう。ことばのもつ意味に応じた統辞的形象化があるのか、ことばのもつ音や音楽性に関してどのような表現がなされているのか。言語の線状性にもとづく継続性があるかどうか。このようなことを問題にすることになる。

では、こうした視点から見て特色のあるものを、『カリグラム』に収録された詩篇群から取り出し、検討してゆこう(4)。

①「消防隊　ルネ・ベルティエ軍曹に」　具体的な事物の形象があるというわけではなく、意味群で区切られた図化と言えるだろう。図化の在り方は、全体的とも完全には言えないが、部分的でもなく、

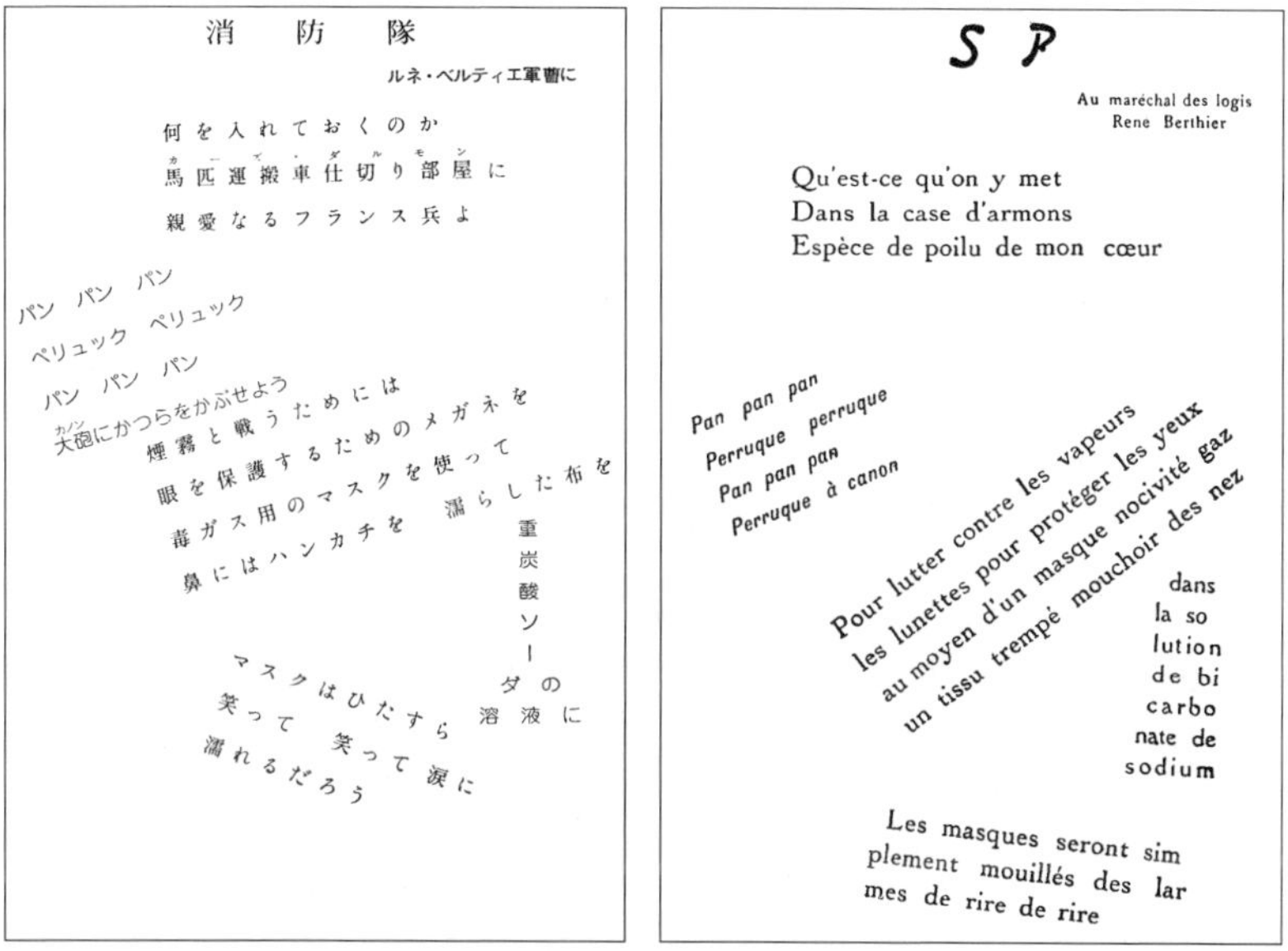
消　防　隊
ルネ・ベルティエ軍曹に
何を入れておくのか
馬匹運搬車仕切り部屋《カーゴ・ダルモン》に
親愛なるフランス兵よ
パン　パン　パン
ペリュック　ペリュック
パン　パン　パン
大砲《カノン》にかつらをかぶせよう
煙霧と戦うためには
眼を保護するためのメガネを
毒ガス用のマスクを使って
鼻にはハンカチを　濡らした布を
重炭酸ソーダの溶液に
マスクはひたすら
笑って　笑って涙に
濡れるだろう
S P
Au maréchal des logis
Rene Berthier
Qu'est-ce qu'on y met
Dans la case d'armons
Espèce de poilu de mon cœur
Pan pan pan
Perruque perruque
Pan pan pan
Perruque à canon
Pour lutter contre les vapeurs
les lunettes pour protéger les yeux
au moyen d'un masque nocivité gaz
un tissu trempé mouchoir des nez
dans la so lution de bi carbo nate de sodium
Les masques seront sim
plement mouillés des lar
mes de rire de rire

図１「消防隊　ルネ・ベルティエ軍曹に」

中間的だろう。言語的意味的な地というべきような最初の三行のあと、様々な文字群の書かれた紙が貼り付けられたように見える。互いに異なる字体と角度をもっているが、それぞれの文字群の内部では統一的であり、各々自体としては、ひとつを除いて、語・詩句も通常に読める状態である。異なる字体による活字群の、それぞれは既存のままと言えるものを、貼り付けているという意味で、コラージュ感覚が感じられる。現代生活、現実社会の光景を見せている。音韻とイマージュとのつながりは図柄の関係から幾らか感じ取れる。文字の配置は、全体としてそれぞれ斜めになっているが、直線的である。活字の切れ方については、単語内でも配置・デザインの必要上、切れているものが見られる。相異なる字体が語群のまとまりをもって各々斜めに配置され、意味と図化や字体とが多少連動しているようである。タイトルの筆記体が実在感を敷いている。

出ばったもの
アンドレ・ルヴェルに

ちょっと不確実だがますます注意深い速度
だが一人の竜騎兵が武装せずに歩いている
風に吹かれて　と　ふいに偏って来る

　　　　　コ　　空中魚雷
猛禽に　　ン　みどりのほうき　　　　麦
　　　　　ニ　君は思い出すか　　　　の
　敬礼　　チ　そいつはここ　荒れはてた美しい　一粒
　　　　　ハ　王国の石ころのなかにある

だが蛇がひとふりの剣みたいに鎌首をもたげてぼくを見る

万歳　馬みたいな　鼻野郎
砲弾の穴は浴室のようにご清潔
　金色の羊の群れをひき連れた羊飼い
　だが　一個の心臓と逆まんじよ　いまいずこ
名高い名前の　昔のアイよ
　ひきがえるが夜の青玉をうたっていた

ルーよ
ルー　ヴェルジーよ　　万歳　中隊長

そして運河沿いに娘たちは去って行った

SAILLANT

*A André Level.*

RAPIDITÉ attentive à peine un peu d'incertitude
Mais un dragon à pied sans armes
Parmi le vent quand survient la

| | | | |
|---|---|---|---|
| | S | torpille aérienne | |
| Salut | A | Le balai de verdure | Grain |
| Le Rapace | L | T'en souviens-tu | de |
| | U | Il eſt ici dans les pierres | blé |
| | T | Du beau royaume dévaſté | |

Mais la couleuvre me regarde dressée comme une épée

Vive comme un cheval pif
Un trou d'obus propre comme une salle de bain
Berger suivi de son troupeau mordoré
Mais où eſt un cœur et le svaſtica
Aÿ Ancien nom du renom
Le crapaud chantait les saphirs nocturnes

Lou
Lou Verzy　　VIVE LE CAPISTON

Et le long du canal des filles s'en allaient

図2　「出ばったもの　アンドレ・ルヴェルに」

②　「出ばったもの　アンドレ・ルヴェルに」
「万歳中隊長」が掛け声のように形象的に目立つ。他より大きい文字群のものが斜めに貼り付けられているようで、コラージュ感が感じられる。頭から三行で意味と連動するかのように突然切れたその下にある、一群中の左右のかたまりの語群も、際立ちは少ないが、意味の図化として、コラージュ感がうかがえる。図形感覚、デザイン感覚は主に詩行に組み込まれたような箇所に部分的に見られるとも言えるが、全体的にもデザイン化が感じとれる。ことばのもつ意味に呼応するような図化であり、具体的な事物の形象の表象というわけではない。時代の光景の表現というべきである。文字群は斜めに配置されているものがあるが、文字の並び自体は、縦にひと文字ずつ並べられた一語を除いて、水平で直線的である。したがって縦に読ませる部分は一箇所ある。一単語内で活字が区切られることはなく、意味が主体である。活字の大小は意味

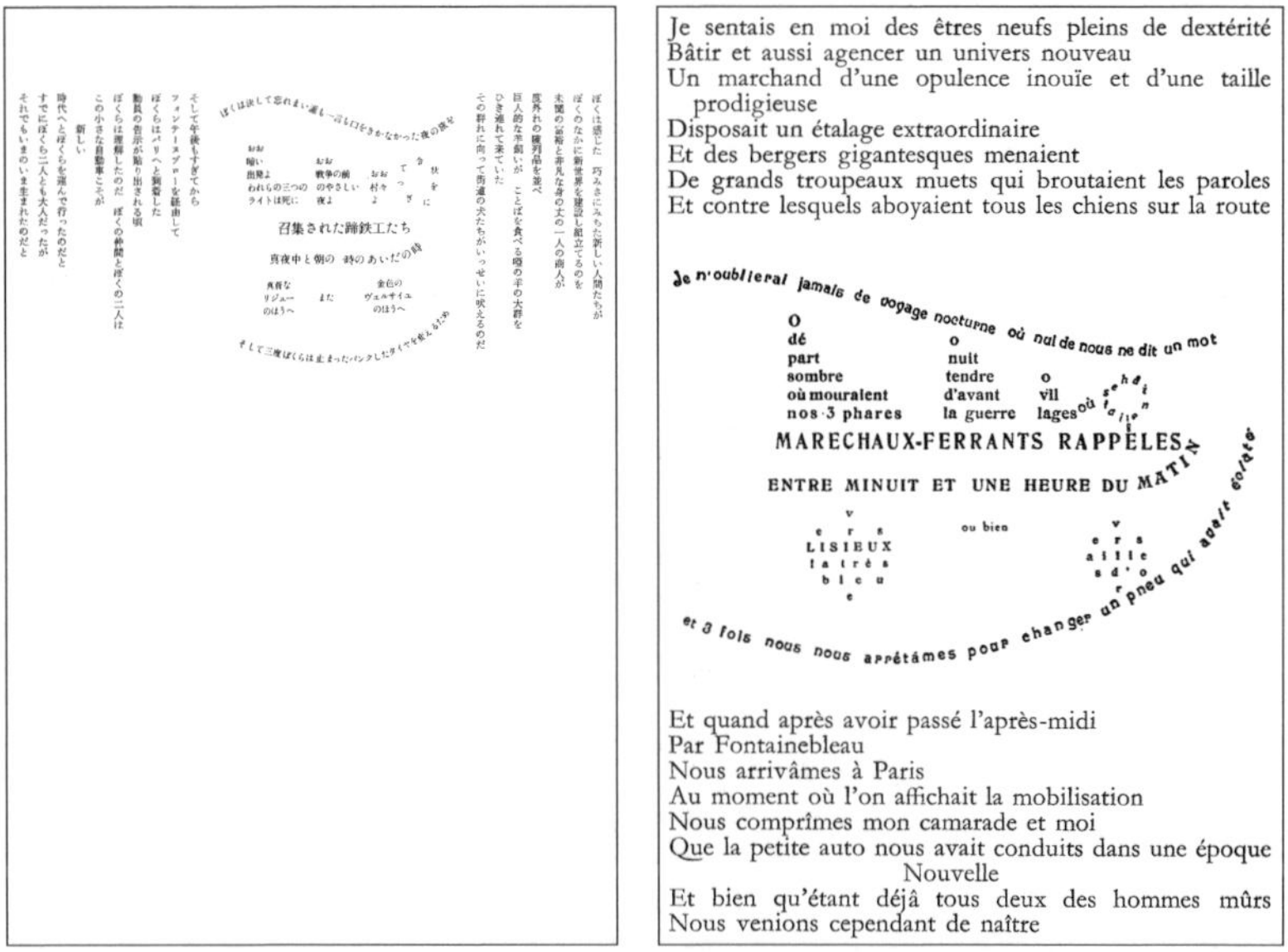


図3 「小さな自動車」

との関連において見られるようである。大文字で綴られて強調された部分は、意味のデザインのようになっていると思われる。

③

「小さな自動車」「車の進行」が思い浮かぶような中間的模写性が見られる。車の形象性が感じられる。図形は詩行の間に置かれた部分的なものである。（掲載部は詩の部分である。）部分的に置かれた図的なものという意味ではコラージュ感覚があるとも言えるが、その図的なもの自体は、具体的形象を文字群で象っている、つまり円状や曲線など通常既存の文字配置ではないものからできている、という意味では、コラージュ的ではないと言うべきだろう。現代生活の光景が想起される。図化・形象化内で、音の現れについては、図形と音との照らし合わせが幾らか感じられる。また図形化の部分には、形象化の必要から、曲線状の文字並べがあり、円状の文字配置も見られる。二つの単語にまたがって文字群が

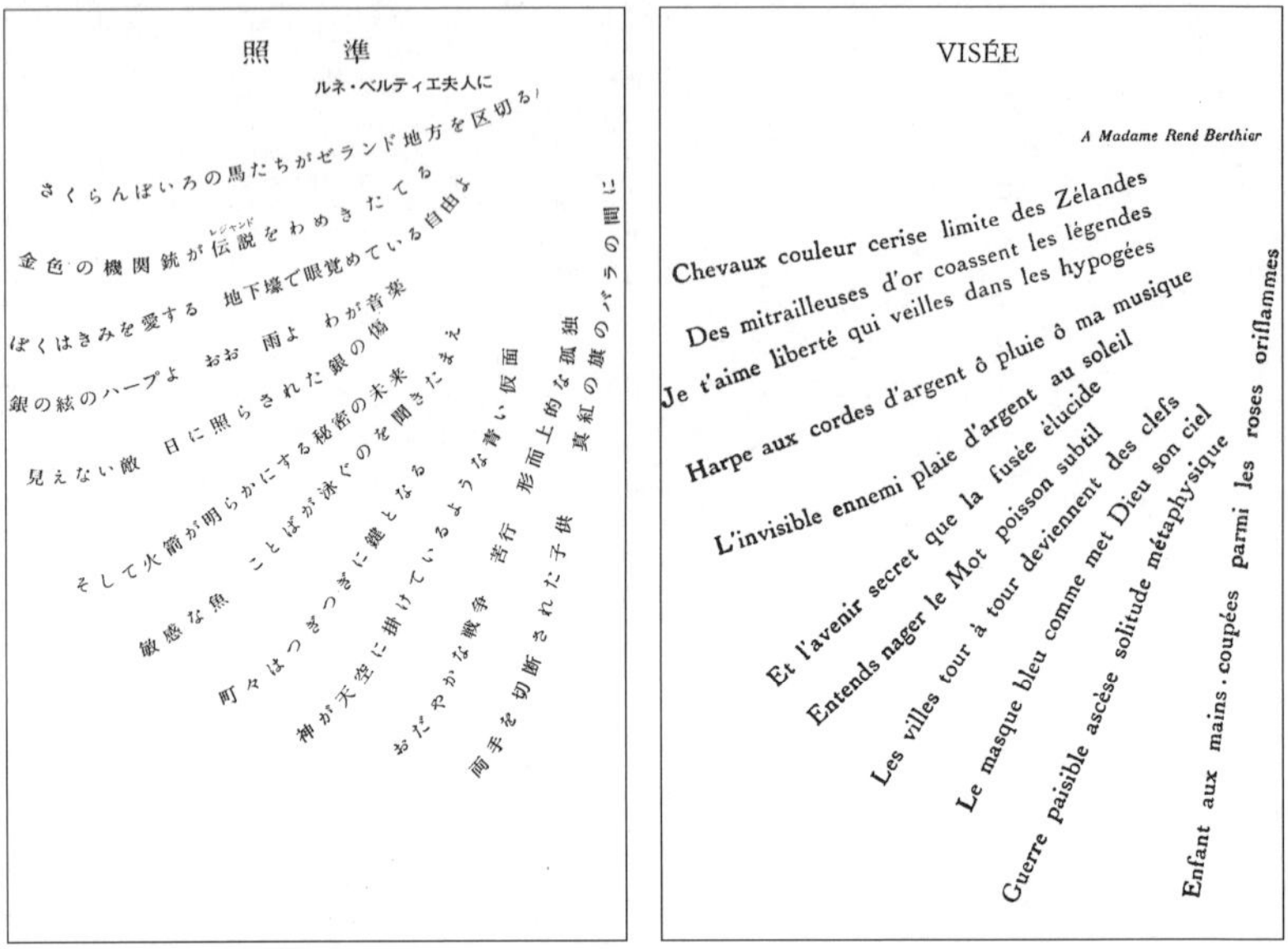
照準
ルネ・ベルティエ夫人に
さくらんぼいろの馬たちがゼランド地方を区切る
金色の機関銃が伝説《レジャンド》をわめきたてる
ぼくはきみを愛する　地下壕で眼覚めている自由よ
銀の絃のハープよ　おお　雨よ　わが音楽
見えない敵　日に照らされた銀の傷
そして火箭が明らかにする秘密の未来
敏感な魚　ことばが泳ぐのを聞きたまえ
町々はつぎつぎに鍵となる
神が天空に掛けているような青い仮面
おだやかな戦争　苦行　形而上的な孤独
両手を切断された子供　真紅の旗のバラの間に
VISÉE
A Madame René Berthier
Chevaux couleur cerise limite des Zélandes
Des mitrailleuses d'or coassent les légendes
Je t'aime liberté qui veilles dans les hypogées
Harpe aux cordes d'argent ô pluie ô ma musique
L'invisible ennemi plaie d'argent au soleil
Et l'avenir secret que la fusée élucide
Entends nager le Mot poisson subtil
Les villes tour à tour deviennent des clefs
Le masque bleu comme met Dieu son ciel
Guerre paisible ascèse solitude métaphysique
Enfant aux mains coupées parmi les roses oriflammes

図4「照準　ルネ・ベルティエ夫人に」

共有されることがあり、遊びや視覚的効果への狙いが感じられる。文字の切れ方に関しては、単語内部でもデザイン・形象の必要から、切れることがある。単語内で字間が特別に空き、字間はデザイン化され、単語内と単語間の区別のないところがある。活字の大小があり、それによるデザイン化がある。

④

「照準　ルネ・ベルティエ夫人に」「照準」の意味的形象を、文字・詩句で象っているように思われる。全体的である点で、コラージュ・貼り付けの印象は少ないが、ほぼ既存のままの文字群を象りの部分部分として貼り付けている風でもあるという意味では、文字群同士の違いはないが、コラージュ感覚が幾分かは認められると言うべきだろう。意味から浮かぶイマージュの形象性をもつ、全体的絵図である。現代的光景を示している。文字の配置にやや曲線的なものが含まれている。文字群は、各々はほぼ直線的であるが、全体と

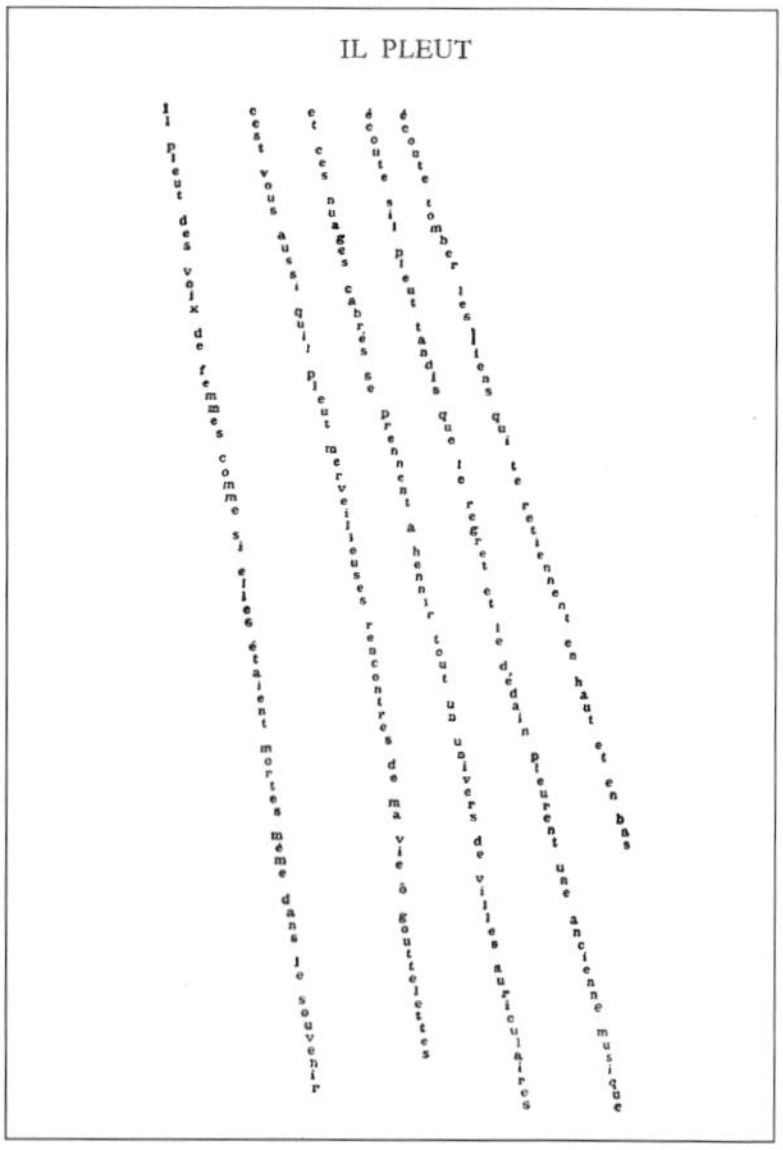

図５　「雨が降る」

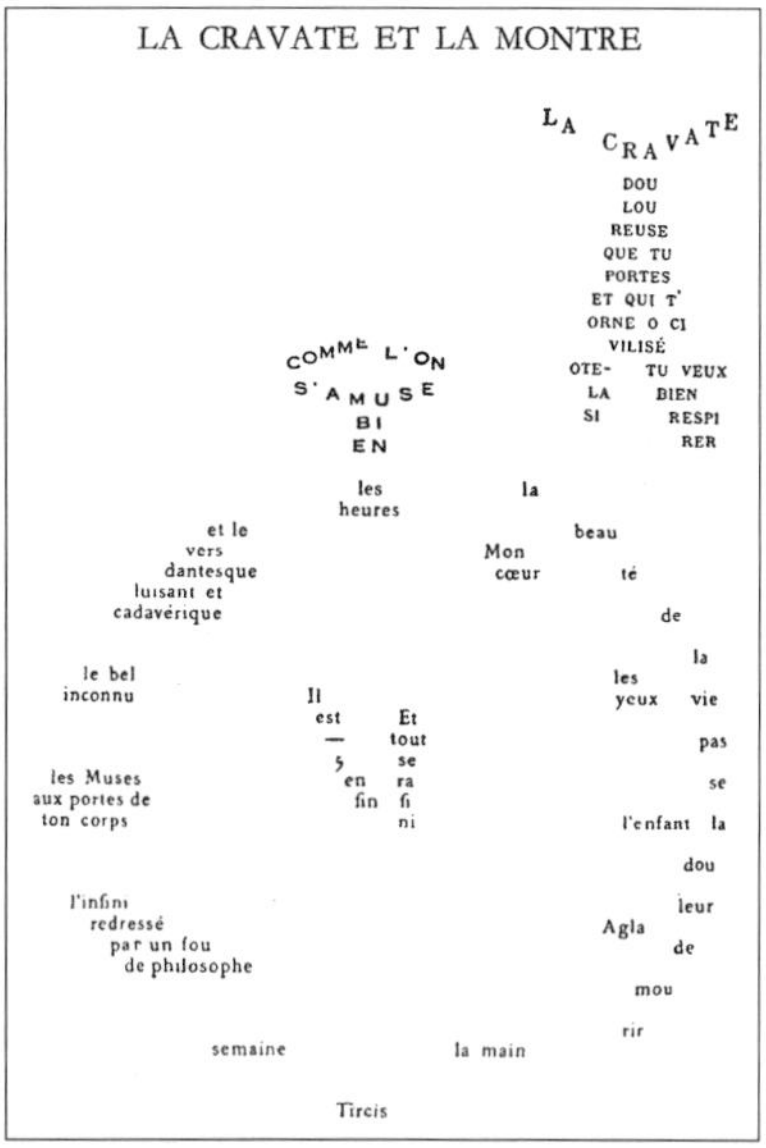

図６　「ネクタイと時計」

して斜めに置かれ、デザインを形作っている。したがって文字の読みとしては、下から読むものもある。この形象のデザイン上、単語が分断されることも、字間の特別の空きも、特に必要がなく、見られない。同じ意味で、活字の大小もない。

⑤「雨が降る」　「雨」の具象的形象を文字で象った、全体的絵図となっている。既存の文字表記のあり方の無さの点でも、全体的な図形詩である点でも、コラージュ感覚は認めにくい。文字による形態模写の程度は高く、具体的である。字の配置は一文字毎の縦並べであり、全体としてそれが斜めになっている。したがって文字の読みは通常と異なり、上から下に一字ずつ読むことになる。またしたがって、ひとつの単語内で活字が切れることになる。字間については単語内と単語外の区別がかろうじて見られる。文字の大小はなく、種類の違いもないのは、形象に由来するだろ

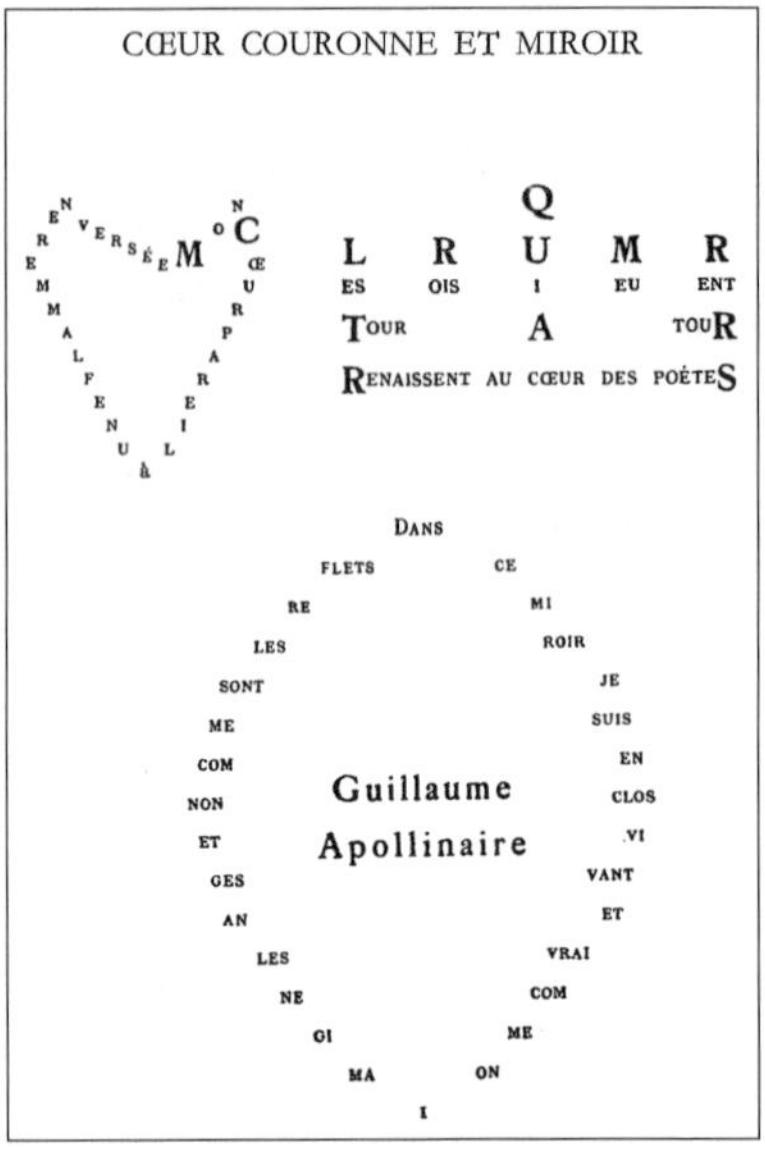


図７「心と王冠と鏡」

う。文字は活字ではあるが、やや手書き感覚の曲がりが、形象のイマージュに即して見られる。形象性への依存が強い。

⑥「ネクタイと時計」　文字による形態模写の程度が高く、ネクタイと腕時計、それぞれは具象的である。しかし図の両者の関係は通常の大小感覚からずれるだろう。全体的に図化された図形詩である。既存の文字群の添付のなさ少なさという点でも、全体的図である点でも、コラージュ感は見受けがたいと思われる。テーマは生活の風景を思わせる。音韻と図形の相関性はそれほどないと思われる。文字の配置は、形態に即して並べ方が曲線のものもあり、部分的に直線に並べられて全体として形象化しているものもある。形象化の必要から、活字は単語内でも切れている。字間は形態に応じて、単語内・単語間で特別に空くところがある。活字の大小は、事物の形象に即して見られる。形象・デザインに従って、大文字ばかりの使用もある。

⑦「心と王冠と鏡」　文字による心、王冠、鏡の具体的な形態模写の風であり、それぞれほぼ具象的と言えるだろう。しかし、事物三者間の大小感覚は、現実感覚とは必ずしも一致していないように思われる。また、三者の取り合わせ、配置、位置関係も現実的とは言いがたい。全体的な図形詩である。

既存の素材の貼り付けの感じの少なさ、文字による形象的デザイン的な象りの全体性の点で、コラージュ感覚は感じにくい。文字の並べ方は大体直線的であるが、全体として形態に沿って曲線的になっているものもある。曲線的デザインに即した一字ずつの輪郭作りもある。文字群は、形象化の必要から、ひとつの単語内でも切れ、字間も、単語内単語外に限らずデザイン化されていて、単語内と単語間との区別は見られない。形象上デザイン上、縦に読ませる語もある。活字の大小がひとつの単語内にあり、デザイン化している。鏡の中、鏡に映った詩人、その名前、「ギョーム・アポリネール」に、遊びが感じられる。

これら以外に、強くデザイン化された文字配列の「鳩と噴水」、一面に手書き文字で作られた「マンドリン・カーネーション・竹」や、手書き文字の楽譜が組み込まれたものなどがある。また、詩篇「耳に綿」の部分図として、下から読ませる形態的な（オ）メガフォンや、並置された靴との大小感覚のずれた文字作りのエッフェル塔ほか、形象性が強いもの、形象が全体的であるものが見られる[5]。

以上から、視覚性について、コラージュの角度から概括的に言えることが意味をもちそうである。コラージュとは、もともとキュビスムのパピエ・コレ、すなわち新聞紙や雑誌の部分など既存のものを切り取り、そのまま糊づけすることによって、画面に現実の物体の物質感、写実的要素を導入するという斬新な手法から引き継がれ、ダダイスム、シュールレアリスムの画布で、非合理の意識、理性による統制の否定の意識から、オートマティック・心的オートマティスムの手法として、伝統的芸術観への反抗やそれへの先入見の否定の意味を担って、実践されたものだろう。したがって当然、たとえば貼られるものの文字並び自体は曲がったりすることはなく、新聞雑誌の一部など活字でできたものや楽譜自体など、いわば元来他領域にある異質のマチエールをそのまま分断して画布に貼付するので、それら物質の部分や全体として使うことになる。

既存の他領域物質のリアリティーを画布に組み込むことになるが、今の場合、詩の空間でのこの使用は、文字でできたものの文字群への組み込みとして、やや事態が錯綜するところがある。本来の事物・形象の貼付ではなく、概して文字がもたらす意味の貼付や意味による形象の貼付ということになるだろう。文字等、実際は同領域のものの視覚的追加という他領域的貼付、視覚的な物質感組み込みとでもいうべきものと考えられるだろう。これを、ここでコラージュ感覚と考えたい。

言語の意味あるいはそれのもたらすイマージュの図化をより強くもつものに、コラージュ感覚が見受けやすいのは（①②）、微妙な種類とレヴェルの違いはあるが、地がより言語的意味的であり、通常の状態の文字等の一群の配置によって、意味を示すものを貼付する可能性が強いからではないだろうか。部分的な視覚的形象の具象性や全体的な意味の形象性が濃いものは、文字の並びや配置自体が部分的あるいは全体的に形象的であり（③④）、言語的意味的要素はやや希薄となるが、そこにコラージュ感覚が曖昧なのは、意味的付加としての貼付の必要性が少ない、あるいはそぐわないからと思われる。言語の意味がもたらす形象的付加についても同様となるだろう。具体的事物の形象性の強いもの（⑤⑥⑦）には、コラージュ感があまり見受けられない。それは既に形象化が文字の物理的図形的使用によって実現しているので、さらに形象性を加える必要がないからではないだろうか。意味の貼付も不要あるいは場違いだろう。だからもちろんこの場合、コラージュ感のなさによって絵画性が減少しているわけではない。全体的に図化された詩は、絵画的具体性を強くもつ傾向があると言える。形象性に従った文字の曲線的読みは、文字に対する通常の意識から離れる。文字に対する縦の読みは、通常の詩行感覚から逸れ、絵画性に従属したものだろう。文字の二度使いは、語を分割ないし複合する感覚で見られ、語の意味の重層性に対する意識の表層感が感じられるが、それも形象化絵画性に応じたものと言えるだろう。

このように考えると、コラージュは概して意味を視覚化するひとつの方法として使われているように思われる。そしてこのように視覚性の取り込みがコラージュでおこなわれるというのは、その視覚ないし意味の視覚性が表層的だからであると言えないだろうか。それはコラージュの性格からもうなずけるだろう。そこでは詩画融合が視覚の表層的レヴェルで実践されていると言えるだろう。コラージュ感覚は、いわば表層レヴェルで言語性と絵画性を並列させる手立てとして使われていると類推できないだろうか。

描き出される風景や形象は現代的現実的であるが、それも現実的レヴェルの視覚的光景をそのまま借用する意識、現実的位相つまり現実に対する視覚的表層の位相の描写の意識とつながるだろう。形態が具象的であれ、抽象的であれ、現代性、生活の風景が強く想起され、現実的である。音や音声に関わるものも、詩的音韻の表現としてではなく、視覚的にいわば表層的に際立たせられている。音楽に関するものも、音楽性としてではなく、具体的な現実の表象としての楽譜、楽器として頻繁に表現されているが、これはピカソやブラックなどキュビストの画布における音楽のモチーフの現れ方との共通性を思わせる。画布ではコラージュとなりうるようなものであるが、これも現実的視覚の表層感覚に関連するだろう。

しかしさらに注目すべきは、現実的な、形象化された複数の事物の現れる詩において、それらの事物が、それぞれは具体的具象的でありながら、相互の大小感覚の点で現実性からずれるものが際立つこと、またその配合や配置の点でもそうであることだろう。それは深層の心理的視覚に導かれた絵画性、場面の突き合わせ・複合性を思わせる。いかにもシュールレアリスムの詩と絵を想起させる。ここでは、絵画的要素が優位であり、文字や語の意味のもつ継続性よりも、視覚的絵画的な同時性、複数の場面を一面にもつような同時性が強いと言えるだろう。

## 三　マラルメの『骰子一擲』

これに対して、同じように文字の配置が通常から逸脱したマラルメの詩『骰子一擲』、マラルメ曰く「楽譜」である詩篇について考察しよう。この作品は、見開き十一面から成る継続的な一詩篇である。(6) 例として二面の図を挙げておきたい。この作品に見られるのは、先に視点として設定した観点から見ると、以下のように考えられないだろうか。

まず、〔A〕形態的観点からは、

1　形象性に関して、明確な具体的形象性には乏しいと思われる。

2　図化・形態化のあり方は、十一面の詩全体に及ぶ全体的なものである。

3　造形性に関して、全体的な図形化であり、既存の他の活字群の、部分的斜め貼付等、他領域的貼り付け感はなく、コラージュ感覚は見られない。

4　現実世界の目に見える風景が形態的に明瞭に描かれているとは必ずしも考えにくい。

5　図化・形態化に詩的音韻上の必然性や配慮が見られる。

次に、〔B〕文字の観点からは、

1　文字の並び方は水平な直線で、あくまで欧文文字群の横書きによっている。

2　したがって文字の読みは、常に左から右へ進む。

3　文字を別の単語と共有するような、文字の部分的な二度使いはない。

4　文字群はひとつの単語の間で特別に切れたりすることはない。

5　単語内で字間が空くことがあるが、文字間隔については同一単語内で一定し、単語内と単語間の区別がある。

*COMME SI*

*Une insinuation* *simple*

*au silence* *enroulée avec ironie*

*ou*

*le mystère*

*précipité*

*hurlé*

*dans quelque proche* ***tourbillon d'hilarité et d'horreur***

*voltige* ***autour du gouffre***

***sans le joncher***

***ni fuir***

***et en berce le vierge indice***

*COMME SI*

図8　マラルメ『骰子一擲』

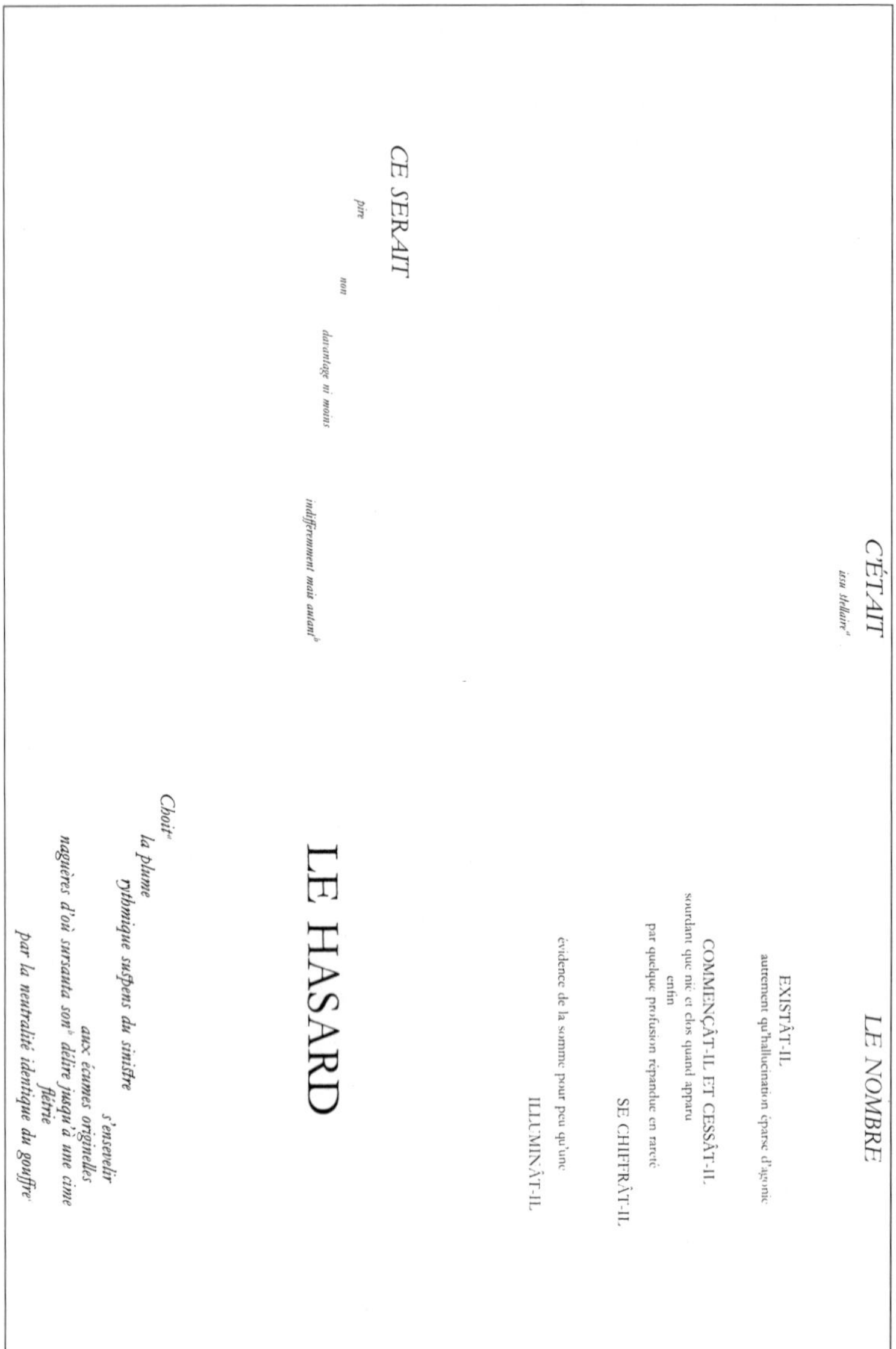

C'ÉTAIT
issu stellaire

LE NOMBRE

EXISTÂT-IL
autrement qu'hallucination éparse d'agonie

COMMENÇÂT-IL ET CESSÂT-IL
sourdant que nié et clos quand apparu
enfin
par quelque profusion répandue en rareté
SE CHIFFRÂT-IL

évidence de la somme pour peu qu'une
ILLUMINÂT-IL

CE SERAIT
pire
non
davantage ni moins
indifféremment mais autant

LE HASARD

Choit
la plume
rythmique suspens du sinistre
s'ensevelir
aux écumes originelles
naguères d'où sursauta son délire jusqu'à une cime
flétrie
par la neutralité identique du gouffre

図9　マラルメ『骰子一擲』

6　文字の大小は単語毎、語句毎、節毎等で一定している。大小の相異は、意味ないし統辞上の相異に応じている。

7　イタリック体とローマン体の区別は、意味や統辞に従って、語句や節毎にある。あくまで言語の意味が主体になった図化・形態性に基づくと言えるだろう。

このように、具体的形象性は乏しく、コラージュ感覚による現実的視覚の取り込み、すなわち文字の他領域的あり方との表層的な部分的結合は見られない。マラルメの詩の意味の視覚性は、コラージュの手法では表せないものと言えるだろう。意味が視覚化され、図形化されているが、それは、アポリネールの場合と比較すると、概して必ずしも現実的形態模写とは考えがたい。詩の意味が、現実的視覚では全面的に捉えにくいものを含むからだろう。大小感覚も意味上の大小であり、視覚的形象との直接的関連性は感じにくい。アポリネールの場合に照らすと、現実レヴェルにおける言語と形象の合体の必然性の少なさ、無理さ、無意味さに由来すると言えないだろうか。音韻と図形性との関連は詩的音韻のレヴェルにおいてあり、音楽性として本来のレヴェルにおける融合、原理的融合があると言うべきだろう。「楽譜」と言いながら、もちろん実在の楽譜が貼られるようなわけでも象られるわけでもない。文字ないし言語本来の作用は削られず、文字ないしことばがもつ意味の作用が生きている。ここに意味の継続性が、視覚的同時性とともに律動的に見られることになる。文字の常態をくつがえすような形態的文字遊びはない。遊びの感覚も表層的ではなく、またありえない。

## 四　同時性と継続性

同時性と継続性の論点から、二人の詩人の二種の図形的形象的要素を含んだ作品を捉え直して、比較考察できないだろうか。今の問題に応じて、同時性と継続性を次の視点から見てみたい。(7)

a　作品の具体的存在の仕方

同時的に存在するものとして、たとえば絵画、建築があり、時間の中で展開するものとして、音楽、文学などが考えられる。中間的なものとしては、ポリフォニー、演劇、映画等が挙げられるだろう。

b　作品を知覚する時間

視覚野の限界が同時性の限界であるとすれば、作品全体の認識のために、前後、左右、内外に視線が継起的に移動する必要が起きる。その時、視線が何かによって誘導されることになるだろう。

c　作品の〈物語〉世界に流れる時間

演劇などのように、同時的に起きることが同時的に表されたり、また文字テキスト自体のように、同時的なことが継起的に表現されたりする。継起的に起きたことを同時的に描く場合は、複数の視点、複数の場面を同時的に描くことになり、複数の時間と複数の場所を作品に組み合わせる、あるいは混在させることになる。

aの点では、アポリネールは、詩篇が各々、一面の絵画的あり方に呼応する同時性を強くもっている場合が多いと言えるだろう。マラルメの場合は、十一面の頁を、意味の展開に従って繰ってゆく継起的在り方をしている。マラルメの場合、今問題の作品の序文において、それは繰り返し表現されている意識であり、音楽的あり方の主張においても継起性継続性の重要性を強調している。

bの点では、アポリネールの場合、概ね同時的知覚が実現するが、視線の誘導は、部分的に嵌め込まれた形象に促されて行われたり、全体が図である場合は、概ね形象と呼応した文字を読ませることによって、形象性の強い同時的一面の中で視線が誘導されると言えるだろう。マラルメの場合は、各頁の意味に従って、まさに視線が誘導されるのであり、頁を繰って読むことになるので、同時性には限界があり、継続的であり、概して意味に導かれている。それぞれの見開き面においても、同時的表現のポリフォニーと共に、概ね左から右へ、上から下へと、文字表記の常態による意味の誘導があると思われる。

cの点では、アポリネールの場合、特に、複数の時間と場所を混在させて突き合わせているような同時性が見られる。一面に描かれた事物たちの配合・組み合わせ、大小感覚や位置感覚が通常からずれている点もこれに関わっていると思われる。マラルメの場合は、概して、継起的思考が、継起的に展開され、表現されていると言える。誘導される視覚も意味や統辞に従い、同時性は音・意味の同時性として視覚化されていると言えるだろう。

ふりかえれば、アポリネールにおいて言語による意味が視覚化されるとき、コラージュ感覚が見られたが、それが言語的なものの物質的貼付であるのは、言語的なものを他領域的に視覚化していたからである。具象的なものが形象的に表現されている場合、そこにコラージュ感覚が見受けにくいのは、言語的「意味」の表象が乏しかったからだろう。前者の場合、言語性を視覚化できるのは、その意味が表層的意味であり、何らかの形象性をもちえたからではないだろうか。他方、マラルメの場合は、あくまで言語的意味の展開があり、かつそれは概して表層的意味ではなく形象化し難いので、その抽象的意味、象徴的意味は、コラージュ感覚としては表現できず、いわばその意味は統辞的に視覚化されるほかないのだろう。そうした点で、マラルメにおいてはその言語性によって継続性が顕著に見られ、アポリネールにおいてはその形象性によって同時性が際立って見られると確認できないだろうか。

このように吟味してみると、次のような視点からも事態は考察できそうである。アポリネールの作品は同時的であり、マラルメの作品は継続的であるが、そうした一面的判断だけでも両者の相違は語れない。両者に、とりわけアポリネールに様々な要素が見られるわけであり、アポリネールのうちで、言語的な要素が多いものはマラルメに近い、ということは、継続的な要素が濃いものは、マラルメに近いということになるだろう。これと対比的に、アポリネールのうちで、絵画的要素が強いものはマラルメから遠い、つまり、絵画の同時性の借用が強い場合、マラルメから離れると言える。

すなわちマラルメとアポリネール各々の他領域融合の間には、言語性と絵画性に関わるひとつの移行が見られる。それは言語性がより強いものから絵画性がより強いものへの移行と言えるが、この移行の中間にコラージュ感覚の現れがあると思われる。つまりこの移行は、アポリネールの言語的意味の現実性・表層性の強さ故に表層的相でおこなわれていた。したがって、両者の比較においては、単に言語性と絵画性の融合合体の程度が問題というよりは、両者の関係において、ひとつの移行、つまり表層での移行の一例がひとつの可能性として考えられるのだと言わねばならないだろう。同様の、いわば他領域のものの合体が、キュビスムの画布など概して表層性を強くもたざるをえない視覚芸術において、コラージュとして見られることもうなずける。

視覚ないし絵画性は、アポリネールの場合、表層的であり、マラルメの場合、その視覚性・絵画性は内面的で深層的と言えるだろう。イマージュはアポリネールでは、深層心理的に結合されたものとはいえ、各々の表象は具象的であり、現代生活の風景の取り込みが際立ち、マラルメの場合そうではないということも、ここから納得できるだろう。

音楽への関心、聴覚的領域に関しても、アポリネールは表層的に、絵画的視覚的に、それを楽譜や楽器などの映像として取り込んでいる。それはキュビスムなどのコラージュを思わせるが、他領域の芸術家である画家との直接的な相似もこの表層性ゆえに可能となる。この意味で、アポリネールの場合、いわば視覚的装飾性と音楽的装飾性がより強度であるとも言えるだろう。マラルメと画家との交流は、思想的レヴェルが濃く、その作品における他領域の融合も必ずしも現実の視覚的レヴェルにおけるものではないと言うべきだろう。音楽に対しても、マラルメにとっては、明確に断っていたように、現実の楽器の音が問題なのではなく、音楽性が問題なのであった。

## 五　文学・芸術の流れ

文学・芸術の流れが両者の図像の特徴、それによる言語性と絵画性、他領域との交流の可能性やあり方によって、推察できそうである。アポリネールは現実レヴェルで作品に相互融合性を組み込むことができ、画家の営為と直接呼応する。マラルメの場合は、多く間接的に理念的に、画布との関連、画家との関連が認められるように思われる。互いに矛盾するように思われる実に様々の流派の画家たちとマラルメが接点をもつことができたのは、こうした関連にもよるものと考えられるだろう。

上記アポリネールの作品に見られるものは、視覚的現実を文字を使っていわば自動的に視覚化したものであると共に、視像群が同時化されたものである。これはシュールレアリスムの文芸の本質的一面にふれるものではないだろうか。また重ねて、芸術の領域では、既成の秩序を覆しながら、無意識や夢の領域で同時性を主眼として、継起を同時的に多視覚化するキュビスム、ダダ、シュールレアリスム、の本質的特質につながると言えるだろう。そうしたなかで、音楽性は、本来継起的である音楽に由来する音化の実現よりは、視覚化された同時的様相、楽器や楽譜といった現実的表象において見られたのではないだろうか。

次にマラルメの場合を考えよう。彼の場合、具象的意味がその場において抽象化される。こうした「意味」の視覚化は原則的に統辞的に視覚化されるほかなかった。思索が、視覚からイデアへ、視覚とイデアの間で、推移・往還するわけであるが、これは、まさにサンボリスムの本質であるだろう。マラルメの作品に見られる、言語のポリフォニーによる音韻的重層と継起は、視覚性をリズミカルに誘導し、イマージュを重層・推移させるものとしてある。すなわち音楽の本質の発現とも言うべきだろう。芸術の領野では、印象派の継起性、象徴主義の理念性に符丁を合わせると言えるだろう[8]。そうした画布においても、音楽的律動性や音楽的構築性が、視覚や視覚的幻想を導いていると思われる。このように、呼応する造形芸術の本質的在り方を暗示する特質がここに見られると考えられる。

検討した両者の作品は、その比較的特質において、顕著に、それぞれが関わる文学流派の特質の本質を具現し、さらに、関連する芸術の本質に照応すると言えるだろう。それはまた、現実に対する意識の違い、現実と創造の関係に対する意識の違いが、作品に如実に現れていることをも指し示しているが、それは端的に、サンボリスムとシュールレアリスムの本質的相違を見せているとも考えられないだろうか。またこのようにして、彼らの営為は、それぞれが交友した芸術家たちの歴史の流れについて思索を促してくれる。

こうした検討は、同時にさらに広範な視野において、諸芸術の総合性のあり方の二つの様相を見せてくれると思われる。それは、一般に推測しうるように、前者マラルメないし象徴主義がより緊密に音楽性につながり、後者アポリネールないしシュールレアリスムがより緊密に絵画性につながるというよりは、そしてそこに音楽性から絵画性への流れがあるというよりは、むしろつながりの位相の違いがあると言うべきではないだろうか。それは、音楽と絵画の違いそのものに由来するだろう。絵画の視覚的表象性の強さゆえに、現実レヴェルでのつながりが後者に強く感じられる。ではこうした芸術的融合性の影響力はどうかと言えば、現実社会での行動と実践の貴重さとは別に、またアヴァン・ギャルド（前衛部隊）としての尖鋭・吸収の運命とも別にして、芸術領域である美術、音楽へのマラルメの影響は、そのレヴェルの抽象性の点ゆえに、アポリネールの美術や音楽への影響よりも広範かつ深甚であり得るように思われる。この時、言語世界・文学世界への影響もまた前者に強く広く認められるところが示唆深い。このことは、諸芸術の融合や総合が、各々のより強い力として、その抽象レヴェルにおいて働くことをも考えさせないだろうか。ことば、色と形、音、それぞれ異なった芸術要素の相関、それは、その抽象的本質の相において、より価値ある意味をもって可能なのではないか。そしてそのような本質的相において力をもつことは、個別の相において力を有することと必ずしも齟齬を来さないと言えるだろう。抽象への道を、極めて意識的に開いたカンディンスキーが語った、同様の思索が、ひとつの実感をともなってここに想起される(9)。

# 第三章　ミショーの源泉——文学と絵画の境界域——

## はじめに

文学におけることばと絵画におけるイマージュは、ひとりの人間の創造性の源ではどのようにつながるのだろうか。この点から、文学と絵画の接する領域について考えたい。ことばと色や形は、創造の営為においてどのような現れを見せるのだろうか。様々なあり方があるだろうが、詩人として、同時に画家として注目すべきアンリ・ミショー（一八九九‐一九八四）における、創造世界のあり方を考察したい。

その創造世界のうちに、何かしら音楽との関連は浮上してこないだろうか。また、思考、観念にまつわる意識はどのように見られるだろうか。さらに、東洋、非西洋文化に対する関心が見出せないだろうか。こうした問題に対していくらか明らかにしたいと思う[1]。

## 一　生涯

彼の生涯をざっと確認しておこう。ミショーは一八九九年、ベルギーのナミュールで、中流階級の家庭に生まれたが、すぐにブリュッセルに移り住み、幼少時代を過ごす。文学に惹かれもしたが、一九二〇年二一歳、水夫としてオランダ、ドイツ、アメリカ等へ航海した後、職を転々とする。ロートレアモンの『マルドロールの歌』に衝撃を受け、一九二二年頃、文筆に手を染める。ジャン・ポーランが彼の才能を評価する。一九二四年二五歳、パリでジュール・シュペルヴィエルの秘書になる。一九二五年、クレー、キリコ等の画布に感銘を受ける。

一九二七年二八歳、詩人ガンゴテナと一緒にガンゴテナの故郷エクアドルへ旅行する。『かつての私』を出版。同年の〈汚点《タッシュ》〉〈アルファベット〉は彼の初めての造形的作品である。一九二九年、トルコ、アフリカ等へ旅行、『エクアドル』、『わが領土』を刊行。一九三〇年、アジアへ赴く。インド、中国、日本、インドネシアに旅行、『プリュムという男』出版。三三年、『アジアにおける一野蛮人』を刊行。一九三五年には南米へ、『夜動く』を刊行。三六年、『グランド・ガラバーニュの旅』、そして、彼自身による挿絵入りの『中心と不在の間で』を出版する。

一九三七年三八歳、デッサンとグワッシュの制作を始め、個展も開始する。以後ヨーロッパ各地で個展を開いている。一九四一年、やがて妻となるマリー・ルイーズと共に住む。『魔法の国にて』刊行。ジッドが、講演テキストを『アンリ・ミショーを発見しよう』と題して公刊する。一九四四年、『内部の空間』、一九四六年、『ここ、ポドマ』を刊行。ルネ・ベルトレの編著『アンリ・ミショー』が出版される。一九四八年、妻が火傷で悲惨な死に見舞われる。『われら今も二人』を出版する。

一九五〇年五一歳、芸術論集『パッサージュ』（六三年、増補版）、五一年、詩画集『ムーヴマン』、五四年、『門に向きあって』を刊行する。五五年、フランスに帰化。幻覚剤、メスカリンの実験を試み、五六年、『みじめな奇蹟』、五七年『荒れ騒ぐ無限』、五九年、『砕け散るものの中の平和』において、その報告記録を示す。一九六五年、文学国民大賞の受賞を拒否。六六年、『精神の大いなる試練』、六九年、『夢の見方、目覚め方』を出版する。七二年、芸術論『噴出するもの＝湧出するもの』、同じく芸術論『謎の絵画から夢見ながら』を刊行する。
一九七八年七九歳の時に、世界初の全集、小海永二氏による日本語訳『アンリ・ミショー全集』の刊行。七九年、詩画集『捕える』を出版。一九八一年、東京で個展、八三年、巡回回顧展が開かれる。八四年、詩画集『描線によって』の出版。同年、パリで死去する。八五年、『移動と除去』、八六年『対決』が刊行される。八六年八七年、小海氏による日本語訳全集、新版全四巻が出版された。

以上から、文学と絵画への関心が並行して現れること、芸術の創造に対する反省的意識と過剰なまでの追究が認められること、見知らぬ国への旅に誘われていることが、ミショーの生涯を特徴づけていると考えられるだろう。ことばとイマージュのあり方、そのずれと重なりに対する彼の意識と追求がどのように作品や言述から見られるか、未知の場所、精神の未踏の領域への探索とその記録がどのような芸術の探究を示すかを、次の三つの展開において探りたい。

まず、初期において、ことばから絵へ、文字から形へと関心が移行するように見える時、彼の意識に何が認められるだろうか。一九二七年、二八歳の頃の作品、〈アルファベット〉にはどのような彼の意識の姿が見られるだろう。それから後、規則的にデッサンも試みられ、四四年からは、水彩、グワッシュ、フロッタージュにも手が広げられた。そしてその後、四八年『メードザンたち』が手がけられる。『メードザンたち』はどのような詩画集だろうか。

次に、第二段階として、本論の主旨に沿って、一九五〇年から五四年、ミショー五一歳から五五歳における創作活動を検討しよう。五〇年の芸術論集『パッサージュ』における芸術観や、五一年の詩画集『ムーヴマン』の墨の飛沫に見られる創作の意識を考察の対象としたい。独自の創造性が繰り広げられるだろう。

そして最後に、一九五五年、五六歳からの幻覚剤による創作、メスカリン実験、メスカリン画を問題にしなければならない。これは三期に分けられ、その記録の著作として、それぞれ、五六年『みじめな奇蹟』、五七年『荒れ騒ぐ無限』、五九年『砕け散るものの中の平和』があるが、そこに彼の創造世界の源をうかがえるだろう。

その後にも墨の作品は八一年まで続くが、六七年『パルクール』や、六九年、『夢の見方、目覚め方』、七二年、『噴出するもの＝湧出するもの』、『謎の絵画から夢見ながら』等に、彼が辿ってきた芸術観を、振り返って確認できるだろう。

創作意識の宝庫のようなミショーの言説や作品群のほんの一隅を眺めることになるだろうが、本章のテーマに沿って、上述のようなひとつの視点から照らし出されるものを提示したい。

## 二　第一段階、ことばから絵へ

一九二七年、ミショー二八歳、この年は、書くこと、描くこと、旅することの出発の年である。〈アルファベット〉は、象形文字のような小さな図、人や動物のようなものを表している線書きの細かい絵である。本格的な画業とは評価されていないようであるが、文字に対する彼の意識、ことばに対する感覚が認められて興味深い。ことばを作るひとつひとつの文字が、表意文字のように、彼にとっては意味をもち、イマージュと関連するように思われる。後の詩篇「アルファベット」（一九四三年『悪魔払い』所収）は、そのような彼の意識、その後も継続的に現れる根底の意識を証言していると言えるだろう。

死の近づく寒気の中にいた間、わたしは、これが最後とでもいうかのように、存在たちを見つめていた、深々と。

図1 〈アルファベット〉 1927

図2 「アルファベット」 1943

この氷の視線との致命的な接触により、本質的でないものはすべてみな消え失せた。

けれどもわたしは、「死」でさえほどくことのできないあるものを存在たちから取り返そうと、彼らを激しく鞭打った。

彼らは小さくなり、遂に一種のアルファベットに、だが、別の世界でなら、どんな世界ででも、役立ち得るだろうアルファベットに、還元された。

そのことで、わたしは、わたしが住んでいた世界から完全に引き離されはしないかという恐怖を取除かれた。

この攻撃によって勇気を鼓舞されたわたしは、その不敗のアルファベットをじっと見つめた。その時、満足感とともに血がわたしの細動脈と静脈とに戻ってきて、わたしはゆっくりと、生の開かれた斜面をふたたびよじ登って行ったのだ。(2)


ここにはアルファベットに対する彼の根元的な思いが垣間見える。アルファベットは存在の源にあるもの、別の世界に生きて、彼を賦活させるもの、死も遮ることの

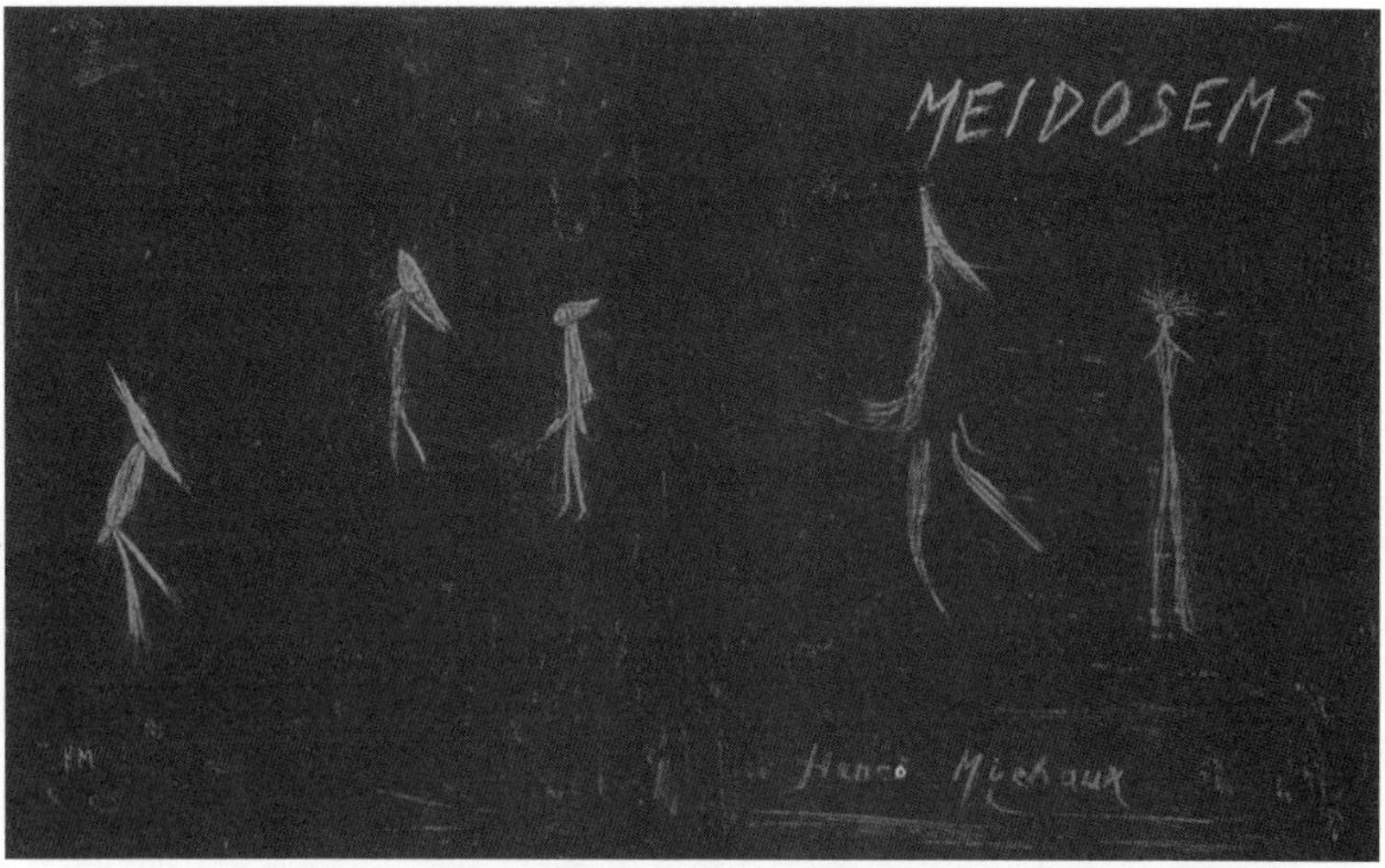


図3 『メードザン』 1948

ない存在の本質のようなものであった。

一九四三年『悪魔払い』に現れた「アルファベット」の挿絵は、ひとこまずつ区切られ、漢字などの象形文字の一段階の試みのように思われる。線描の生物・小動物の象徴的な図案のように見える。どこかユーモラスな感じがある。このようなところに、彼の絵の出発点の感覚が見られるようにも思われる。文字と絵図の重なり合う出発点である。ことばを形成するアルファベットが、ミショーにとって詩人としての根源にかかわるものであったことを推察できるだろう。

次に、一九四八年ミショー四九歳、詩画集『メードザンたち』のリトグラフに現れたメードザンについて吟味しよう。人のような、立ち上がった小動物のような線描が、思い思いに向き合って歩いているように見える。あたかもアルファベットの闇のなかからひとつずつ生まれ出て、動き出したもののようである。線の束でできているようにも見える。メードザンとはいったい何者だろうか。以下の詩篇「メードザンたちの肖像」は解説的である。メードザンの様子を眺めてみよう。

もつれ合った三四本の槍は、一つの生き物を構成することができるだろうか？　できる、一匹の雄のメードザンをだ。苦悩するメードザン、もはや身の置き所もなく、どう振舞い、どんな顔をしたらよいか、もはやわからぬメードザン、メードザンであることしかもはやわからぬ一匹の雄のメードザンをである。

［……］

彼らは夢見るために泡の形をとる。動くためには攀茎植物の形をとる。壁にもたれ、それも誰ひとり二度とふたたび見ることのない壁にもたれて、長い綱でできた一つの形が、そこにある。その形はからみつく。

それだけだ。それが一匹の雌のメードザンなのである。

そして彼女は待つ、軽くたわんで。［……］(3)

彼らの本質的な性質として弾性が表現される。彼らは自由自在に変形する。

メードザンたちの極端な弾性。彼らの快楽の源泉、同様に彼らの不幸の源泉も。

荷車から落ちたいくつかの荷物、垂れ下った一本の針金、水を飲んで、すでにほとんどいっぱいになっている海綿、また、からっぽの乾いた海綿、氷の上の水蒸気、燐光を発する足跡、ようく見てごらん、見つめてごらん。多分それが一匹の雄のメードザンなのだ。多分、それらがみんな、メードザンたちなのだ……様々な感情にとらえられ、刺され、ふくれ上り、固くなったメードザンたちなのだ……(4)

そしてメードザンの子供たちの無邪気な姿も描かれている。

［……］子供たちは、樹々の中に紛れこみ、夢中になって、それから離れることができない。
彼らをおどかすか、あるいはさらに彼らを侮辱してやる。すると彼らは戻ってくる。彼らは、植物の汁液と恨みの気持とでいっぱいになったまま、苦もなく樹々から引き離されて、地上に連れ戻されるのだ。[5]

そんなメードザンは、また不思議な感じで歌いもする。

彼女は歌うのだ。泣きわめくことを欲しない彼女は。彼女は歌うのだ、彼女は誇り高いので。だが、彼女の気持が理解できなければならぬ。彼女の歌は、そんなふうに、沈黙の中で奥深く泣きわめいている。[6]

そしてメードザンは奇妙な変身もする。変貌自在である。

彼はめまぐるしいほど続けざまに、割れ目に、火に変わる。そのように、変化する波形のように変わるのが、メードザンという生き物だ。[7]

そして最後、詩は以下のように締めくくられる。

頭のない、鳥のいない翼たち、全身これ翼だけの翼たちが、まだ輝いてはいないけれども光り輝くために懸命に戦っている太陽の空に向かって、飛んでいる、未来の至福の砲弾のように、蒼天の中におのれの進路を穴あけて。
静寂。飛翔。
それらのメードザンたちがあんなにも望んだそこへ、彼らは遂に到着した。彼らは今やそこにいるのだ。(8)

ここに文字から解き放たれて動き出し飛翔する奇妙限りない生物、原始的な流動する生物が見られるが、それは、後になって現れ出すミショーの生き物の原型のように見える。不可思議な幻想的な生き物である。生物の発生の状態が描かれ語られているように思われる。このイマージュは、ミショーのなかでどのように膨らんでゆくのだろうか。

### 三　第二段階、生命の運動と墨

一九五一年、ミショー五二歳の時の作品『ムーヴマン』(9)は、六四点の墨のデッサンと一篇の長い詩からなる。デッサンは、軽やかで柔らかな膨らみをもった、躍るようなフォルムに見える。やはり詩の数節を読もう。

ひしめき合う単一体
踊る塊
[……]

つっかい棒された人間
はね跳んでいる人間
降りてゆく人間
稲妻活動のための
暴風雨活動のための
投槍活動のための
銛活動のための
鮫活動のための
引き抜き活動のための人間

［……］
歩行運動よりもはるかに内面的な、四裂の刑と激昂との運動
爆発の、拒否の、あらゆる方向への扁平化の
危険な魅力の、途方もない欲望の
襟首を叩かれた肉の　飽満の　運動
頭のない運動
人が溢れ出ている時　頭が何の訳に立つだろう？
よりよい状態を期待しながら　おのれ自身の上に巻きつき　うねる運動
内なる反抗の運動

多様に噴出する運動
示すことはできないが精神に住みついている
別の運動に代わる運動
埃たちの
星たちの
侵蝕作用の
崩壊の
空しく潜在するものたちの　運動(10)

人間、動く人間から、抽象化、速度を経て、奇妙な運動、運動自体に、視点が動いている。人間のような、運動自体のような、流動する可変的なフォルムである。これまでのように、作品におけるデッサンとことばは、それぞれ単独にも読め、補完するようにも見える。さてこれはどのように展開するのだろうか。

図4　『ムーヴマン』 1951

汚点《しみ》の祝祭、腕の音階
さまざまな運動
人は「無」の中に跳びこむ
[……]

汚点

心を迷わせるための
はねつけるための
覆いをとりのけるための
ぐらつかせるための
再び生まれるための
削り取るための
くちばしを思い出に釘づけにするための
再び出発するための　汚点[11]

運動は汚点・しみのようなものに変わる。それは「無」のなかで浮かび上がるのだろうか。汚点・しみは、運動と融合しているようである。音階の現われに注目しておきたい。続きを見よう。

仕種《しぐさ》
知られざる生命の
生命の
浪費されるのに都合よい
衝動的な生命の
せわしくあえぐ、痙攣的な、勃起性の生命の
投げやりな生命の、どんなふうな生命でもいい生命の
生命の仕種

挑戦と反撃と
隘路の外への脱出との　仕種
追い越しの
とりわけ追い越しの
追い越しの仕種
感じられはするけれど見極めることのできない仕種
（続いて出現しようとしている眼に見える実際の仕種よりもずっと大きな、おのれの中の仕種以前のもの）[12]

それは仕種に変貌する。運動の仕種、生命の仕種であるが、この仕種は、現実の仕種よりはるかに大きく、しかも仕種以前のもの、仕種を生む仕種の原形である。まだ続く。

孤独が音階の練習をする
砂漠がそれらの音階の数を殖やす
無限にくり返されるアラベスク

屋根の、婦人用上着の、あるいは宮殿の記号でも
古文書と知識の辞書との記号でもなく
ねじれの、荒々しさの、ひっくり返しの
運動への欲望の　記号
［……］

［……］
後戻りするための記号ではなく
絶えずよりよく《線を越える》ための記号
人が書き写しているような記号ではなく
人が操縦しているような
あるいは　無意識に突き進んで　人が操縦されているような　記号(13)

記号に変容している。動く記号である。人間が動かしているような、あるいは、人間を動かしているような、記号。運動自体とも見える記号である。ここに増殖する音階が聞こえ、増殖するアラベスクが見えることに留意しておきたい。それはこれから何かを動かし生み出そうとするような記号である。人間、運動、汚点、仕種、記号、をめぐって原生命ともいうべき生命の根源、音やイマージュに働きかけるその運動が見える。

デッサンについての注目すべき「後書」も見過ごせない。以下の通りである。

　これらのデッサンがのびのびしており、ほとんど楽しそうでさえあるのは、またそれらの動きが、激しい怒りの情を帯びている時ですら、わたしにとっては軽快になされたのは、それ（デッサン）が、まさにわたしを、ことばから、それらしつこいパートナーから解放してくれたためである。わたしはまたそれらのデッサンの中に、ことば的なものに背を向けた新しいことば、わたしを解放してくれる者、を見いだした。(14)

メードザンたちにおいて詩が優位を占めていたのに比して、ここでは、あきらかに、絵・イマージュが優勢を占めている。ことばからの解放としてイマージュが位置づけられている。ひとつの推移が見られるだろう。実際彼の創作活動において、詩の作品より、絵画作品が増えてゆく(15)。

これに関連するだろうか。線描も膨らみをもってくる。象形文字が象形化を全面に打ち出しているような感じと言えるだろうか。生まれ出た生物が、増殖してゆくのだろうか。それとともに、言語表現が、視覚表現に席を譲ってゆくのだろうか。墨の表現は、ここでは、生命の動きの印象を与えるものとなっているように思われる。後に、ジュフロワとの対話において見られる墨の意識を検討したい。

次に、一九五〇年、芸術論集『パッサージュ』において、「ムーヴマン」、「運動」にかかわる事柄について考察しよう。同書収録の「描く」の一節を見たい。

すでに一つの形を持っている人々は、絵画のおかげで結晶する。まだ形を持っていない人々は、絵画のおかげで生まれ出る。周　金元

創造活動による転位は、人がなしうる最も奇妙な、自己の内部への旅の一つである。

[……]

ことばの製造所（ことばによる思考の、ことばによるイメージの、ことばによる感情の、ことばによる運動機能の、製造所）は消え、目のくらむほどに素早く、またひどく簡単に、破産する。それはもうそこにはない。ことばの発芽は停止する。夜だ。[……]

奇妙な感動。もう一つの窓から世界が再び見出される。[……]

新たな困難。新たな誘惑。
すべての芸術は、それに固有の誘惑とその贈り物とを持っている。
［……］
差しあたり、わたしは、黒い、厳密に黒い地の上に描く。黒色はわたしの水晶球なのだ。黒色だけから、わたしは生命が出てゆくのを見る。(16)

創造活動は人間の内的な旅をもたらすという。それは多くの外的な旅で彼が得たものと符丁を合わせるのだろうか。その旅の途上で、ことばによる創造から離れてゆく。別の窓、別の世界、新たな困難と誘惑に出会う。彼は黒地に描く。黒から生命が生まれ出すのを彼は見るのである。ここでは、ことばの概念から生まれるもの以外のものに視線が注がれている。通常のことばが消え、別のものが生まれ出ようとする様が見える。「絵画現象について考えながら」に彼は書く。

［……］紙の上にはほとんどいつも、いくつかの顔が現れる。
度を越えた顔の生活を送っているので、人々はまた、際限のない顔の熱病にかかっている。
わたしが一本の鉛筆を、一本の画筆を取るや否や、紙の上には、次々と、十、十五、二十と、顔たちがわたしのところへやって来る。それも大部分は、野蛮人の顔が。(17)

顔が現れる。顔に襲われている。そのなかで、読むことと見ること、ことばとイマージュについて、「読み方」の一節においてミショーは考える。

書物は読むのに面倒である。自由に往き来することができない。後からついてゆくようにと促される。唯一のやり方が指示されている。

タブローは全く異なる。直接的で、全体的だ。右へも、また左へも、深くも、意志通りである。進路は定まっておらず、千の進路がある。そして休止も指定されていない。望むや否や、タブローは、新たに、そっくり、一瞬のうちに、すべてがそこにある。すべてがだ。だが、まだ何も知られてはいない。読み始めなければならないのはここからである(18)。

文字の読み物では、跡を追うようにと誘導され、思いのままに視線を動かせないという。絵には決められた道筋のようなものがなく、視線は規定されず自由であり多様であり、瞬間にすべてがあるという。言語の線状性・時間性による束縛と、絵の同時性・空間性による視覚の運動の自由が主張されている。「誰でもタブローを読むことができ、そこに見出すべき材料をもっている」という。「時間の経過を描く」において彼は語る。

わたしは他のものを除いた一つのものの姿を描きたいと思う代りに、端と端とをつないで生命を作る瞬間瞬間を描き、内部の文章、ことばを持たぬ文章を―曲りくねって際限なく展開し、内面的なものの中に、内部からと同様に外部から現れるすべてのものを伴っている綱を―、目に見えるようにしたいと思った。

[……]

最初の線を引きながら、わたしは、大変驚いたことに、どんな時にも閉ざされていたあるものがわたしの中で開いており、その割れ目を通って沢山の運動が通り過ぎようとしているのを感じていた。

［……］

かくしてわたしの眼の前には、何年も前からわたしを満たし、わたしから溢れるばかりになっていた沢山の運動が押し寄せていた。わたしは［……］運動に関して並外れた才能を示していた。運動に関する真の奇蹟。わたしは運動によるプロテウスであった。［……］

動物たちとわたしとは互いに相手を必要としていた。わたしはわたしの運動を心の中で動物たちの運動と交換し、両脚動物の限界から解放された彼らの運動を使って、自分を外へぶちまけた……わたしは、とりわけ最も野性的な、最も突然の、最も急激で不規則な彼らの運動に酔っていた。わたしは、途方もないかれらの運動を発明し、人間をその中に引き入れた［……］(19)

ミショーは絵において、全体的な関連、総体的な生の源泉を志向したように思われる。そこは内面的な場であり、通常のことばが表現をもたないところだった。それを人々に示すことを欲した。彼のこの意図にしたがった試みのなかで、彼は、閉ざされていたものが開かれ、多くの運動が錯綜し通過する経験をしたのであった。運動が溢れ、彼自身、運動によって変貌自在となった。そこで予言と変身の神プロテウスさながら動物の運動能力を取り込み、運動そのものと化したのだろう。

またこの書においてさらに注目すべきは、音楽に対する明確な意識と主張が表されていることである。「音楽と呼ばれるある現象」を読もう。

……音楽と呼ばれるものがある。

［……］

それらのごく小さな波は、事物を、世界の耐え難い《確固たる状態》を、その状態から生じたすべての結果を、その構造を、その持ち上げられない総量を、そのきびしい法則を、軽くする。それらの波は、物体の上を、また人間たちが物体のようになった時にはそれらの人間たちの上を、夜にするすべを知っている。それらの波は、肉体を肉体でなくし、具体的なものを抽象化し、状況を非問題化することができる。

［……］

音楽、確かに火に先行した驚くべきもの。人々は火よりもずっと音楽の方を必要とした[20]。

音楽の波は、線となって四方八方からやって来て耳の底を取り巻くかのようであるという。音楽の波動は、世界の堅固さ、重さ、法則を軽くし、物体の上、人間の上を夜にし、事象を抽象化する。そしてそこで、人は、甦ってゆくという。プロメテウスの火よりも先に音楽の価値があった。

神を信じなければならないということも、宗教に属さなければならないということも、教義にすがらなければならないということもなく、それの構成するものが実際に一つの聖歌であるかそれとも単に《崇高な行為》の中に場所を占めたいという一種の願望であるかどうかさへ知らずに、聖なるものをうたう芸術[21]。

音楽は、規範化されたしかじかの宗教とは別に、またみずからへの反省的意識も必要なく、「聖なるものをうたう」芸術であるという。そしてこの芸術は、以下のように、芸術の根源としてある芸術である。

外部からの反対を恐れる必要のない、音楽的なものとは別の現実の前に置き直されることのない芸術。

> 実現のではなく、願望の芸術。［……］情熱の芸術。愛も憎しみも原初的なものではないが、情熱はそうだ［……］。情熱は原初的なものであり、それは同時に絶望であり戦いであり願望である。音楽はこの情熱を表現する［……］。定義し、明確な意志表示をする思想は、柵を作るが、少し経つと、新しい状態の方へと進むために、その柵を粉砕しなければならなくなる。［……］根源の芸術である音楽は、情熱の中に止まることを知っている芸術である。(22)

音楽は、音楽的現実、それ自身以外とは向き合わない芸術であり、情熱という原初の動きであり、その情熱のうちにあり続けることができる芸術であるという。

> 作品は、いくつかの行程の総体、何本もの断ち切られた線上の一走行である。各行程は感じられるものであり、跳躍、墜落、上昇、下降は決してあいまいではなく、常に測定可能である。［……］下降と上昇、抽象的なものの中への果てしない上昇。（唯一の知性ある旅、それは抽象的なものである）。
> 音の高さは垂直な行程を表し―上昇の情熱―、流出として、拍子として、あるいはリズムとして、また異なる速度として、現れる時間は、水平の行程を表す。だが常に行程がある。行程を追いたどることなしには音楽の構造をとらえることはできない。(23)

垂直な行程、水平な行程に音楽の構造はあり、その行程は聴衆に、場所の変化に対して鋭敏にするという。リズムが聴衆を歩かせ、躍らせるという。リズムが人を感動させる。しかし行程の動きは内的であり抽象的である。

音楽は、外部の物理的世界とは関係ないにも拘らず、行動の芸術である。行程と通過。一つの態度を表現するのにこれ以上のものはない。一つのあり方ではなく、一つの生き方であり、自分が生きていることを感じるための一つのやり方である――これ以上に事物を伝えうる何があろう？〔……〕外部から見える物質的な目印として外部のスクリーンの上にそのままの形を映し出すことのできない音楽は、それを聞く者に、それを内部の行程として追いたどるようにと強いる。かくして音楽は、人を、全く自然に、ある同一化へと、また存在から存在への移し変えという錯覚へと導く。

厳密な規則を持つ正確な構成物を作り、音響の純粋な知的価値とその音楽の取り扱いとに専念する音楽が、どうして他の芸術より概して精神的・数学的でなく、なぜ沢山の他のものであんなにも汚れているのか？(24)

音楽は外部世界とかかわらず、生命を感じさせる、内的な行動の芸術である。音楽は聴衆に内面の行程を追跡させ、自然に存在の動きを感じさせるのである。このような音楽は、その構造性、純粋な知的価値と操作において、極めて精神的であり数学的であるという。前出の『ムーヴマン』に現われた基本的な「音階」が思い出される。

このようにミショーは、諸芸術のなかで音楽に特別の位置を与えているのである。クレーの画布と共に、音楽と線、多様な線が紡ぎ出されて現れてゆくことは、後に見よう。

このようなミショーの音楽がまた、東洋の意識につながっていることも記しておかなければならない。幾つかの例を見よう。

「第一印象」において、「わたしの音楽の中には、沢山の沈黙がある。／とりわけ沈黙がある。」と語り、音楽に対して、自分を認識するためにびっこになったメロディー、額が常にその「東洋」をむなしく求めている間に、時をかせぐためのメロディー、と呼びかける。(25)

そして、「人間の音楽を、特に作曲家の、また特に西洋人の音楽を、演奏する決心がつかないこと、むしろ雀の、［……］枝の上にとまった雀の、人間を呼ぼうと試みる雀の、音楽を演奏すること」と、彼の音楽に非西洋意識が表明されている。(26)

それは運動にも敷衍される。西洋の体操は人を自己から遠ざける、という。西洋のダンスは「外」へ出てゆき、東洋の、たとえばインドのダンスでは、眼や指が、あらゆる運動、思考の運動であり、散り散りにならないための運動、放心状態にならないための運動、分離しないための運動をするというのである。(27)

このように、「ムーヴマン」、そして「運動」は、ことばから絵画、そして音楽、さらに非西洋の意識に、まさに生命の運動と抽象化の思索によって、つながっていることを指摘しておきたい。

## 四　第三段階、メスカリン画の発生と展開

幻覚剤メスカリンを服用して、彼は実験的デッサンを描くことを試みた。メスカリンはメキシコのサボテンから取り出されたもので、幻覚を引き起こす薬剤である。創造の源に対する異常なまでの探求ではないだろうか。メスカリンの実験は一九五五年から六六年まで、およそ十年の間実施された。この実験に関する報告は五冊の書物にまとめられたが、それは、一九五六年『みじめな奇蹟』、一九五七年『荒れ騒ぐ無限』、一九五九年『砕け散るもののなかの平和』、一九六一年『深淵による認識』、一九六六年『精神の大いなる試練』であり、はじめの三冊には興味深いメスカリンデッサンが収録されている。これらについて考察しよう。

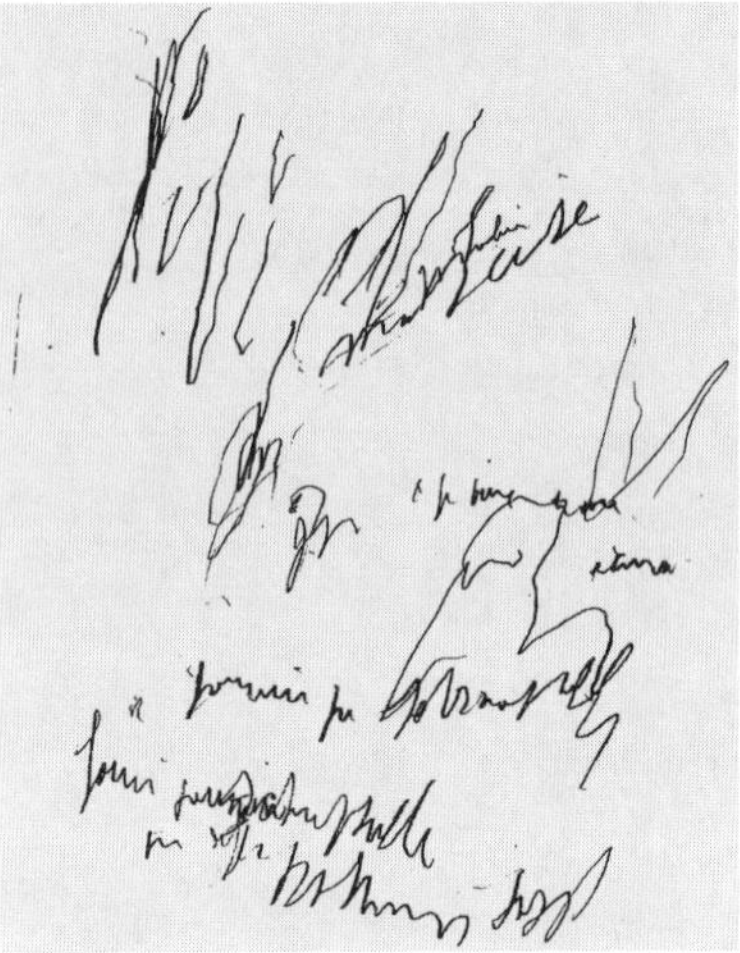

図5　メスカリン画『みじめな奇蹟』1956

まず『みじめな奇蹟』を、これまでの関心にしたがって読みたい。この書が、メスカリンを対象とする、ことば、記号、デッサンによる探検の書物であることが、始めに明らかにされている。三度目の実験のあと始められたデッサンは振動性の運動から作られているという。

そこでは、ページの中を、またページを横切って、いきなり、発作的に、書きとばされたいくつもの文—音節が空に舞い、ばらばらにほぐされ、さまざまな方向に引っぱられたため、ずたずたに中断されたいくつもの文が、襲いかかり、倒れ、死んでいた。それらのぼろぼろの残骸が、ふたたび生きかえり、動き出し、走り出し、爆発しようとしていた。[28]

さらに、幾つかの単語が一つに癒着してしまうことがあると彼は語る。そして、そのような単語から逃れられない思いを抱くという。[29]統辞的に破壊されたことばに襲われている様子と言えるだろう。また、「果てしない光の攪拌器の中を、わたしは光をはねかけられながら、酔って、どこかに運ばれて行くかのように、決して後に戻ることなく、どこまでも前進し続けた。[30]」と語る。強烈な光の様態、そのなかでも、やはり後戻りできず、ひきずりこまれてゆく有様が見える。

そして、メスカリンが「重なり現象」を引き起こすことを示した上で、メスカリン実験を記録する際の困難を告げる。ヴィジョンの出現・変化・消滅のすばやさ、ヴィジョンの多様さと急激な増殖、ヴィジョンがそれぞれ独立しながら自律的かつ同時的に進行すること、そして扇状に織形状の展開をすること、それらの非感情的な性格、イマージュの襲撃、ウィ・ノンの襲撃、型通りの運動の襲撃といったばかばかしい外見と機械的な外見、などについて記述する。(31)

「耐え難い不快、苦悩、内部の祝祭」の中で、世界は刻々と退き遠くなり、そして、「一つ一つのことばが、ねばっこく、密度を増してゆく、もはや発音することも不可能なほどにねばっこく。(32)」と、ことばの襲撃の様子を記録する。ことばの襲撃は以下のように恐怖に満ちている。

突然［……］行為に先んじて警報を受けとるわたしの言語中枢から、発せられた一つのことば、《眩しく目をくらませる》ということばにすぐ続いて、突然、一本のナイフが、突然千のナイフが、稲妻を嵌めこみ光線を閃かせた千の大鎌、いくつかの森を一気に全部刈りとれるほどに巨大な大鎌が、恐ろしい勢いで、驚くべきスピードで、空間を上から下まで切断しに飛びこんでくる。(33)

この一節は、突如、強烈なスピードに襲いかかられる恐怖として、幻覚の様子を生々しく物語っているが、同時に「眩しく目をくらませる」という「ことば」によって襲われるのは、ことばにつながれた詩人である彼のあり方を顕著に示していると言えるだろう。

色もまた衝撃的である。たとえば色の出現が次のように記述される。

それから《白色》が出現する。完全な白色だ。あらゆる白さという白さを超えた白色。白色の出現の何という白さ。白以外の色とは全く妥協の余地のない、白以外の色をいっさい排除し、完全に根こそぎにした白色。(34)

「白さで絶叫する白色」「電流のように素早い白色」「白色の疾風のような白色」、と白の襲撃が記録される。形態、形状についても偏執的である。それは他の色とも重なる。ボール紙、あらゆるボール紙、ボール紙の滝が現れたり、ゴムのような材質が出現したり、それがバラ色に変わったりする。(35)

そして、色は、形となり、ことばの襲撃につながる。色彩の洪水、点々、線の洪水に襲われる様、語・音節の連鎖、羅列、無限の拡張に襲われる様が記録されるのである。(36) 挿絵入りの動物学の本を横にすると、ジラフの文字からうごめき始めるものがある。(37) 幻覚ということばから、幻覚を見たりもする。(38)

人間たち、リトパット人のように小さな人間たちが運ばれてきたりする。また無数の、伸びる、もろくかぼそい様々のフォルムが、細かいいっさいのものを出現させる。そしていっさいを震動させる。点々の接近のせいか、イマージュは異様に長く、重なり干渉しあい、左右対称となり、異常なスピードのなかで、構成を混乱させる、という。(39) そしてやがて、ひとつの思考、抽象的な思考に至る。「抽象的なものが勝利を占める」のである。

> 外見はそうでないにも拘らず、われわれは抽象的なものの中に、急速度の［……］抽象的なものの中にいる。［……］イマージュは、思考と、ことばと、抽象的な観念とによって生じさせられてやってくる。［……］
>
> イマージュそれは、観念の定着だ。抽象的なもの――抽象は、観念を動きのままにとどめる方法だ。(40)

それは「神の不在、その代わりになるのは急激な増殖と時間」。時間は無限であり、時間が至高の存在である、空間もまた変化し、宇宙について豊かな見方をもたらす、というふうにひとつの収束を見せる。[41] そして、自分は「一本の線」にすぎず、「思考にまで収縮した」という。[42]

また、音楽についての感覚も特筆すべきだろう。不思議なことに、「音楽のことを考えた時に色彩が現れるのを見た」、だが音を呼び起こせなくなった、と語った後、一つの面、たとえば視覚的な面に過度に注意を集中することは、聴覚的な面に注意を集中することを不可能にするのだろうか、と問いかけ、「新しい扉を開けることは自動的にもう一つの側の扉を閉めるきっかけとなるだろう」[43]、すなわち、「一つの面に敏感なこと、それはもう一つの面に鈍感なことの代償に他ならない」と思考する。このように音楽は、諸感覚のあり方について思索する契機をも与えている。

そうした音楽について、最後に「反省的考察」において語る。「音楽は人の心を鎮めるために行なわれる」という中国人の考えの正しさがわかると告げ、リズムが、メスカリンの中で極端に巨大になった自分の存在を極めて容易に鎮めた、と語り、解毒剤としてのリズムについて考察している。デッサンは引き裂かれた自分の伴奏をすることはできたが、その状態から自分を救い出すことはできなかった、とつけ加えている。[44] 音楽の特権的な位置がここにも現れていると言えるだろう。

このように、『みじめな奇蹟』においては、イマージュのあり方にことばとのしがらみが強く現れている。ことばから線へ、抽象的なものへ運ばれる。ことばから引き出されるデッサンが見える。ことばとデッサン、意味することと描くことの境界域にいると言えるだろう。そして、ことばへの執着と恐怖の極地に、本源の感覚とあり方としての音楽と抽象性が認められるのであった。

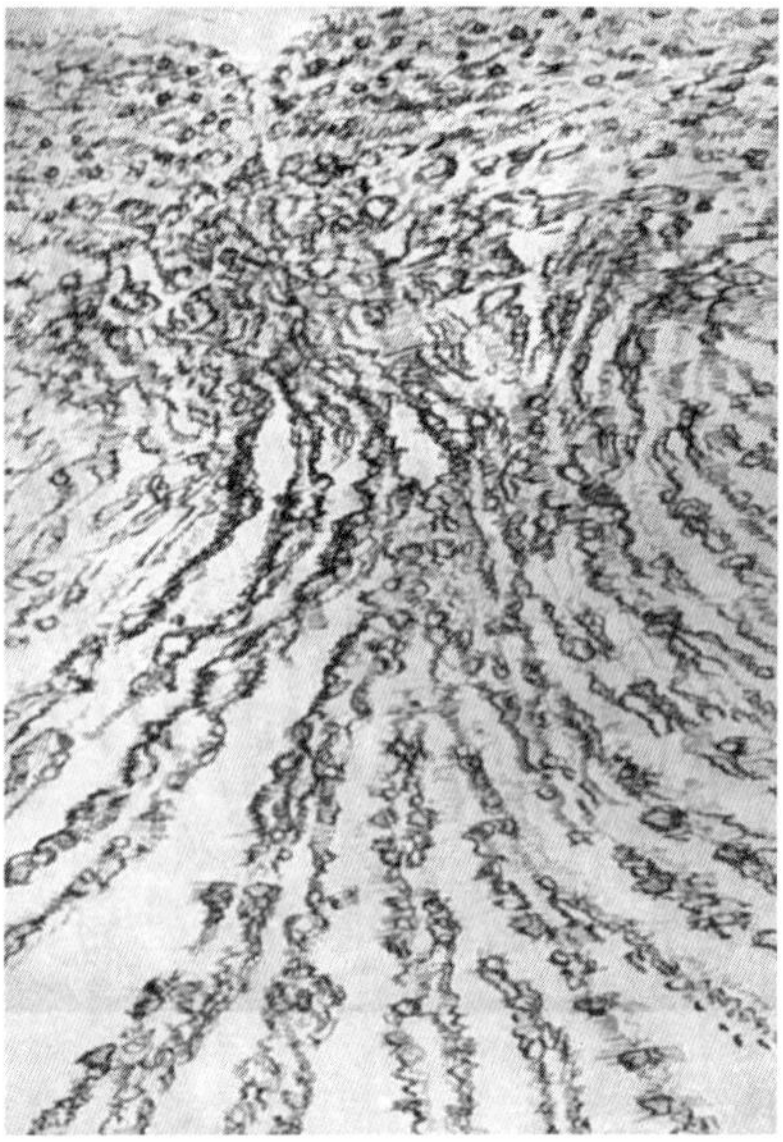

図6　メスカリン画『荒れ騒ぐ無限』 1957

次に『荒れ騒ぐ無限』では、色彩、光、そして神の姿と官能性が問題となっている。相変わらず、速度に巻き込まれている。特徴的な記録を挙げよう。

「拡大してゆく内部空間の大伽藍の中に、極端な加速度が、イマージュの通過の、観念の通過の、欲望の通過の、衝動の通過の、矢のような加速度が、存在する」(45)のであるが、「イマージュと観念と精神の速度との代りに、躍動を強化し、それをメスカリン化することに成功し、その躍動が恍惚状態になってゆく時、すべてが変わる」、しかしそこには「別の危険」があるという。無限が現れ、無限は三つの様相、すなわち純粋な様相、悪魔的な様相、精神錯乱的な様相、に応じて接近できるという。幸せな無限、悪魔のような無限、人を傷つける無限。それらを隔てているのは一本の糸であるという(46)。感覚的に具体化された無限である。

色については、黒いヴィジョンにとりつかれ、黒色の波の旋律は恐ろしく、襲われる自分の空間の旋律も恐ろしいという(47)。また、白い泉にも襲われる。白はかちかちという音を立て、自分を狂わせ、自らの反省に白色の拍子がつけられる、という(48)。黒と白はここでもやはり特別の色となっている。

他の実験では、光に襲われる。そこに「何千体もの神々」を見たという。信仰をもたない彼は神々を見る。神々の行列の様子を記録する。宇宙と無限を見る。そして、「割れ目のない泡立ち、永遠にくり返される泡立ち、その上で、瞑想にふける一つの思考が、競争相手のない一つの思考が、変わることなく、変えたいと望んでいる者もなく、魔法にかけられたくり返される連鎖の中で、くり返されている。[49]」と締めくくられる。思考への収束がここにも見られる。

また別の実験では、エロチックな感覚に襲われる。快楽、官能、セクシャルなものが、リズミカルな退廃となって、彼を堕落させるという。[50] そしてやはり指摘すべきは、線の出現である。線のデッサンをメスカリンは強いている。[51]

このような現れのなかで、音楽に対する意識がやはり興味深い。黒色の浸食のなかで、自分の映写膜の中心から縁へ向かう黒色に対して、黒色の波の旋律、カデンツが恐ろしく、自分の空間のカデンツも恐ろしい、と表現したのであった。[52] あるいは、ラジオの音楽が自分を不快にさせ不作法に広がるのは、自分の中に住んでいる「沈黙の音楽、沈黙してはいてもそれでも響きわたり、それでも交響曲風の、音を発する妹よりはずっと驚くべき音楽」の上に、なのである。リズムが問題であり、自分を、自分の速度を遅らせるために一つのリズムを発明するという。その成功のとき、メスカリンは衰えているだろうと彼は考えている。[53]

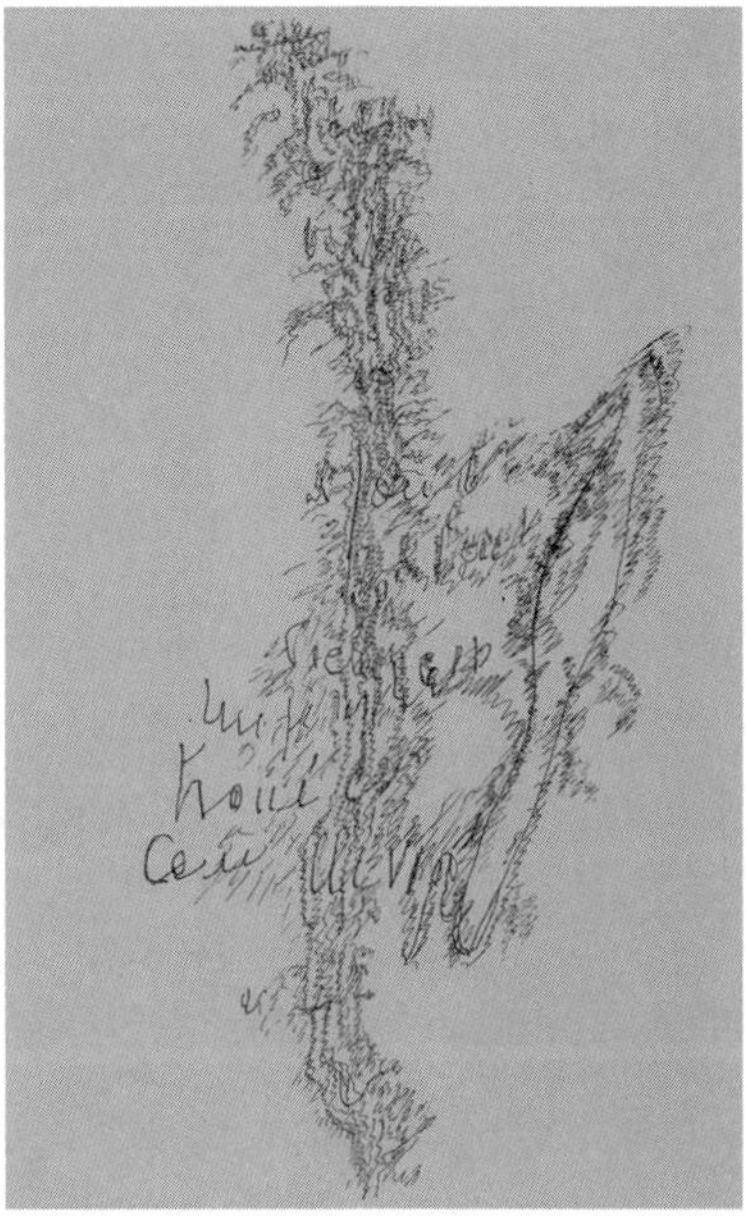
図7　メスカリン画『砕け散るものの中の平和』 1959

最後に、三番目の書物『砕け散るものの中の平和』における長い詩篇には、無限に対して明快なことばによる表現が見られる。思考が問題化されている。第三期、五八年か五九年から六二年までの実験には、緩速化が見られ、実験の終了が暗示されていくように思われる。ここで彼は余談を挟んでいる。自然と自然現象に従って、詩的な知性でそれを共感に結びつけておくため、シナ人たちは、思考を自然の進路に従って上から下へとたどる書き方をしたが、そこでは単語は固定した文字であり、何よりまず見るべきものである記号である、と語り、次のように続ける。

そしてシンタックスはほとんどないか、あるいは全くない。隠密な、謎解きめいた文法上の諸関係。そこでは、陳述は、とりわけ一枚の絵、固定した、不変の様々の絵から成る一枚の絵だ。それはまた、幻視的な思考に、思考の最初の現象の本源的な出現に、近い。(54)

通例の分節をもたない言述は絵であり、思考の源に重なるという。そしてメスカリンによる失神状態で出会う思考について述べる。

それらの思考は素早くやって来る、素早く、素早く、狂ったように素早く、前後に密接して、通過し、逃れ、消えてゆく。発生状態の思考、自由な思考、知りうる限り唯一の自由な思考［……］。

後を追うこと以外のことをすることは、全く問題にならなかった。ここでは、一つの思考を、一つのことばを、一つの形象を捉えて、それらに働きかけることも、それらから霊感を受けることも、それらを即興的に取り扱うことも、できない。それらの上では、すべての力が失われる。それらの速度、それらの自立性は、そのような犠牲と引きかえに成り立っている。(55)

素早い捉えられない原初の思考である。そのようななかに現れる「無限」が綴られる。

無限よ
わが肉体を苦しめ
わが有限性を冷笑する無限よ
それは巧みに人をごまかす震動の中で　また収縮によって
わが有限性を埃にしてしまう
無限はわたしを引き延ばし
そして易々と、見せ場もなしに
わたしからわたしの手に入れたものを剝奪してしまう

［……］

長い一連の飛翔よ
抽象的な、空間への飛翔よ
ああ飛翔

それは抽象的な無限であり飛翔である。この書物では、意識の記録がことばによって明快に見られる。空間、翼、プリズム、時間、畝傍、合体の欲望、花、泉、輝き、白、疾風、ゴシック、色彩、エロス、群集、生殖力ある存在、線、単眼、そして無限、わたし、くりかえし、こだま、力、伸長、空気。最後に上昇について語られる。

どうしてわたしは今までそれに出会ったことがなかったのだろうか？
驚くほどに単純な、止まることのできない上昇を
しきりと熱望するあの勾配に。[56]

と、図示するように視覚的に構想された文字配置による長い詩は、締めくくられる。

ことばの発生の場にイマージュの発生の場が重なる。ことばが絵に交代したというよりは、それぞれの表現の発生の場が境を接しているように思われる。両者共に、ことば以前、絵以前の域に境界域があるように思われる。そこに、無限とともに、音楽、抽象性、思考、思考の源泉が見られたのではないだろうか[57]。

## 五　創作における問題意識

これまで眺めてきたミショーの意識、ことばとイマージュに対する意識や創作意識を、『噴出するもの＝湧出するもの』（一九七二）のうちに確認できるだろう。この書物で彼は自分の絵画観を跡づけている。

もっぱら《ことば的なもの》から成る環境と文化の中で、生まれ、育ち、教育されたわたしは、自分を規制しているその条件から自分を解放するために、描く[58]。

ことばからイマージュへの移行が語られる。描くものは何か。

わたしは一つの連続体を欲している。終わることのない、生命に似た、どんな性質よりも重要な、われわれを引き継ぐものである、つぶやきのような一つの連続体を。

この連続体が存在しないかのように描くのは不可能だ。表現しなければならないのはそれだ。

失敗。

失敗。

何度も試みては失敗する。

もうそれ以上は望めないので、わたしは、絵ことばのようなものを、というよりはむしろ、絵文字による、だが不規則な行程のようなものを、線で描く。わたしは、自分の線図が生命の分節法そのもの、ただし、柔軟で、変形可能な、曲がりくねった分節法そのものであってほしいと願う。(59)

連続体を描こうとするが成功できない。絵文字のような線・行程、生命の分節法自体に向かう。絵画に求めるものは何か。

絵画のなかには、原始的なもの、最も本源的なものが見出される。(60)

わたしが始めるや否や、いくつかの色彩が黒い紙片の上に置かれるや否や、その紙片は紙片であることを止めて、夜になる。ほとんど行き当たりばったりに置かれたさまざまな色彩が幻像となつて……夜の中から出てくる。

黒色への到着。黒色は土台へと、起源へと導く。

黒色の中で、知るのが重要なこと。人類がその幼年期を形づくったのは夜の中においてであり、夜の中で人類はその中年を生きたのだ。(61)

夜と黒のうちに創造の本源と生のプロセスを見ることになる。

《なぜ、むしろ文字で書こうとしなかったのか？》

書くなんて！

ことばだって？　わたしはどんなことばも欲していない。ことばなんか、ぶちのめせ。今は、ことばとのどんな同盟も考えられない。(62)

ことばは彼を絶望させる。絵筆はどうか。

いつ、わたしはそれらを絵筆で描くのを止めたのだろうか？　わたしが遠慮なしにインク（墨汁）を使用するまでには、多少の時間が経過している。遂にある日、わたしは確実にそこへと達していた。ぎくしゃくしたしぐさで、わたしは開けた壜からインク（墨汁）を波のように流れ出させた。今や何とそれは広がるのだろう……

絵筆は終わりだ。(63)

絵筆から墨へ移行する。

［……］わたしは、運動を―無気力を打ち破り、線たちをもつれさせ、一列に並んだ状態をぶちこわし、構成物たちをわたしからやっかい払いする運動を―好む者たちのひとりなのである。不服従としての、手直しとしての、運動。(64)

勢いよく、そして修復することなく、敢然として進む。線描が、色のついたインク（墨汁）のしみの中に無造作にはいりこみ、鋤の刃のように前進する、鋤の刃がおそくなることは全くないだろう―。(65)

線描が墨にしのび込み、そして運動が続く。

《運動性の、振動する、絶え間ない泡立ちによって、活気づけられた》サイケデリックな絵たち。少なくともそれらはそうあることを目ざし、そうあることを必要としていた。だが常に、不可能なことが、場所のない場所を、物質性のない物質を、限界のない空間を表現することが、重要なのだった。(66)

それは、要の不可能性に向かっていたのである。ことばでは表現できないものをイマージュそのもので描こうとしたわけであるが、描く対象とその方法において、彼固有の空無の領域が見出される。ことば以前の生命の発生状態を描こうとした。それがことばを組み立てるアルファベットであり、象形の文字であった。人間のような生物、生命体の根源のようなものが、

図8　墨　1978

図9　墨　1981

動きの中にある。眼であり、顔であり、蛸であり、幻想的な動物であった。そしてついに、線描であり、墨の飛沫であり、黒であった。沈黙から現出するものであった。その運動であった。そこに音楽があり、抽象的意識があった。思考があった。そして非西洋への傾向、東洋への傾斜がある。それは分析的思考に対する抵抗としてのものだろうか。

音楽の意識は、マグリット論である『謎の絵画から夢みながら』でも、絵画との関係から語られている。

［……］地味な家々の並ぶ沈黙した一つの通りの中に、一個の巨大な弦楽器を認める。［……］自分を表現したがっているのは、貧弱で従順な、どんな大胆さもなくどれもこれもよく似たあの家々の中に、圧縮された音楽であり、誰もが同様でなければならないその場所にとどめられた音楽なのだ。［……］

奇妙ないくつかの題材を持つ絵画、［……］。しかしながら、遠くないところに音楽が、音楽すなわち表現そのものが。少なくとも一つの楽器がそこに立っている。一つだけ、完全に静かな《静止した》音楽が。ところが、それにたった今火がついた。それは焔に包まれている。だが演奏者はいない。聴衆もいない。(67)

音楽はミショーにとって創作の根元的な位置を占める。表現そのものである普遍的な音楽、沈黙の楽器には、演奏者も聴衆もいない。演奏される以前、聴かれる以前の音楽、音楽そのものとしての音楽である。

そして、最初のメスカリン実験から十年後の『精神の大いなる試練』においては、自己、自我の放棄の意識が見受けられるのである。

さて、一九六四年のアラン・ジュフロワの『視覚の革命』によれば、ミショーは、絵画について、また墨について、ジュフロワのインタヴュー（一九五九年）に答えている。

絵画を手段としたのは、自分に対して障害を設けるため、また文学のドアを後ろ手に閉めながら、別の領域に入ろうという意志、決別の欲望であった、と明かす。必ずしも文学と対立するわけではなく、異なる表現手段を求めた、ともいう。

さらに、絵画においては捉えられない、大きな墨絵は告白、瞬間の告白であり、ある意味で悪魔祓いであるという。それは「線の虐殺」であり、何かに「ぶちあたり」、常に神秘的なままでいる。「それは叫び声、つまり、私に真実と思われた最初のものに通じる。すなわち、統辞法に反した、まったく裸で、まったく生の、ものの訴え方に通じるのだ。」という。この墨絵は、前もって準備された画布に描けないし、二度と手を加えることはできない。その墨絵は、多くの事柄に対する自分の反応だという。

ことばというものは、何よりも無垢な状態から遠い、大墨絵はそれに比べればずっと罪がない、という。ことばに、またイマージュに、原初的なものが求められている。また、メスカリンについては、創作をめぐる大きな収穫があったこと、わずかなもので自分が満足していたことを発見させてくれたと述べている。(68) これらの率直な彼自身のことばは、『噴出するもの＝湧出するもの』と相呼応していると言えるだろう。

こうした問題意識のあり方の独自性と、同時に、他の創造意識との関連を探るために、ことばとイマージュ、この両者の領域に関心を抱きながら活動する他の作家たちの創作意識と、ミショーの意識とを比較できないだろうか。瞥見しよう。

## 六　他の芸術家たち

まず詩人たちと比べよう。前章で見たアポリネールも、ことばとイマージュの問題を考えた。しかしそれは、目に見える現実の表層のイマージュの型どりであった。その組み合わせや大小関係が夢想の域に属するものとはいえ、この意味で、現実との距離、現実に対する方向がミショーと根本的に異なる。さかのぼって、マラルメはどうだろうか。彼は、深層のイデアに向かったが、あくまでことばによってそれを表現しようとした。ことばやその意味をデザイン化するとしても、そこでの不可能性をデッサンの域に転化することはなかった。そしてヴェルレーヌは、捉えがたいイマージュ、描きがたいイマージュをことばの音楽で作り上げた。ことばはことばの音として生きていたと言えるだろう。

画家たちと比較できるだろうか。ルドンは、同様に人間の顔、眼、発生の原初的形態に執着し、そこに生命の根元的なものを見ようとした。同じく科学的ではあったが、文字との戦いはなく、絵画の領域に可能性を求めていたと思われる。クレーについては、ミショー自身の批評が見られる。線と理知的な分析性に注目している。『パッサージュ』における「線の冒険」はすぐれたクレー論である。長くなるが引用しておきたい。

パウル・クレーの最初の絵画展を見た時、わたしは大きな沈黙に身をかがめて、そこから戻ったのを憶えている。

［……］

わたしは音楽的なものに、真の「静物」に到達していた。

［……］

散歩する線たち。—西洋でそのように散歩する線たちを見たのは初めてだ。

［……］

形而上学を説き、透明なオブジェとそれらのオブジェ以上に濃密なシンボルとを集め、記号の線であり、ポエジーの設計図であり、最も重いものを軽くする、暗示的な線たち。

［……］

一本の線が一本の線に出会う。一本の線が一本の線を避ける。線たちの冒険。

線であることの、行くことの、楽しみのための一本の線、線。点たち。点たちの粉末。一本の線が夢みる。人々はその時まで一本の線に夢みることを決して許さなかった。

一本の線が待つ。一本の線が期待する。一本の線が一つの顔を考え直す。

成長する線たち。蟻の高さの線たち、だが、そこには蟻たちは決して見られない。この自然の、寺院の中には、動物たちはほとんどいない。ただ、一度引っ込んだ彼らの動物性があるだけだ。植物は気に入られている。考えこんでいるように見える魚は迎え入れられる。

これは一本の考える線である。もう一本の線は思案を完了する。賭けの線たち。決定の線。

一本の線が立ち上がる。一本の線が見ようとしている。曲りくねった一本のメロディーの線が、二十

本の群落層の線を横切る。(69)

クレーの生きた線をめぐってミショーは、音楽、散歩、非西洋観、自然、動物性について夢想する。クレーの全的な線は音楽の線である。また先に見たように、ミショーが、マグリットにおける、夢や音楽の意識を賞賛していることをここにつけ加えておこう。マグリットの静寂な音楽の夢想もミショーの関心を引いた。次章で見るピカソに対しては、ブラッサイによる『語るピカソ』において記されているように、ミショーはピカソとの芸術のあり方の違いを自ら明らかにしている。ピカソとは、別の怪物を異なった方法で求めている、とミショーは言う。社会や現実との芸術的関わり方の位相の相違は明白だろう。(70)

## 七　創造の源泉

ミショーの根源に、文字、ことばから、絵、イマージュへの変遷と重なりが、その精神の深淵として見られる。そこではことばの源泉とイマージュの源泉とがつながり融け合っているように思われる。主体は消失している、というより、分節以前、未分化の主体が露にされている。「生命の運動」観に基づく彼独自のラディカルな仕方によって、それはメスカリン実験といった身体的な領域から精神の旅として追求された。(71)常に激烈なスピード、しかし内的速度で運ばれていた。興味深いのは、それが、音楽の価値と絡まり、抽象性の領域に関わり、非西洋文化を取り込んで、固有の思考に養われた芸術意識としてあることだろう。

ことばとイマージュの絡まりは、様々な詩人、画家のうちに多様に、それぞれの深浅をもって認められる。ミショーの精神と創作の営みには、文学と絵画の境界域が両者の深層で、両者の発生の場で、分ち難く融合しているような、ひとつの創造性のあり方が認められないだろうか。そしてそこで彼は東洋と出会ったのである。

彼の作品が、タシスム・アンフォルメル・抽象、日本の書と関連することはつとに指摘されているが、これに関しては本書で折々暗示されることになるだろう。また、文学の領域でのシュールレアリスムの作家たちとの関連、その思想的関係も直接間接に言及されることになる。(72)

# 第二部　創作の共有

# 第一章　エリュアールとピカソ——芸術と社会——

## はじめに

ポール・エリュアール（一八九五‐一九五二）は、シュールレアリスムの詩人、また、平明なことばで万人に語りかける愛と平和の詩人として、とりわけ戦後には広く民衆に親しまれた。現実の社会、日常の世界から視線をそらさず、その開放的な視界を詩に綴った。そして、他のシュールレアリスムの文学者たちと同様に、視覚芸術・造形芸術の作家たちとの交流も顕著であった。

彼の文学観と芸術観はどのようにふれ合い重なるのだろうか。ピカソとの親交は特筆すべきだろう。創作上の共有意識が興味深い。二人はどのように理解し合ったのだろうか。詩人はピカソの創造性、創作活動のどこに共感し、ピカソは詩人の詩と生き方に何を読んだのだろうか。彼らの文学性、芸術性が響き合ったのはどのような場だったのだろうか。二人の作品を具体的に跡づけることによってこうした考察をおこない、主に文学者にとっての、視覚の在り方、ことばとイマージュの関係のひとつの例を見てみたい。

## 一　エリュアールの生

まずエリュアールの生涯と作品を概略記しておこう。彼は、一八九五年、パリ郊外のサン・ドニに生まれる。本名はウジェーヌ＝エミール＝ポール・グランデル。一九〇八年、パリに移り住む。一九一二年から一四年まで、結核のためスイスのサナトリウムで過ごす。ここで、後に妻となるガラと出会う。一九一四年、第一次世界大戦勃発。エリュアールも野戦病院の看護兵として動員される。一九一六年、詩人二一歳、『義務』を出版。ちなみに、この詩集の出版の時以後用いた名、エリュアールは母方の祖母の姓であるが、その後状況に応じて別の筆名も使用している。一九一七年、ガラと結婚。『義務と不安』、翌年『平和のための詩』の刊行。一九一九年、ダダの仲間、アラゴン、ブルトンらと交友関係を結ぶ。一九二〇年、『動物たちと彼らの人間たち、人間たちと彼らの動物たち』、一九二四年、『死なないために死ぬ』を出版。

一九二五年、二九歳、エルンストの挿絵の施された『沈黙のかわりに』を刊行。一九二六年、フランス共産党に入党、『苦悩の首都』出版。一九二九年、『愛・詩』の出版。一九三〇年、ニュッシュに会う。同年、ブルトンとの共著で『処女懐胎』を刊行。同年、ガラと離婚、一九三四年、ニュッシュと結婚。『公衆の薔薇』の出版。シュールレアリストとしての時代であり、恋愛詩にその力を発揮したと言えるだろう。一九三六年、ピカソ回顧展を機縁に、ピカソに同行してスペイン各地で講演旅行をする。一九三七年、『詩の明証性』出版。一九三八年、『シュールレアリスム簡約辞典』をブルトンと共編で刊行する。

一九三八年、詩人四三歳、シュールレアリスムの指導的立場から離れてゆくようである。同年、「ゲルニカの勝利」を発表。一九四一年、レジスタンスに参加。一九四二年、『最後の夜』、『詩と真実 一九四二』、一九四四年、『生きるに値するひとびと』、『ドイツ人の会合の場所で』、『パブロ・ピカソへ』を刊行。戦時下、自由と平和を求める詩人の姿が明らかな時代である。

一九四六年、五一歳、『持続へのきびしい欲望』の出版。同年、ニュッシュ死す。一九四七年、『時はあふれる』を、そしてアラゴンとの共著で『今日のふたりの詩人』を出版。一九四九年、『道徳の教え』刊行。

一九五一年、ドミニックと結婚。同年、ピカソの石版画を伴った『平和の顔』、ヴァランティーヌ・ユゴーのデッサンを伴った『フェニックス』を刊行。行動の詩人として世界各国で人類の平和のために講演を重ねる。一九五二年、編著『芸術論集』の刊行を始める。同年十一月、心臓病のため死去。

このように連ねてみると、愛と平和の詩人が、時代の現実の悲惨に対峙して、どのように創作活動を続けてきたかが仄見えるようである。芸術家、画家たちとのかかわりはどのようなものであったのか。とりわけ彼の創作と社会活動が、ピカソの創作や芸術意識にどのようにかかわったのかという興味に促される。

ここでは、まずエリュアールの文学観について、今回のテーマとの関係の点から考察しよう。次に、ピカソとのつながりを、作品と活動の面から検討しよう。そして最後にそれらによって、エリュアールの芸術観、文芸観の特質について探究したい。そのようにして、詩人における芸術と社会のひとつのあり方を吟味できそうである。

## 二　文学観

一九三〇年代の半ばはエリュアールを変えた時期と言われる。後述のように、それはピカソとの深い親交が始まった頃でもある。現実の世界、世界の情勢は、第一次世界大戦終結から尾を引いたファシストの圧力とそれへの反撃の争乱のうちにあり、やがて第二次世界大戦へと破局を迎える凄惨な流れのなかにあった。

エリュアールは、一九三六年六月、ロンドンで開催されたシュールレアリスム展に際して、「詩の明証性」と題した講演を行い、翌年同名でこの論考を出版したが、これは、彼の文学観を鮮明かつ総括的に示していると思われる。まずこれを読んでみよう。

すべての詩人たちが、他の人々の生活や共同生活に深く関わっていると主張する権利と義務とを有する時代が、今や訪れた(1)。

このように、現代は詩人たちが社会の現実と他者に視線を注がねばならない時である、と文章は始められる。そして以下のように主張される。

詩の絶対的な力が人々を、すべての人々を純化するだろう。ロートレアモンのことばに耳を傾けよう。「詩は万人によって作られるのでなければならない。ひとりの人間によってではない」。象牙の塔はことごとく取り壊され、ことばということばが聖別されるだろう(2)。

詩人はもはや個人の想像力の世界に閉じこもっていてはならない。詩は社会に開かれ公共のものとしてあるべきであるという思考が、ロートレアモンのことばを取り挙げて宣言される。そして詩人の役割を告げる。

詩人は、霊感を受ける者というよりも、はるかに霊感を与える者である。[……]詩篇の主要な特性は、繰り返して言うが、神に向かって加護を祈ることではなく、霊感を与えることである。あてもなく書かれた多くの愛の詩篇が、いつの日か恋人たちを結びつけるだろう。ひとは、ある存在について夢みるように、一篇の詩について夢みるのだ(3)。

詩人は人々に霊感を与えねばならない。そのような詩人によって書かれた詩篇がやがて多くの人々の心を動かすはずだと語りかけられる。そして、サド侯爵とロートレアモンの孤立性の意味を発掘し、その革命的なあり方を明らかに示しながら、シュールレアリスムの信条を掲げる。

認識の道具であり、またまさにそのことによって防御の道具であるとともに征服の道具でもあるシュールレアリスムは、人間の深層意識を白日のもとにさらけ出そうと努める。シュールレアリスムは、思考が万人に共通のものであることを証明しようと努める。シュールレアリスムは、ひとびとの間にある相違を縮小することをめざし、そのために不公平な欺瞞や卑劣さに根ざす不条理な秩序に仕えることを、拒絶するのである。(4)

人間の深層意識の共通性へと視界が拡げられ、思想は社会性を帯びる。これに続けて「今日、詩人たちの孤独は消滅する。彼らは今や、同じ人間たちの仲間であり、兄弟なのである。」と告げられ、そして、その戦うべき相手について、また真の詩について表明される。

真にその名に値する詩人たちは、プロレタリアと同様、搾取されることを拒絶する。みずからの秩序や威信を保持するために、銀行や兵舎や牢獄や教会や淫売屋を建てることしか知らない、そのような道徳に順応することのないすべてのもののなかにこそ、真の詩は含まれているのだ。それは、ランボーやロートレアモンやフロイトの仕事においてと同様、サドやマルクスやピカソの仕事にも、見出されるものだ。[……]もう百年以上も前から、詩人たちは自分たちがそこに居ると信じていた天上から降りて来ていた。彼らは街のなかに出て行き、みずからの師を侮辱し、もはや神を持たず、美と愛とをとらえてあえて接吻までする。彼らは不幸な民衆の反抗の歌を学びとり、そして尻込みすることなく、民衆に彼ら自身の歌を教えようと試みるのである。[……]まさに詩人達は今日、自分たちが万人のために語っているという確信を抱いている。彼らの良心は万人のためのものなのだ(5)。

以上のように、時代の新しい詩と芸術、思考のあり方の主張、社会性の喚起、万人への呼びかけに貫かれた文芸の提起のうちにこの宣言は締めくくられる。エリュアールは、詩論「古い最初の眺望」(一九三七)において、彼らの仲間というべき詩人たちのことばを集めながら、そこに自分自身の思索を組み込んだが、既述のロートレアモンの「詩は万人によって作られねばならない。ひとりの詩人によってではない」ということばは、そこでも示されたものである。

そして、過去との決別を唱え新しい文学のあり方を提言しながら、彼は、過去の詩人たちのことばを逐一確実に覆そうとした。次に列挙するように、世代的にはさほど違わないが古い思索と断定した作家のことばをいちいち念頭に置き、それに自らのことばを対置させる。強い対抗の意識か、あるいは冗談や揶揄を含むのか、過去や過去というべき思考への独自の反発の姿勢が感じられる。

一九三六年、彼は、ブルトンとの共著による『詩に関する覚え書き』(一九二九年一二月、『ラ・レヴォリューション・シュールレアリスト』誌に掲載)を刊行したが、それは一九二九年夏に発表されたヴァレリー(一八七一―一九四五)の文学観(「文学」『コメルス』誌)に直接対抗した形で、時代のあるべき文学観を明らかにしたものであり、その対抗ぶりが興味深い。まず「序説」からいくらかをとりあげよう。ヴァレリーの文を先に置き、挑発的な類似の文に仕立ててもじったものを後続させて組み換えの様子を考察してゆきたい。

素裸の思想も感動も、素裸の人間と同じに弱い。
だから、それらに着物を着せること(6)。
素裸の思想も感動も、素裸の女と同じに強い。

だから、それらを裸にすること。(7)

一篇のポエムは「知性」の祝祭であるはずだ。(8)
一篇のポエムは「知性」の瓦解であるはずだ。(9)

祝祭は、あるものが完成した時、または、あるものをそのもっとも純粋なもっとも美しい状態に顕示してこれをとり行う。(10)
破壊は、あるものが完成した時、または、あるものをそのもっとも純粋なもっとも美しい状態に顕示してこれをとり行う。(11)

表現の原理、知性の認識に関して、象徴主義的思考への対抗・対決の意識が明確に示されている。続いて「ポエジー」の章においてはたとえば以下のような節が見られる。二例を示そう。

その詩人としての天質によって、自分がたまたま遭遇したり、喚び起こしたり、ぶつかったりした、ある一つのことば、あることばとことばの不調和、ある文章法上の抑揚等、その表現が、言語の上で面白い効果を形成するごときものの明快なそして思考できる方式を探求する人、彼もまた詩人である。(12)
その詩人としての天質によって、自分がわざと遭遇したり、喚び起こしたり、ぶつかったりした、ある一つのことば、あることばとことばの不調和、ある文章法上の冗談、ある結句等、その表現が、狩猟の面白い偶発事を形成するごときものの不明快なそして思考できない方式を探求する人、彼もまた詩人である。(13)

リリスムは感嘆詞の進展である。[14]
リリスムは抗議の進展である。[15]

詩的言語表現の生成と詩の抒情的全体における社会性に関して、やはりヴァレリーに真っ向から対立しようとする。また「修辞学」の章においては、たとえば次のように追跡は激化する。

韻文。漠然たる観念、意図、比喩を用いた無数の撞撃等が、正規の形式に、規約されたプロソデーの打ち勝ちがたい禁令に衝突して砕けるに際し、思いもよらぬようなフィギュールと新しいものを孕む。意志と感情が規則の無感覚と衝突して生ずるこの打撃には、驚くべき結果がある。[16]
算術的運算。漠然たる観念、意図、無数の勿体ぶった思わせぶりが、正規の形式に規約されたプロソデーの幼稚な禁令に迎合して、陳腐なフィギュールと古ぼけたものとを孕む。思わせぶりと計算が規則の無感覚と合致して生ずるこの調和には、単に退屈きわまる結果しかありえない。[17]

イマージュの乱用と過剰とは心の眼に調子と不似合いな混雑を来す。ちらちらし過ぎるとかえって何も見えなくなる。[18]
いかに多くとも乱用にはならないイマージュの過剰は心の眼に調子といかにも似合いな混雑を来す。ちらちらする中でこそ、ものはかえって判然する。[19]

伝統的な韻文の形式性にまつわる思索に対する闘争的侮蔑的な攻撃、イマージュの豊饒と無秩序に対する血気に逸る主張が顕著である。そして最後に「作者の側から・異説」において、以下の例のように畳み掛けようとする。

「完成」
それは推敲である。[20]
「完成」
それは懶惰である。[21]

形式は本質的に反復と結びつけられている。[22]
悪い形式は本質的に反復と結びつけられている。[23]

詩の形式、詩の成就に対して、自然発生的自動的な意識の観点から異論が投げつけられる。このように、興味をそそられる刺激的なことばが全面を覆い、ヴァレリーの思考にあからさまに字句毎に逐一反撃する形で見られる。あくまで現実の日常に根ざし、そこから人々と共に戦うべき文学のあり方を提起しようとする詩人の姿が映し出されている。確かに反撃による対立的意向は明確に表明されている。しかしこうした機械的で無闇とも言える裏返しの言述による対抗は、煽動的新奇さと同時に、同じ土俵の戦いの浅さをも露呈させる。冗談にしては長すぎる公刊であり、ややもすれば昂じた反発に帰さないだろうか。言述に対する意識として留意しておきたい点である。

さて、一九四七年、アラゴンと共著で刊行した『今日のふたりの詩人』に示された、「詩は実践的真理を目的としなければならない」における思考も特筆しておきたい。ここでは、世界を変革するために、人々皆が共に戦わなければならないこと、詩人はそのために歌わなければならないことを主張している。[24] さらに、エリュアールの死の直後、一九五三年の刊行であるが、『とだえざる詩II』[25]において、透徹した文学観、すなわち現実の世界と戦い、因襲打破へとつき進む詩人の姿勢が読みとれる。あるべき生と幸福が綴られている。その前篇としての、一九四六年刊行の『とだえざる詩(I)』のほうにおいては、詩人の仕事、そして画家の仕事が、唱えられている。[26]「詩人の仕事」では、自由と正義を求めて現実に立ち向かうべき詩人の姿が明快に描かれている。ピカソへの献辞が付された「画家の仕事」においては、生に対する新たな呼びかけに賛美が送られている。

このような詩人が、その生涯においてとりわけ親しく接した芸術家ピカソとどうかかわったのか、彼自身の文学的営みと並行してピカソの何が彼を動かしたのか、またピカソは何を詩人から感じとり、協同作業を望んだのか。それについていくらか考察を試みたいと思う。

## 三　ピカソとの親交

一四歳年長のピカソ(一八八一―一九七三)との交友は、ピカソの友人、ブラッサイが仔細に語っている。[27]「ミノトール」編集室で、繊細な様子の四十歳位の男、エリュアールに紹介された時のこと、エリュアールの妻であったガラとダリのこと、[28] エリュアールの二番目の妻ニュッシュのこと、[29] エリュアールに紹介されたドラ・マールのこと、[30] コクトーとエリュアールの仲のこと、[31]「ゲルニカ」をめぐる話、[32] そして愛する妻ニュッシュの死のこと。[33] ピカソとエリュアールの親密な交友の経過についてブラッサイは事細かに伝えてくれる。

すでに一九二六年、エリュアールは、詩集『苦悩の首都』において、「パブロ・ピカソ」と題した詩篇を掲載している。見晴るかす風景の中、過誤をただすべき視線が歌われているのだろうか。いまだ二人が親密に互いの作家活動を交わらせる以前のことであるが、これは、後日、一九四四年エリュアール編纂の手になる『パブロ・ピカソへ』に収録されていることから見ても、この時期からのエリュアールのピカソに対する親愛の情が感じられる。一節を記したい。

こころの顔はみずからの色を失った
太陽はわたしたちを探し　雪は盲目だ
わたしたちに見すてられると　地平線には翼がはえる
するとわたしたちの眼ざしが　はるか遠くで　誤りを一掃する(34)

図1　ピカソ〈エリュアール肖像〉1936

さて一九三六年、詩集『豊かな目』の巻頭を飾るのは、ピカソによるエリュアールの肖像のデッサンである。日付けは「三六年一月八日夕」となっている。またこの詩集中の詩篇「大気」にピカソは飾画を付している。そして何よりこの詩集には、「パブロ・ピカソへ」(一九三六)と題されたさわやかな詩が掲載されている。これはやはり前出の『パブロ・ピカソへ』に収録されたものであるが、二人の再会をよろこぶ詩であり、敬愛する

図2　ピカソ飾画〈大気〉 1936

図3　ピカソ〈ニュッシュ〉 1936

ピカソへの詩人のなつかしい気持ちが平明に表現されている。「すばらしい日よ」と繰り返される呼びかけとともに、すがすがしいピカソとの出会い、再び会えた幸せな気分が鮮明にわれわれに届く(35)。

この年一九三六年の初めは、ピカソ巡回展を機に、エリュアールがスペインの各地に講演に赴いた、その出発の時でもある。そしてこの年はまさにファシストのフランコ将軍によるスペイン内乱の年であり、七月以来、悲惨な戦況が繰り広げられ、マドリードも襲撃される。エリュアールはそうした現実を目の当たりにして、「一九三六年十一月」という詩を作っている。スペイン内乱勃発後、四か月の詩であり、彼は廃墟を悼み抗議している。

廃墟の建設者たちが立ち働く姿を見るがいい
彼らは金持で忍耐づよく　秩序だっていて
暗鬱かつ愚鈍だ
ところが彼らは　全力をつくして地上で唯一

の存在になろうとする
人間のほとりにいて　そこに汚物を詰めこんでいる
地面すれすれに　脳味噌のない宮殿を折りたたんでいる[36]

そして、一九三七年四月二六日、ゲルニカの惨劇が起きる。ピカソは〈ゲルニカ〉を描き、詩人は「ゲルニカの勝利」を歌った。よく知られたこの詩は、一九三八年の詩集『自然の流れ』に収録され、「一九三六年十一月」の後に置かれている。スペイン内乱の時、ピカソの〈ゲルニカ〉は、スペイン北部の小さな町ゲルニカがドイツ空軍に襲撃され破壊された、その戦争の犠牲となった凄惨な有様を描いたものであった。ピカソは、この大作〈ゲルニカ〉で、一九三七年のパリ万国博覧会に際して、スペイン館の壁を飾った。詩人の詩は、これに呼応するように、現実への抗議に同調し、そしてそこから未来に開かれているといえるだろう。女と子供の眼に赤い薔薇が映っているという。部分を記そう。

III

すべてに耐える善良な顔よ
ここにあなた方を固定する空虚がある
あなた方の死は模範となるだろう

図４　ピカソ〈ゲルニカ〉 1937

IX

女たち子供たちは　同じ宝を秘めている
眼のなかに
男たちは力をつくして　これを護る(37)

次に挙げたいのは、既述の一九四四年のピカソ賛、『パブロ・ピカソへ』と題して出版された詩と図版の書であり、「ゲルニカの勝利」を除いて、エリュアールによるピカソ関連の書き物が集大成され、ピカソの創作への高い評価と自らのことばの創造との共有意識を示している。緒言を記そう。

ピカソの作品のある高みのなかで、わたしは、その作品がわたしに与えてくれるつきることを知らぬ喜びを、分かちもちたいと願った、わたしは、ことばのなか、また形のなかで、人間が人間にいだく信頼を証したいと願った。(38)

同書に収録された「わたしは善なるものについて語る」はやはりピカソ論であるが、そこにおいて以下のようにピカソの芸術性を紹介している。

たった一本の直線あるいは曲線のかわりに、彼は、彼の心のなかにその統一性と真実性が再発見されていたところの幾千もの線を乱れさせた。彼は、客観的な現実にすでにあらかじめ認められている知識を軽蔑し、物体と、物体を見るもの、したがって物体を考えるものとの、その間の交渉を回復した、彼は、

図5　エリュアールとピカソ　1948

もっとも大胆なもっとも崇高な方法で、人間の存在と世界とが分かちがたいという証を、わたしたちにふたたび与えてくれたのである。(39)

ピカソは真理を欲する。ガラテを永久に無気力で生命のない状態にしておくような架空の真理ではなくて、想像力を自然に結びつけ、すべてのものを現実的とみなし、たえず特殊から普遍へ、普遍から特殊へと移りながら、もし新しく豊かであるならば、存在と変化とのすべての多様性に適応してゆくような、ひとつの全体の真理をである。(40)

ピカソの画業が、既成の知識にとらわれず、現実の人間と世界に対して真理を求めるまなざしに満ちている様、そのまなざしに支えられた創造の営みにおける特殊と普遍の往還、その全体的な力量が確認され賛美される。そしてこれは次のように閉じられる。

ことばというものは社会的なものである。しかし、ひとはいつの日にかデッサンが、ことばのように文字のように社会的なものとなり、そしてそれらとともにデッサンも社会的なものから宇宙的なものへと移ってゆくだろうと望めないであろうか。あらゆる人間は事物の視覚によって伝え合うであろうし、それらの事物の視覚は、人間たちに役立つであろう、彼らに共通な点を指し示すことで、人間に、事物

図6　ピカソ『平和の顔』 1951

図7　同

に、事物のような人間に、人間のような事物に。そのとき、真の透視力は、宇宙を人間に、すなわち、人間を宇宙に、統合するようになるであろう[41]。

ことばと視覚的なものにおける社会性の在り方の相違が指摘されている。社会的なことばとそうあってほしい視覚的創造、視覚による人々の理解と交流伝播の貴重さ、その社会性が説かれる。そして両者における人間と宇宙の結びつきへの意思が述べられる。また「詩の理法」と題された章においては、ピカソは以下のように賞賛される。

> ピカソから、壁は崩れる。画家は、自らの現実も、世界の現実も、放棄しない。彼は、絵のまえの詩人のように、詩のまえにある。彼は、夢み、想像し、創りだす。すると、たちまち、可能な物体が現実の物体から生まれ、今度はそれが現実のものとなり、さらにそれらが現実から現実へと映像をつくる、ちょうど、ひとつのことばが他のあらゆることばでもってするように[42]。

そして、ピカソは詩人のように創造するという。個人と世界の現実につながったことばと視覚、そしてそこで、現実から可能態、可能態から現実へと真理を明らかにしながら真理を生み出し、人々の目の前に真理を提示

図8　ピカソ『ピカソ・デッサン』の表紙　1952

するピカソの社会的姿が価値づけられる。この書には先に示した詩以外に、多くのピカソ賛の詩が集められている。「あらゆる時代のために種子をまく」創造者の営みがあますところなく描かれている。そしてもちろん多数のピカソの図版が掲載されている。

この出版の後、一九五一年、世に出た詩画集『平和の顔』におけるエリュアールとピカソの協同作業も取り上げねばならない。それは、行動の詩人、愛と平和の詩人として、諸国で講演活動を続けたエリュアールが、端的な主張を、ピカソのイマージュとともに打ち出して、社会に訴えているものと言えるだろう。鳩とフランソワーズ・ジローの顔を組み合わせた描写と平明なことばで呼びかけられていて斬新である。デッサン二九点を掲載した詩画集である。正義と自由への愛が歌われ、鳩と人間が重なり、万人に希望を鼓舞している。

万人にパンを万人に薔薇を
われらはみんな誓いをした
われらは巨人の歩みで行進する
そしてその道はさして遠くない。
[……]
平和で頭がいっぱいの人間は希望の冠をつける。

平和で頭がいっぱいの人間はつねに微笑みを浮かべる
微笑むために必要とされるすべての闘いのあとで(43)。

そして、詩人の死の年、一九五二年には、画家の十六点のデッサンを集め、エリュアールが序論をつけた『ピカソ　デッサン』が刊行されているが、これも、限りない才能を紡ぎ出すピカソを全面的に称揚するピカソ論として忘れられない。抜き出してみよう。

ピカソの情熱は決して衰えることがない。それは彼の力であり秘密である。前進する一足ごとに彼は新しい地平を発見する。過去は彼をひきとめない。世界は彼の前に開かれてある。一切が、作りかえるべきものとしてではなく、これから作り出されるべきものとしてある世界、日々あらたに彼が彼自身に目覚め続ける世界が、開かれてあるのだ(44)。

ピカソは、多様性のなかで、みずからの主題に忠実である。彼が鳩を描くとすると、そのうちの一羽は、鳩に固有の白さを持ち、鳥たちのなかでも最上のものとしての地位を占める。他の一羽は、その羽のかたちによっていっそう優しくなり、また別の一羽は、その拡げた翼で世界を保護し、あるいはまた飛躍のうちにみずからを固定したり、さらには人間の顔に姿を変じさえするのである。
もっとも偉大な画家は自分の血で絵を描いた、と一般に言われている。これはひとつの比喩にすぎないが、しかしこの比喩は、およそ人間が提出することのできるもっとも貴重なもののなかから、その価値を引き出すものなのだ。血とは、何よりもまず生への信頼、生の持続への信頼であり、人間的な温もりの永続性であり、死に抗する深い思念と想像力であり、気まぐれであると同時に道理にかなった意思である……。かつて思う存分に仕事をやりとげた画家がいたとすれば、それはまさしくピカソであり、彼はみずからの生を縦横無尽に動き回って、つねに変貌しつづける人間なのである。彼の眼、彼の手は決して錨を降ろさない。広大で持続性のある彼の記憶力は、既成の秩序と因習とをくつがえした。しかしいたるところで彼の記憶力は、その同輩たちによって築きあげられてきたさまざまな価値をも、強化してきた。(45)

このようにピカソの現実への戦いに対するたゆまぬ強靱な社会的精神と個性に溢れた固有の生命力が、現実に対峙して常に新たな意識と公正な認識をもって変貌し続けるその創作意識と画業において讃えられている。

ピカソは常に世界を真摯な態度で受けとめた。そして風景や静物や肖像を描くときにも、社会的国民的、国際的な心情を表明するときと同様に、全身全霊を賭したのである。わたしたちの擁護するレアリスムにあまりにもしばしば欠如しているものは、現実感覚である。みずからの心情、血潮、手のうねり、眼の奔流でもって、現実感覚を支えねばならない。現実への情熱を抱きつつも、その現実そのものを生きねばならない。(46)

ピカソのごまかしのない真剣さは社会の現実に向けられ、社会への訴えに貫かれている。そこに詩人は真のレアリスムを認め、その価値と必然性について語ろうとする。

図9　マン・レイ〈手の中の雲〉 1937

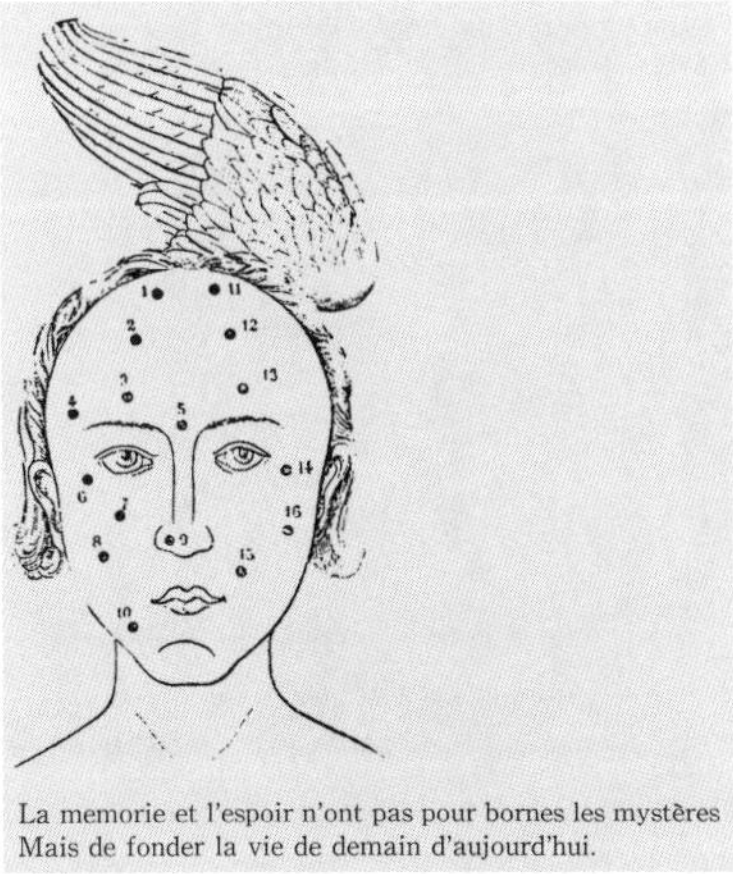
La memorie et l'espoir n'ont pas pour bornes les mystères
Mais de fonder la vie de demain d'aujourd'hui.

図10　マックス・エルンスト〈視覚の内側で〉 1947

詩人は、つまり画家はということでもあるのだが、人々と共にある。けれどもその義務と能力は現実を選びとり、その現実を深いもの、倫理的なものにしようとするのである。そして悪でさえ詩人を美へと導き得るのである以上、美は彼を善へと導くほかはないのである。これがピカソの青の時代が獲得した美点なのであり、キュビスムが必死になって追求したレアリスムなのである。ピカソに常により多くの良心をもたらし、なくてはならない人間的現存について彼が抱く感情を押しひろげるもの、それが彼の美の精髄＝天分なのだ。[47]

ことばの詩人、視覚の画家は、ともに人々に向かっていなければならない。そしてそのような詩人・画家はその創造の営為において、人々と共に善へ導かれるべきであるが、それがすなわちピカソの芸術が実践したものであるという。社会性・倫理性に支えられたピカソが、視覚の創造、強い社会性をもちうる視覚の創造において、称揚されているのである。このように、現実への戦いのレヴェルにおいて、十四歳年長のピカソから刺激を受け、勢いづけられる詩人の姿が見える。励まし合う二人の姿が感じられる。その間の事情については、

図12　同　ホアン・グリス〈散文詩〉

図11　エリュアール『見る』(詩画集)　1948
マルク・シャガール〈犬と狼の間で〉

図14　同　ジョルジュ・ブラック
〈ギター奏者〉

図13　同　フェルナン・レジェ〈多色の風景〉

図15　同　サルヴァドール・ダリ
〈腐敗したロバ〉

ブラッサイの証言が生彩を放った。エリュアールは、一九五二年、五六歳の生涯を閉じることになったが、ピカソはその後、一九七三年、九一歳まで生きる。エリュアールにとっては、四十歳代から死までの短い生涯の晩期、ピカソにとっては、長い人生の後半、五十代半ばから七十代のわずか十五年程の、深い交友であった。一九五二年、七一歳のピカソは、五六歳のエリュアールの死に衝撃を受け、ヴァロリスの教会に〈戦争と平和〉のパネルを描いて、「平和の聖堂」と成した。

では詩人エリュアール、視覚的創造の社会性に期待するエリュアールは、現実と戦い、そこに生きたピカソをのみ、眺めたのだろうか。同時代の画家たちとの協同作業も豊かである。しかしさらに展開したいのは次の点である。

## 四　芸術の伝統に対して

彼は決して時代の画家にのみ目を向けていたのではない。全四巻に及ぶ、古今東西の芸術論と造形芸術作品の紹介は特筆すべきだろう。ここで検討すべきは、彼の死の年の編著作『芸術論集』とそのはしがき及び序文である。はしがきでは、視覚と芸術によって、世界と人間、人間と社会の間の諸関係が明確に認められる文献を集めるべく努力したことが記されている。特に第一巻の序文において、エリュアールが、古来の芸術の伝統を大切にすべきこと、それらを世に広く紹介したいことを述べている点に注目したい。

見るとは理解することであり、行動することであると彼は考え、見るとは、世界を人間に、人間を人間にむすびつけることであると記している。見たものは読んだものより早く消えるか変形する、人間はことばでのみ考え、そのリズム、感覚のリズムを忘れないという。芸術家の役割はどのような頑固な眼をも開かせ、精神に知の道を示すことである、としている。そして美術批評家は、芸術作品に接したときの感動を文学的

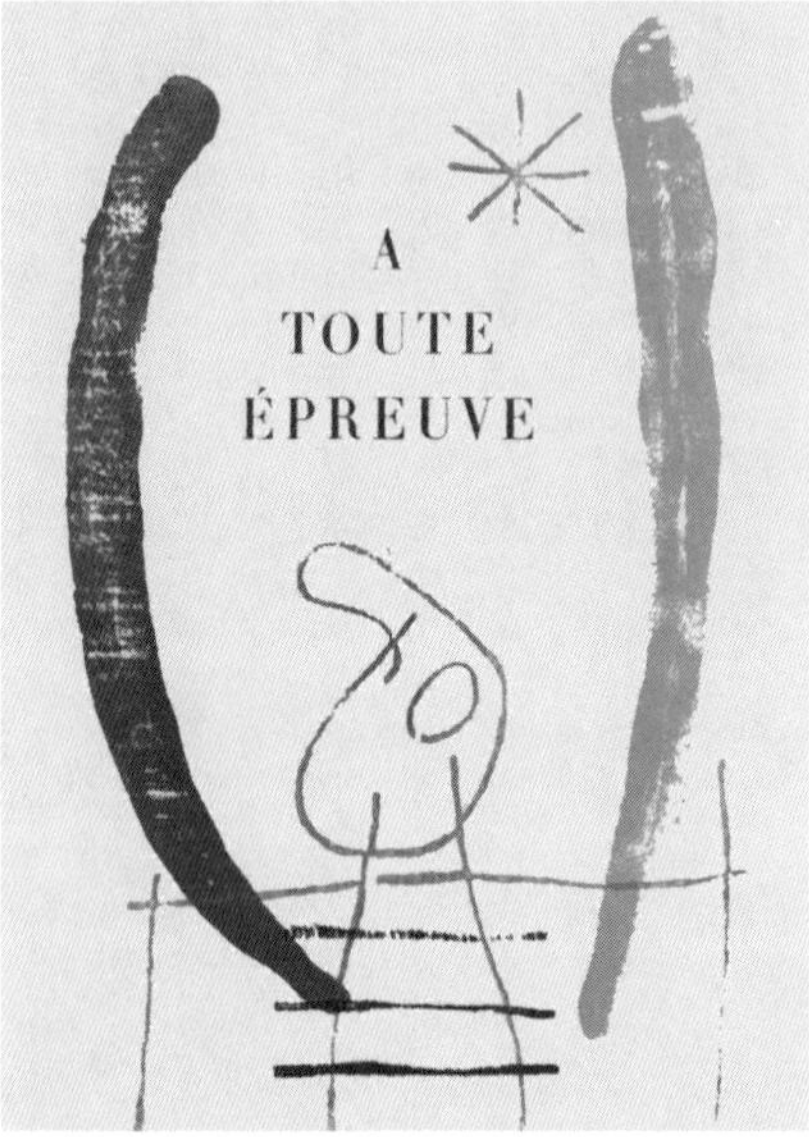


図 17　ホアン・ミロ『試みに』の表紙

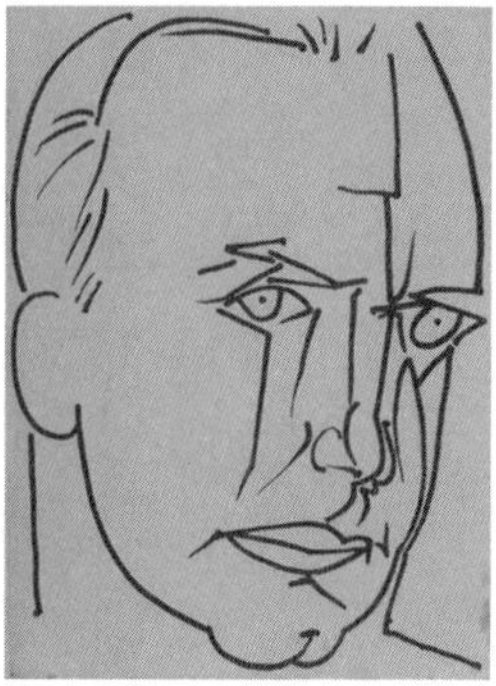

図 16　フランソワーズ・ジロー『すべてを語り得る』の挿絵　1951

図 20　同

図 19　同　挿絵

図 18　ヴァランティーヌ・ユゴー『フェニックス』の表紙　1951

に置き換えることを試みた人であると位置づけている。テクストの選択は、エリュアールの好みの画家たち、画家自身がそしてテクストがその印象を鮮やかにした画家たちに影響されたものであるとするが、それは古今東西にわたる膨大な集積であり、彼の広範な視覚に驚かされる。人間に関わる問題を真摯に提起する芸術の歴史、この人類の貴重な歴史的遺産を万人のために記録しておきたいという意思を彼は明らかにしているのである。(48) 視覚の社会性とことばによるその支えという思考がここにも読みとれるだろう。

ここで紹介されているのは実に多様な芸術家、そして批評家による芸術論であるが、とりわけ、人間の魂を描きたいというゴッホのことばや画布の再三の登場が、ピカソの見解、すなわち芸術家とは世界の諸々の事物・事態に絶えず目覚め、そのイマージュを作品に形成することで自己を形成する人間であり、攻防の武器であるとする見解、そしてそれを実践する画布に、並置されていて印象的である。北斎の画布への言及もみられるが、それに関しては、北斎の「微笑の色調」について語るアンリ・フォションの批評を掲載している。洋の東西を問わず、世界の人類の歴史的宝庫に対する強固な詩人の意識を物語る作品である。人間を映す芸術の価値、それとかかわる伝統の流れを、社会の人々に伝えたいという意欲は明白だろう。

このように、社会へ開かれた意識において、伝統への視線がある。芸術的造形的には実に多様な傑作の提示である。詩に対しては伝統の流れを断ち切った彼であるが、詩の流れと同様にそれなりの視覚芸術の流れをもつであろう過去の諸々の傑作、そこに一様に向けられた視線が確認できるところが、美術の伝統への信頼とは別に、興味深い。彼の視線はひたすら社会性に導かれたものなのだろう。現代の作家たちと様々に協同作業を試みながらも、彼が、社会的力を期待する視覚の領域で、このような伝統への意識と認識の側面を維持していることに留意したいと思う。

さて、日本に対する関心については、別の角度からも付記することができる。日本の短詩型詩歌である俳句への関心と実践が見られる。俳句、フランス・ハイカイは、二〇世紀初頭から戦争の合間を縫うように流布したようである。そのなかでエリュアールはひとつの位置を占めていた。彼のハイカイへの熱心な姿勢もまた注目すべきものだろう。

　俳句は現実の一コマを瞬間のイマージュとして描く。切れは、時間の切れである。時間的継起に従って叙述することなく、喚体の句として、現実の瞬間のイマージュを突き合わせる。彼自身それほど執着してはいなかったようであるが、シュールレアリスムの手法、自動筆記とのふれあいが確かにあるだろう。またハイカイは押韻することはなく、無韻の自由詩として書かれた。視覚への新しい意識、自由詩への流れとの呼応が感じとれる。[49] ここにも時代に開かれた感覚、時代の流れを、そのいわば表層を、彼自身の意識への関わりの点から、すぐに取り込む姿勢が見届けられる。しかし取り込まれたもの自身は日本の伝統文芸とも言える。文化の歴史に独自に根付きながら庶民の生活の文芸でもあるようなものであり、それとして紹介され伝播してきたものである。文芸文化の流れの中の過渡的様相は伝統と現実に開かれてあるだろう。そこには当然、深浅の様々があるだろう。その意味で彼の俳句に対する意向もまた、彼の文学観、芸術観に見合うものと言えるように思われる。前に掲げたことであるが、ヴァレリーのことばを標的として、逐一対照的なことばを突き合わせ反転させて対抗することができたのも、ことばが創造として固有の産出をもち、必ずしも表層的に組み換え・組み込みしがたいものであるだろうという思考に立つと、同様の表層の意識につながるように思われる。無差別の否定はすべての受容に似て、判断力を疑わせる面をもつだろう。

## 五　現実と芸術

現実に開かれ、現実に行動する詩人でなければならない。それは、彼の時代が要請したものでもあるだろう。しかし、それもちぐはぐであれ伝統の流れの認識においてであることが、以上見てきた、彼の文学観、芸術態度に現れていないだろうか。しかしながらまたそれも、良くも悪くも現実の問題意識のレヴェルでつながっているような、ことばやイマージュの関連から来るものだった、と言えないだろうか。あくまで眼に見える現実とその現実を考えることが彼にとって肝要なことであった。これはまたひとつの浅さであり、必然的なひとつの社会性・倫理性でもあるだろう。必然的に内的矛盾をも含みうる表層の意識と言えるだろう。それが甚だ挑戦的なパロディーを世に示させ、極めて網羅的な芸術論集をも編ませたのではないだろうか。

時代と社会のなかでの、ひとりの詩人の、現実との対応の姿勢が見られる。主体の消失を訴えるような主体としての記述者、煽動的な主体がうかがえる。そして、それはここでも、他の芸術ジャンルとのつながり、芸術家との交友において、より鮮明に確認できたことと言えないだろうか。

ヴェルレーヌ、アポリネール、ミショー、それぞれが、現実との様々な距離感のなかで、詩人として生きた。彼らに対してもまた、他の芸術、芸術家との関連において、その独自性を見ることができた。そのように、エリュアールに独自の文学観、すなわち、芸術と社会の直結の思考、直結から出発しそこを必ずしも離脱しない思考、そこでは必ずしも文学性や芸術性そのものが固有の創造性として深く問われることのない思考、そのような思考に基づく文芸観が見られると言えるだろう。そしてそれは、現実と芸術のつながりに対するひとつの顕著な例と言えないだろうか。

# 第二章　シャールの芸術世界と自然──『ヴァン・ゴッホのあたり』をめぐって──

## はじめに

ルネ・シャール（一九〇七－八八）は、あまりに簡潔な表現と切れ切れの断章形式の文によって難解とされる二〇世紀の詩人である。彼の思索的側面は注目されているが、彼が様々な芸術や芸術家と親密な関係をもったこともまた興味深い点である。長い生涯の変遷のなかで、彼にとって、詩とは、芸術とは何だったのか、詩人である彼にとって造形芸術や音楽とはどのようなものであり、彼はそれらとどのようにかかわったのか。そうした面から、彼の創造の世界を眺めてみたいと思う。膨大な彼の詩業の主に晩年の一端を垣間見ることになるだろうが、そこに、詩と諸芸術のつながりの、また新たな姿が見られないだろうか。

それによって、十九世紀から二〇世紀にかけての詩人たちが、どのように芸術全般と結びつき、現実社会と対峙していったのか、その多様な姿勢のひとつを考察できるだろう。それは、ことばの可能性や芸術の可能性、そして、時代における芸術のあり方、すなわち芸術と社会や現実との関係について、考えさせてくれるだろう。芸術や芸術家を対象とする彼の作品や言述からこうした問題を検討したい。

## 一　生涯

生涯と作品に関して、あらまし確認しておきたい。ルネ＝エミール・シャールは、一九〇七年、南仏アヴィニヨンの東方、リル＝シュル＝ソルグに生まれ、一九八八年、心臓の病で八〇年の生涯を閉じた、二〇世紀フランスの代表的な詩人のひとりである。

彼の創作活動の初期は、ほぼ一九二九年頃、『兵器庫』の頃からのシュールレアリスム運動への参画と、そこからの離脱に特徴づけられる。この離脱の過程のなかで、一九三八年前後、『外で夜は支配されている』のあたりから、ファシズムへの抵抗の作品が生み出されてゆくという。そして、戦後、社会との直接的なかかわりから距離を置いた創造世界が、『早起きの人たち』などに見られる。その後、現実との多様な対応のなかで、思索と瞑想を展開させ、相反的な概念を中心にして、詩の意味、芸術の価値を探究してゆこうとしたようである。画家の営みについての関心もこうした脈絡の中に位置づけられるだろう。

このような生涯の間、様々な芸術分野、とりわけ絵画への関心が見られる。「コローのイタリア女」(一九三八)は、絵画を主題とした作品として最初期のものであり、故郷の自然と芸術の世界とのふれあいが感じとれるものであるが、特に戦後にかけて、現実の悲惨に対する芸術創造の価値についての思索が認められるようである。一九三四年頃から、カンディンスキー、ピカソ、ブラック、マチス、ニコラ・ド・スタール、ジャコメッティ、ミロたちの挿絵を伴った、芸術の協同作業にうかがえるように、画家たちとの交流が続く。また、一九四八年頃からの、ピエール・ブーレーズとの密接なつながりも特筆すべきであろう。音楽家へのオマージュも、特に一九六二年、『群島をなす言葉』に見受けられる。

ブルトン、エリュアールたちとの交友のほかに、文学世界では、アイスキュロス、ヘルダーリン、ランボーへの根強い関心、また、カミュとの親交が指摘されている。思想家への傾斜としては、ヘラクレイトスのほか、ニーチエ、ハイデッガーの名が挙げられる。ギリシア世界への愛着、キリスト教への否定的意識、西洋哲学の流れに対する懐疑などに、独自の彼の思索が推察できるだろう。

このような生涯を送ったシャールにとって、詩の場所とはどのようなものだったのだろうか。詩人として、他の芸術や芸術家とどうかかわったのだろうか。創造の世界は、彼の現実の生にどのように関連し、どのような意味をもったのだろうか。

## 二 『ヴァン・ゴッホのあたり』におけるモチーフ

上記の問題に即して、一九八五年に出版された最晩年の詩集『ヴァン・ゴッホのあたり』について考察したい。シャールは、この詩集に収められた同名の詩篇において、ゴッホについて、「私はいつも、私の嵌め込む存在の少し前方で、自分をヴァン・ゴッホの隣人であると感じていた」、と語っている。悲痛な戦争体験の現実をかいくぐってきたあとの晩年、七七歳の円熟した詩人がゴッホをとりあげ、ゴッホの近くで語るものは何だろうか。自然観や愛の問題は、詩人の創作活動のいくつかの展開のなかで主調を成すように認められ、現実との鮮やかな対比を示しているように思われるが、それはここではどのように現れているのだろうか。他の作品に見られるものと、多少とも比較できないだろうか。そのとき、彼の創作活動の過程のなかで、詩、詩人、芸術に対する彼の思索のひとつの様相を考察することができるだろう。

詩集『ヴァン・ゴッホのあたり』(1)において、他の多くの彼の作品において顕著なように、やはり自然はみずみずしく鮮明な姿を見せている。いくつかの詩句を取り上げてみよう。まず、詩篇「緑の石たち」、「境界の確定」、「わたしたちはそれほど脆うかったのだろうか」の中の詩句である。

—時の不明確さもまた、体験される必要がある。ことばの森林植生のように。(2)

—ヴィンセントの足音は、叫ぶ雪の中に消える。画家は再び出発した、だが絵画が他の表現を知らないかのように、無言のイマージュの方へだ。(3)

—戦う人々に贈られる草原(4)

自然の中でもとりわけ草原、森など、植物関係にかかわるものが目立つ。(5) また、雪は、彼の作品によく現れ、際立つ。ゴッホは、雪の中、無言のイマージュへと消える、という。「長い出発」と題された詩においては、

—私は自分の帰還という細い線を持ち去らなかった。私の朝の同意と、踏みつけられる小川の同意を持っていた。

—先見の明のある人々、侮辱された人々は権力の屁理屈から遠くに留まる。未来は、彼らだけを太陽と太陽の協約に近づけ、後には輪のない影に近づける、彼らのためのことばをもつだろう。

—私はもっと古い跡を見つけることは、あまり気にかけていなかった。年齢はこの跡を占領したが、最も繊細な形の数々が、雲の上に動き回る断片を描いていた。

—広大な海は、嵐もなく熱もないように、私には思われる。(6)


小川、流れる線のイマージュも彼独自のものである。太陽、雲、海の広大さにつながる地上の事柄もよく見られる。また、別の詩においても、「虹の貪欲さ」、「寡黙でない雲たち」、「永遠に隠棲した雨」(7)、「数々の大河は隷従する時だけ似通う。(8)」といった表現に見られるように、自然現象に人間的な意味が含み込まれる。

「惑乱した駅」においては、

—駅がその革命［……］を成し遂げるのは、レスタックで、輝くハンニチバナのために、ちょうど石の高さに吹く純粋な大気の微風の後でだ。だから、私たちは駅のおもな主題の中で、山に近づいた。

—［……］誰がこの裸体が輝くのを見なかっただろうか。しかしごく近くの海、最も遠くまで、最も高いところまで、粉々になった空は幸せそうな動きでこの裸体を追う。

—草原よ、無言の鏡の空間全体の女王よ、

—ほら、レスタックよ、高地の砕かれたガラス、植物相のスプリングボード、催眠に誘われた眠り、ゆったりした理解されない者、けっして横たわらない夜よ。啞然とした猫の肖像画を描く鳥のように、私を「大地」と名づけてください、そうすれば、私はあなたに私の最後の変身、あるいは私の最初の移住を打ち明けるでしょう。(9)

ここでは、花、風、山、海、空、草原、夜、大地が、具体的な身近な地名の中で、やさしさ、穏やかさ、親しさを作りながら、自然界の広がりを我々の世界に呼び込んでいるように思われる。

詩篇「モンゲールの女性客」は全体が自然の光景である。小麦畑、雪、空、雲、灰色の音楽的な太陽、小石、小川の中の一番の享楽家である早瀬、樹液、冷気。(10) 自然は馴染みのある風景となって、「希望」につながれ、繰り広げられている。別の詩では、丸い月を背景にした乳房、「太陽の魚屋」(11)というふうに、女性と自然との斬新な結びつき、自然の人間化が見られる。

また、詩篇「社会」(12)においては、「激しい雨が冷やかな風の中で纏れ合い」、「風をフェンシングのように鋭く突いていた」、「雑木林」の中に隠れる「狩人」、「苗木があまりに整然と並んだ」「豊かな大地」の上で「夕焼けの中で死に急ぐ鳥たち」を眺める、といった同様の詩句が現れる。そしてまた別の詩でも、「のろのろした青二才の、太陽よ」(13)の詩句が見られるなど、自然と人間との交感が鮮やかである。あるいは、身近な自然の光景が息づいている様は、他の詩においても、雪、村、宇宙、太陽といったモチーフの引き寄せや、「水の韻」、「攻撃的な大地」(14)という語句の現れに見て取れる。

図1　ゴッホ〈モンマジュールから見たクロー平野〉 1888

そして詩篇「ヴァン・ゴッホのあたり」(15)では、田園、山、小石、虹、沼、狭い道、農家、麦畑、葡萄畑、河、新しい花、溶ける雪、大地など自然のモチーフを背景や点景として、夜、「素早い星たちが易々と近づく太い糸杉の木々」の中に消えるゴッホ、画家によって伝えられた「蟬の腹をもつこの地方」、もう駆けよっては来ない「私の大切な犬」などが姿を見せるが、それらはサン・レミ、モンマジュールなど南仏の地名に結ばれ、身近な親しさの雰囲気に包まれて描かれている。

全体として、このように自然の現れが際立つが、それは、クルーズ県、レスタック、モンゲール、ヴァントゥー山、サン・レミなど、日常身辺の地名につながれ、そこでの具体的な草木や自然現象、人間化されたその集合が描かれているの

図2　ゴッホ〈モンマジュールの岩山〉　1888

であった。そして、それらは詩のなかで、やさしく独自の詩想をくるみ込み、詩的空間を形成しているように見える。[16]

またすでに気づくように、動くモチーフとして、生き物、小動物、鳥たちの登場、その登場の仕方も顕著な特徴をなしている。いくらかの例を見よう。まず詩篇「クルーズ県の薄明」においては、

番の狐が雪を乱していた、
婚姻の隠れ家の縁を踏みつけながら。
夕暮れに厳しい愛は狐たちの周辺に
焼けるような渇きを粉々の皿として示す。[17]

詩篇「キバシリ」では、

おどけた雀よ。
[…]
ちいさな使者は「恋人」の庭の混乱の目録を作るためにだけ、
　嘴と爪が大きくなった。
静かな冬の日の繊細な語り手、

キバシリ、疑い深い人々を魅了する者(18)、

さらに詩篇「素晴らしい跳び手」では、

ティグロン、私の犬よ、おまえはまもなく大きな桜の木になるだろう、そして私はもうおまえの視線の共謀も、おまえの鼻面の湾の震えも、けっして退屈でなく感じの良い四方八方に投げかけられるおまえの吠える声も捕えないだろう(19)。

「惑乱した駅」はすでに見た通りであるが、

唖然とした猫の肖像面を描く鳥のように、私を「大地」となづけてください(20)、

とあった。あるいは詩篇「鶺鴒《せきれい》が黒い水の上を歩く」では、

私たちが希望から解放され、夜が涼しくなる今、[…]。悪の排除が勝ち取られて、器用さがめざましいほどである時、動作は何と美しく思われるだろう！　鶺鴒、美しい祭よ(21)！

このような具合である。身近な動物、鳥たち、狐、犬、猫が、自然の風景のなかで、日常の親密な愛情を込めて語られているように思われる。人間的な愛もまた自然と共に描かれていた。読み返して見よう。

――ここで、集まったわずかな出席者たちの中で、誰がこの裸体が輝くのを見なかっただろうか。しかしごく近くの海、最も遠くまで、最も高いところまで、粉々になった空は幸せそうな動きでこの裸体を追う。(22)
――もっと期待はずれでない光が私たちのあたりに、もっと良い勲章を授けられた乳房が私たちの渇望の上に広がるために、私たちの肩の後ろに月がある――あのいつもの丸い形だ(23)――。

愛もエロスも自然に組み込まれている。そしてこのような自然に、色彩の彩りと音楽の感覚が重なっていることにも留意しておきたい。「クルーズ県の薄明」における雪の白と夕暮れの中の血の赤、「モンゲールの女性客」における雪の白と夜明けの血の色、「灰色の音楽的な太陽」、「社会」における暗い天候の下「夕焼けの中で死に急ぐ鳥たち(24)」など、一貫した特色、すなわち対照的な色彩感覚が印象的であると言えるだろう。

詩篇「ヴァン・ゴッホのあたり」においても、サン・レミ、モンマジュール、アルル、レボー、ローヌ川、サン＝ポール＝ド＝モーソル、グラヌムなどの地名に結ばれた、ミストラル、河、山、虹、麦畑、葡萄畑、花々、雪などの自然があったわけだが、そこに「蟬の腹」を馳ける「私の犬」が点景をなす。「目と赤褐色の体毛」が奇怪であった画家の彷徨、「精神錯乱者」であった「正義の人」が前景に現れる。この上ない洗練さをもって山を描いた画家によって「蟬の腹をもつこの地方」は、「一つの手と一つの手首によって、私たちに完全に伝えられた」という。「業火」と「楽園」から生まれた至高のデッサン、それを生み出した画家が、親密な細やかな自然の光景の中で、相反性を鮮やかに帯びて、わたしたちにつながり、讃えられているように感じられる。(25)

このように一九八五年出版の詩集『ヴァン・ゴッホのあたり』においては、身辺の生活や地理と結びついた自然、そこに住まう日常的な小動物、生物とのふれあい、人間の姿など、自然につながった具体的でのびやかな親密さ、愛に満ち幸福感に浸されたやさしさが感じとれる。そして、自然や生物、芸術家の姿勢に関する表現に含まれた相反的な意識と彩りが、そこに緊張感をもたらしているように思われる。

## 三　芸術家たちとの親交

シャールは、苛酷な現実の中で、自然を眺め、芸術とのふれあいに貴重な意味を見出しているようである。では、こうしたことは、他の芸術家にまつわる詩においても、同様に現れているのだろうか。

図3　ピカソ展カタログ　1973

一九七三年、アヴィニョン展のカタログの序文として書かれたピカソ賛、「エテジアンの下のピカソ」[26]は、どうだろうか。ここでは、ピカソにおける具体的な世界の重視と共に、相反的な思考が顕著に見受けられるようである。「神のような悪意」、「悪魔のような善良さ」の中で、「大胆さと恐怖」が自らを見張る「看守のない囚人」である画家、と突出した天才ピカソは表現されている。「伝統の遺産」に拠りながらそれを危機へともたらした真の革新者であるピカソ。そして、絶えず更新しながら苦しみ苦しませ喜んだ明晰な革命家としてのピカソが賞賛される中で、鳥や闘牛士のモチーフに言及される。

さらにピカソに対する評「私たちにとってピカソに相当するこの甘美な雪、それはすべてを開花させないだろうか。その雪は麦畑にとっては良いだろう、と私は思う。私は不透明な塊の後ろに漂う、物乞いする流れを想像する！　この喪の夜明けの中の厳粛な自由。私にはその足音が鳴り響くのが聞こえる。」と評されたことばを取り上げる。このように独自の自然観を表す言葉でシャールはピカソを描く。

賛美は、「ピカソの並外れた仕事の中には、分離する作品はない、確かに、あり余る樹液のために突然生じた数々の小枝はある。誰がそれに苦情を言おう。」とまとめられ、そして、「今日、四月八日に、訴えるようなひどく迂闊な四十雀」が知らせをもってきた、という。「恐ろしい目は、私たちにさらに近づくために太陽のものであることをやめた。二百一枚の絵の中で、生はわたしたちを油絵に描き、そして死は私たちを素描する。」と生と死を語るのである。やはり一貫した詩想の流れがピカソを見る眼に感じられないだろうか。自然を背景にし、自然に連動する、親しい生物たちがそのような自然と現実をとりもつ、そこに相反的な芸術の営みが浮き彫りにされているように思われる。前章のエリュアールの章で現れた、恐れを知らず前進するピカソとは趣が異なる。いかにもシャールの眼に映った、そしてシャールのモチーフで彩どられた人間ピカソ、画家ピカソの個性と言えるだろう。

他の芸術家との交流についてはどうだろうか。「論争のない丸一日」の中で、上述のピカソ賛歌の前に置かれたザオ・ウー＝キー賛においては、「半・遊牧民のようなもの」と見られる「色」、空洞に呼び込まれる宙づりのカオス、「旅人オルフェウスの空気と大地の魔法」、連続性のなかの「束の間の境界線」である「夕暮れの色たちの分割線」、「多様な運命の光」をきらめかせるザオの河、など、この画家独特の雄大な自然観を示すもの、すなわち画家と画家を取り巻く自然との照応に意識が注がれ、そこにシャール固有の色彩感覚と厳しさを内包する情感を喚起しながら、アジア特有の画家を賛美しているように感じられる。[27]

また、『狩猟する香料』（一九七五）の中の「ロダン」[28]の詩においては、旋風の中、港に海に到着する男たち、男たちの竪琴が霧で一杯の庭で歌い始めた、と綴られる。人間と自然の光景との交わり、親愛に満ちた関係の中で、やさしい音楽に包まれた視線が注がれ、そこに芸術家の姿がある。

およそこの四〇年前の一九三八年、画家についての最初の詩、「コローのイタリア女」[29]においては、灰色に増水した小川、あかね色の橋、畑の畝、小さな谷といった背景に、「楓の生垣」を「画布の静けさの上で剪定する画家」の姿が描かれ、現実の生死の問題が画家の姿に取り込まれている。自然と融合した「農家の親友」としての画家コロー、自然に溶け込もうとする芸術家の姿がありありと眼に浮かぶ。自然に馴染んだ人々の日常の生活をやさしく描くこの画家に、シャールは長く親しみ、一九七一年の自作展にも、コローの画布が見られたという。

詩集『群島をなす言葉』（一九六二）に収録された『図書館は燃え上がっていると他の詩』（一九五六）における詩篇「死骸たちとモーツァルト」では、夜明けの「薔薇色の雲」が彼の音楽の背景をなし、苛酷な現実に対する芸術家のありかが描かれている[30]。音楽に関しては、シャールに対して自らの芸術性を重ねた、いわば反対方向、音楽家からこの詩人へ向かう創作行為として、ブーレーズを取り上げねばならない。一九五五年、ブーレーズはシャールの『主のない槌』を音楽化しているが、ブーレーズの関心を惹いたこのシャールの詩集の冒頭を記そう。

地中を流れていたこの気づかれにくい大河、「主のない槌」と命名されたこの光を放つ謎めいた大河は、一九三〇年頃、詩人たちさえ知らない、どんな激怒した海へ行ってしまうことができただろうか。

図 5　マチス「鮫と鴎」のための挿絵
1947

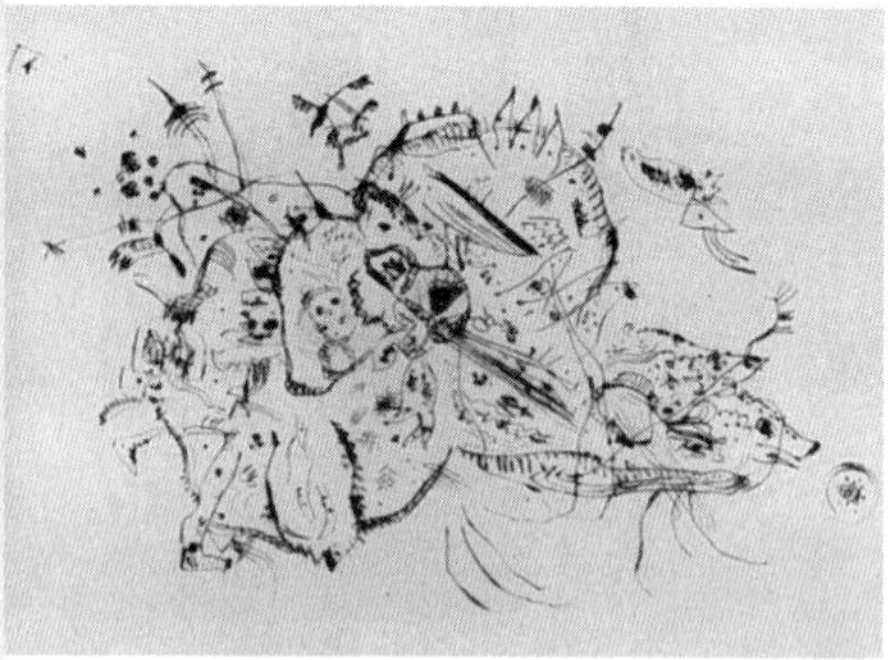

図 4　カンディンスキー『主のない槌』のための
挿絵　1934

図 7　ジャコメッティ『二年間の詩』
のための挿絵　1955

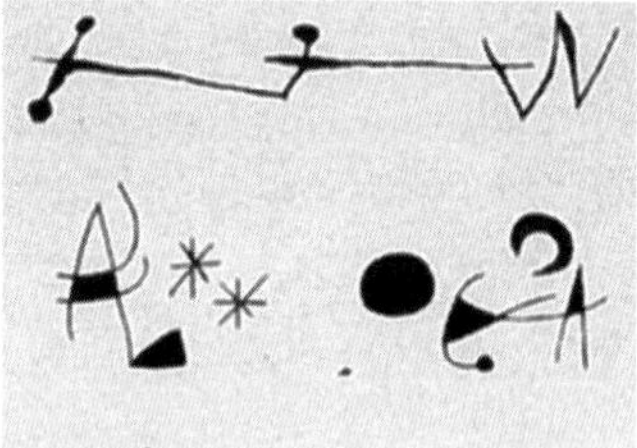

図 6　ミロ「蛇の健康を祝して」のた
めの挿絵　1954

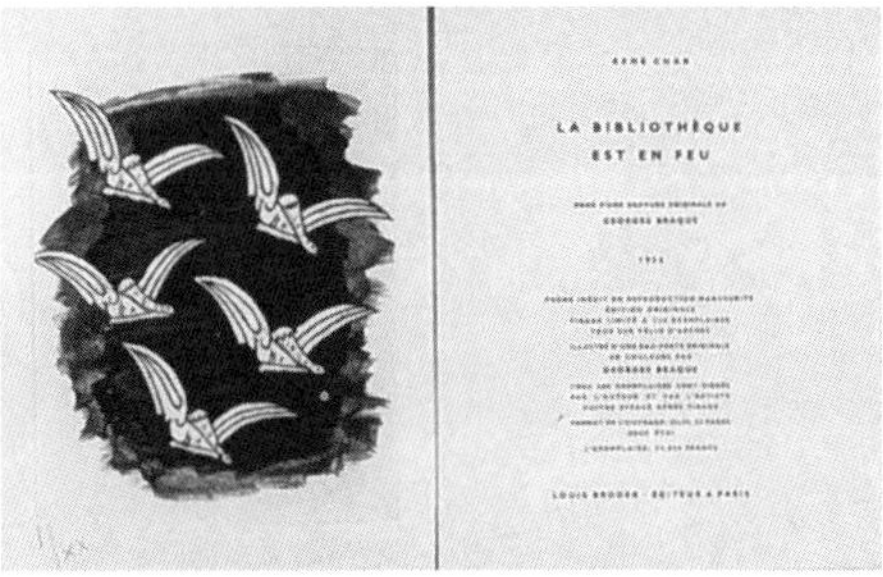


図 8　ブラック『図書館は燃え上がっている』のための口絵　1956

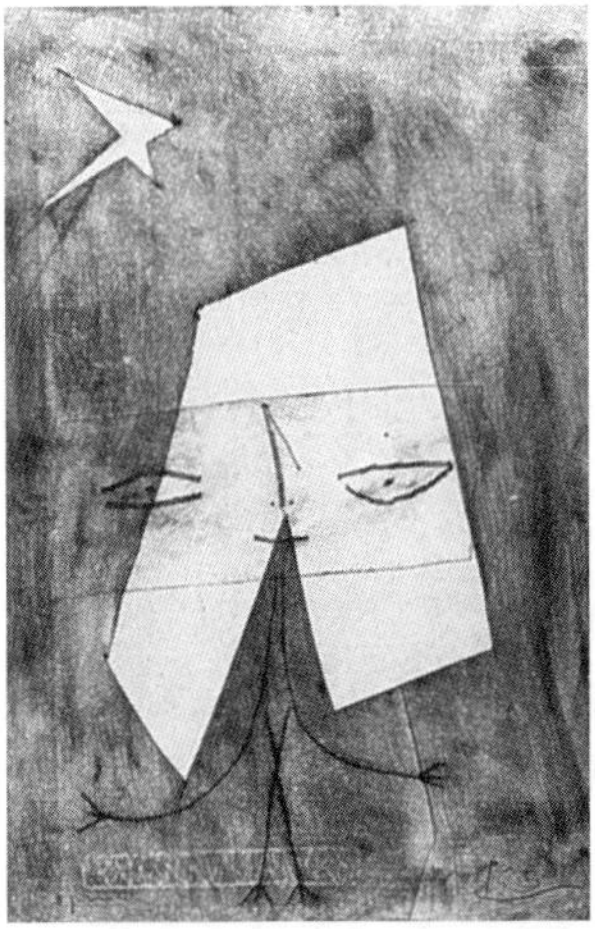

図 10　ピカソ『フローラの階段』のための挿絵　1958

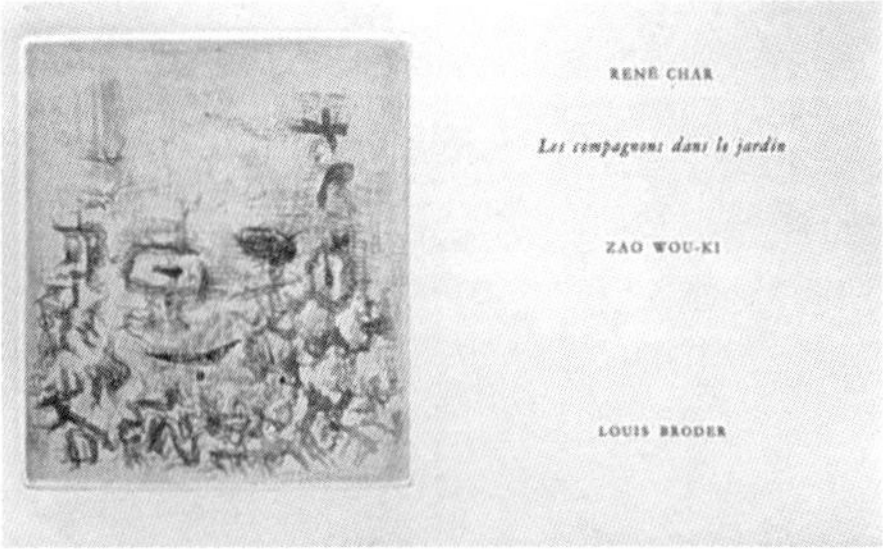


図 9　ザオ・ウー=キー『庭の仲間たち』のための口絵　1957

図 11　マックス・エルンスト『素早い歯』のための挿絵　1969

図 12　ブローネルによるシャール像

図 13　エリュアールからシャールに贈られたカード

地中では、肥沃さの協定はすでに死にかけ、恐怖政治のアレゴリーは具体化され始めていたのだった。大河が向かったのは、「悪」に結びつけられた人類、大量に虐殺されたが、勝利を収めた人類の、見まがうほどの経験へだ。

「主のない槌」の鍵は、一九三七年―一九四四年の予感された現実の中で回る。[31] 鍵が解放する最初の光線は拷問の呪いと素晴らしい愛の間でためらう。（一九四五年、第二版のための頁）

詩人と音楽家の共振する創作は、ブーレーズがシャールに対して、その本質的側面として、現実の惨劇を見据えた自然への結びつき、人間化された大河に注目している点において、意味をもつと思われる。また、ここにも相反的な思考の間の揺れが認められることを指摘しておきたい。

先に挙げた一九七九年出版の『眠る窓たちと屋根に面した扉』の中の「論争のない丸一日」[32]では、ピカソ、ザオ・ウー＝キー、ブラック以外に、ヴィエラ・ダ・シルヴァ、ジョゼフ・シマ、ウィフレド・ラムなど、世界の芸術家たちに向けた巾広い交流の様子が認められる。また画家たちとの共同製作にも触れておかなければならないだろう。カンディンスキー、ミロ、ピカソ、マチス、ブラック、ニコラ・ド・スタール、ザオ・ウー＝キー、エルンスト、ブローネルなど多数の画家との交友が偲ばれるが、それぞれ現実・現代性に開かれ、抽象化・象徴化された身辺の芸術に与したことを物語るだろう。それぞれ双方からの接点がどこにあるのか、双方が得ようとしたもの、得たものは何だったのかの詳細については、別に個別に考察しなければならない。

## 四　詩の場所

このように芸術家との関わりをもつシャールにとって、詩とは、詩の場所とは、自然と現実との関係において、また創造の意識に現れる相反的思索の点において、どのようなものだったのだろうか。それについて、今度は詩的思考を端的に表現する部分を含む他の作品を糸口にして検討したい。

一九四八年出版の集大成の詩集『激情と神秘』に収録の『孤立して留まって』（一九四五）における「形

式上の分割[33]」は、政治的な窮状に対峙し超克すべき詩、詩の世界に対する記録としての詩と言われる。アフォリズムの形態のなかで、留意すべき詩論が展開されている。まず彼の詩的思考を確認するために、そのいくつかを取り上げて推論してゆきたい。

詩人は覚醒の物質的世界と、眠りの恐るべき容易さの間で、公正でなければならない。それらが生のこうした異なる二つの状態を、一方から他方へと区別なく移行するために、詩人が詩の微妙な身体を横たえる、認識の数々の行[34]。

激情と神秘が、彼を魅惑したり、憔悴させたりした。それから彼のユキノシタのような苦悶を終らせた年がやってきた[35]。

詩は両極の世界への詩人の意識から、詩行そのもののうちに生まれる。詩の営為が、自然の草木、ユキノシタになぞらえられて表現されているところに注目しなければならないが、これは岩を砕き岩から解き放たれるプロメテウスを想起させるとされている。相反性は明瞭に、次のようにも説き明かされている。

ヘラクレイトスは、相反するものの熱狂させる結合を強調する。彼は最初に、相反するものの中に、調和を生み出すための完璧な条件と、それに不可欠な原動力を見る。詩の中では、この相反するものの融合の時に、明確な原因のない衝動が生ずることもあったが、この衝撃の破壊的で孤独な作用は、あれほど反物質的な方法で詩を運ぶ深淵の、滑るような移動を引き起こしていた。確かな根拠のある伝統的要素か、あるいは原因から結果への行程を無にするほど奇跡的な創造者の火を、介入させることによって、この危険を終らせるのは、詩人の仕事だ。その時詩人は、相反するもの―この局部的で波乱に満ちた幻影―が成果を上げるのを、相反するものの内在的な系譜が具現化されるのを、詩と真実が、私たちの知るように、同義語であるのを見ることができる(36)。

詩において相反的なものが融合されること、それが具体化されることの必然性が、詩と詩人の役割、創造力の意味、詩と真実の等価性との関係、そしてヘラクレイトスの思考とのつながりから主張されている。

詩においては、私たちの独自な形式と、能力を証明する特性が獲得できるほど、私たちが引き入れられ、規定されるのは、ただ、事物全体の、私たちを介した事物相互のコミュニケーションと自由な配置に基づいてである(37)。

そして詩は、事物の相互関連の設定の固有の営みとなる。根幹は対極性、二律背反性である。

詩は、主観的なやむを得ないことと、客観的な選択から出現する。

詩は、この状況が首位に置く誰かとの現代における関係から見て決定的な、独自の諸価値の、活動する集会だ(38)。

そこで詩人は、「無垢と認識」「愛と無」の間で日々生きながら、内的要請とともに、外部とのみずみずしい関係をも保つ。そしてそれは不安の中で至福をもたらすこととなる。

詩人の中には二つの明白さが含まれている。第一の明白さは、彼の感覚全体を一挙に、外部の現実が持つ多様な形式のもとに委ねる。〔……〕第二の明白さは、詩の中に挿入されており、詩人に住み着いている力強く気まぐれな神々の命令と要求を語る。それは褪せることも消えることもない、硬化した明白さだ。

詩人であることとは、それが行き着くところまでいくと、存在し予感される事物の総体の渦の中で、終る瞬間に、至福を引き起す不安への欲求を持つことだ。(39)

『激情と神秘』所収の『物語る泉』(一九四七)の中の詩篇、「よく出発したものだ、アルチュール・ランボー!」(40)においては、「怠け者たちの大通りや、小便くさい詩想に満ちたカフェ」を見捨てて、沖合いの風に身辺の愚かさを散らし出発したランボーが称えられた。「私たちはおまえと一緒に、可能な幸福を証明なしに信ずる少数者だ。」と共感が示される。シャールは幸福を信じようとしている。苛酷の中で、不安と共に、あくまでひとつの希望に向かおうとする。

そしてそれは、彼にあって、自然と結びつく。一九五〇年出版の『早起きの人たち』(41)では、朝の幸福感が、植物の世界とともに描き出されている。自然や植物との融合の至福が、瞬間と持続、閃光と深み、鋭さと広がりなど相反的なものの突き合わせとすこやかな合体のうちに音楽に包まれて浮かび上がり、そこに彼の幸福感がうかがえる。現実の世界、自然の世界に対する、深い意識と心なごむ姿勢が感じとれるのであった。(42)

このような自然の世界へのつながりに対して、小さな生物や植物が仲立をしているのである。同じく『激情と神秘』における『粉砕される詩』（一九四七）から、「蛇の健康を祝して」という詩の部分を挙げよう。詩の姿が具体化され身近に映っている。蛇は、神からもまた人からも追放された特別の存在であり、シャールにとって、線的な動きをなす境界線の意味とイマージュをもっていたという。(43)

詩は、あらゆる澄んだ水のなかで、自分の橋の像に最もこだわらない水だ。
詩、再び名づけられた人間の内部の未来の生

一輪の薔薇、すると雨が降る。無数の歳月の末に、それがおまえの願いだ。(44)

常にくったくのない自然と結びつく。そして、花もまた特別の詩的姿を表すが、とりわけ薔薇は、頻繁に重要な役割を演じている。詩集『群島をなす言葉』（一九六二）における『図書館は燃え上がっていると他の詩』所収の詩、「庭の仲間たち」を取り上げなければならない。

人間は、大地が支え、星星が呪い、死が吸い込む空気の花でしかない。この同盟の息吹と影が何度か人間をさらに持ち上げる。

一輪の薔薇にぼくは結びつく。

ぼくらは操縦され得ない。ぼくらにふさわしいただひとりの主人、それは閃光だ、それはある時はぼくらを照らし、ある時はぼくらを叩き切る。

閃光と薔薇は、ぼくらの中で、その束の間、ぼくらを完成するために、加わる。(45)

人間は、自然の中の花、一輪の薔薇であり、ただ相反的な閃光にのみ支配され導かれている。集大成された最後の詩集『眠る窓たちと屋根に面した扉』の中の詩篇、一九四八年の日付をもつ「空の廊下」においては、

うっかりして一輪の薔薇
誰ひとりなく一輪の薔薇
芽吹くための一輪の薔薇(46)

と、一輪の薔薇に対して未来への独自の思いが託されている。それは「時が雪のところで留まっている」と締めくくられている。ここで、『激情と神秘』の中の『イプノスの綴り』(一九四六)の最後、不屈の対立者と希望とを等価なものとする「鎖の薔薇」の一節の前に置かれた詩句を引いておきたい。

私たちの深い闇の中に、「美」のための場所はない。この場所のすべてが「美」のためのものだ。(47)

現実に対峙し、なお身のまわりの自然に、彼は生彩に満ちた美を見ようとするのだろう。シャールにとって、自然は、美と親しみの中で、人間と結びつく。『ヴァン・ゴッホのあたり』においてもまた、身辺の自然が、その具体的事物、身近な生物への愛によって、詩の核心に結ばれていたと言えるだろう。現実の苛酷は、まさに相反性によって、自然と美のなかで、詩に結びつき、人間を幸福感へと導く。

## 五　芸術と自然

このように見てみると、現実に対する態度に関して、様々な詩人たちとの違いが見えてくる。たとえばマラルメは、眼には見えない相互関連を現実の事物と現象のうちに透視しようとした。そこで至上の美しさに視線を凝らした。ヴェルレーヌは、マラルメがその姿を偲んだように、現実から逃れ、自然のまにまに隠れ、駆け抜けるように歌った。[48] アポリネールは、可視の現代的なもののうちに新しい美を見出し、描き出そうとした。ミショーは、現実の視界をみずから遮って、不健康にも深く身を沈めて、人間の根源の意識を辿り、創造世界の源泉の光景を見極めようとした。エリュアールは現実と時代の悲惨に対して、社会の救いを芸術の力に求めた。これらに比して、シャールには、象徴や理念への沈潜と高揚は感じられず、近代的事物に傾倒する時代性も見られない。心情に溺れることもない。深刻の奥底に淀むことなく、南仏の自然の空気や息吹に幸福を感じる。自然の小さな生物、動植物を仲立に自然に融和してゆこうとする。そのような現実感をシャールはもっているように思われる。

それは現実との距離感を示すだろう。上記の詩人たちもまた、それぞれ諸芸術や芸術家達と好んで交流したが、それがそれぞれの仕方によるものであることが、この距離感からも導き出されるだろう。シャールは、至高の思念と創造の理念との関係によって芸術家との多様なつながりをもったマラルメとは異なり、また、時代の身辺の活動家たちである画家と交友したアポリネールとも異なる。芸術家との意識的なつながりを感じさせないヴェルレーヌとも違い、また、深層で固有の芸術的感覚をもったミショーとも違う。時代の悲惨を眼前に社会への訴えを芸術に委ね、芸術家と共に生きようとしたエリュアールとも違う。シャールは、時代と現実を凝視しながら、素朴な自然に連動しようとし、生きる活力に静かに強く導かれている。そこでふれ合う芸術家たちの創造世界とよろこびを分かち合うのだろう。

ミショーやシャールが自らシュールレアリストではないと語るところにも、現実との関係を思わせる。[49] 芸術と現実とのかかわりの様々が喚起される。こうして、他のジャンルの芸術や芸術家たちとのつながりのうちに、詩人たちの創造性のあり方がやはりよく見えるように思われる。苦渋に満ちながら、自然と現実に幸せを求める詩人のあり方の強さと静かさを、すなわち深くのびやかな創造空間を生み出すものを、現実・社会との芸術家の対応のひとつとして、シャールに確認できないだろうか。そしてそのたたずまい、自然観は、西洋哲学への懐疑のせいだろうか、キリスト教への否定的意識のせいだろうか、どこかしら、東洋の、日本の詩情と、文化の深みで、ふれ合うところを思わせる。

# 人文書院
## 刊行案内

2025.10

渋紙色

### 食権力の現代史
――ナチス「飢餓計画」とその水脈

藤原辰史著

**なぜ、権力は飢えさせるのか？**

史上最大の殺人計画「飢餓計画（フンガープラン）」ソ連の住民3000万人の餓死を目標としたこのナチスの計画は、どこから来てどこへ向かったのか。飢餓を終えられない現代社会の根源を探る画期的歴史論考。

購入はこちら

四六判並製322頁　定価2970円

---

### リプロダクティブ・ジャスティス
――交差性から読み解く性と生殖・再生産の歴史

ロレッタ・ロス／リッキー・ソリンジャー著
申琪榮／高橋麻美 監訳

**不正義が交差する現代社会にあらがう**

生殖と家族形成を取り巻く構造的抑圧から生まれたこの社会運動は、いかにして不平等を可視化し是正することができるのか。待望の解説書。

購入はこちら

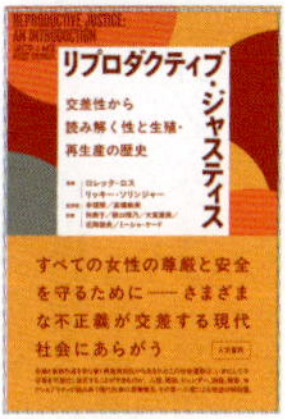


四六判並製324頁　定価3960円

人文書院ホームページで直接ご注文が可能です。スマートフォンで各QRコードを読み込んでください。注文方法は右記QRコードでご確認ください。決済可能方法：クレジットカード／PayPay／楽天ペイ／代金引換

〒612-8447 京都市伏見区竹田西内畑町9　TEL 075-603-1344
http://www.jimbunshoin.co.jp/　【X】@jimbunshoin（価格は10％税込）

# 新刊

## 脱領域の読書
### ——あるロシア研究者の知的遍歴

塩川伸明著

**知的遍歴をたどる読書録**

長年ソ連・ロシア研究に携わってきた著者が自らの学問的基盤を振り返り、その知的遍歴をたどる読書録。

**学問論／歴史学と政治学／文学と政治／ジェンダーとケア／歴史の中の個人**

購入はこちら

四六判並製310頁　定価3520円

---

## 未来への負債
### ——世代間倫理の哲学

キルステン・マイヤー 著
御子柴善之監訳

**世代間倫理の基礎を考える**

なぜ未来への責任が発生するのか、それは何によって正当化され、一体どこまで負うべきものなのか。世代間にわたる倫理の問題を哲学的に考え抜いた、今後の議論の基礎となる一冊。

購入はこちら

四六判上製248頁　定価4180円

---

## 魂の文化史
### ——19世紀末から現代におけるヨーロッパと北米の言説

コク・フォン・シュトゥックラート著
熊谷哲哉訳

**知の言説と「魂」のゆくえ**

古典ロマン主義からオカルティズム、ハリー・ポッターまで―ヨーロッパとアメリカを往還する「魂」の軌跡を精緻に辿る、壮大で唯一無二の系譜学。

購入はこちら

四六判上製444頁　定価6600円

## 新刊

# マルクス哲学入門
## ——動乱の時代の批判的社会哲学

ミヒャエル・クヴァンテ著
桐原隆弘／後藤弘志／硲智樹訳

**重鎮による本格的入門書**

マルクスの思想を「善き生」への一貫した哲学的倫理構想として読む。複雑なマルクス主義論争をくぐり抜け、社会への批判性と革命性を保持しつつマルクスの著作の深部に到達する画期的読解。

購入はこちら

四六判並製240頁　定価3080円

# 顔を失った兵士たち
## ——第一次世界大戦中のある形成外科医の闘い

リンジー・フィッツハリス著
西川美樹訳　北村陽子解説

**戦闘で顔が壊れた兵士たち**

手足を失った兵士は英雄となったが、顔を失った兵士は、醜い外見に寛容でなかった社会にとって怪物となった。塹壕の殺戮からの長くつらい回復過程と形成外科の創生期に奮闘した医師の実話。

購入はこちら

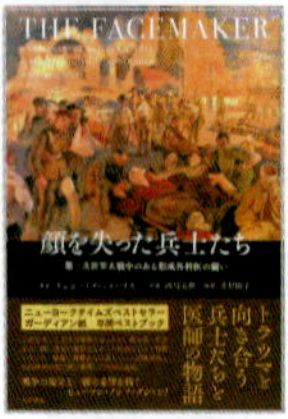


四六判並製324頁　定価4180円

# お土産の文化人類学
## ——地域性と真正性をめぐって

鈴木美香子著

**身近な謎に丹念な調査で挑む**

「東京ばな奈」は、なぜ東京土産の定番になれたのか？　そして、なぜ菓子土産は日本中にあふれかえるようになったのか？　調査点数1073点、身近な謎に丹念な調査で挑む画期的研究。

購入はこちら

四六判並製200頁　定価2640円

# 第三部　ジャンルを越える視線

# 第一章　ビュトールとゴッホ——絵の中の文字——

## はじめに

文学におけるイマージュ、絵画における文字に対する問題意識に関して、ミシェル・ビュトールは注目すべきだろう。一九二六年生まれ、映像芸術とのかかわりが濃いヌーヴォー・ロマンの作家として知られたビュトールは、文学と造形芸術のつながりをめぐって多彩な活動をしている。彼の文学観や諸芸術の探究に照らして、ことばとイマージュの問題について考察したい。『文学の可能性』（一九六六）、『ビュトールとの対話』（一九六七）そして『絵の中の言葉』（一九六九）において展開される彼の思考を取り上げよう。またビュトールが『文学の可能性』と『絵の中の言葉』で扱っているゴッホ（一八五三–一八九〇）に関して、その絵画における文学性、文字に対する意識について検討できると思われる。ゴッホの文学好きはよく知られているが、彼の画布に見られる文字の多様なあり方からも、この問題を吟味できるだろう。

まず、ビュトールにおける文学意識、イマージュ意識、それは音楽観にもかかわるものであるが、それを他の作家とも照らし合わせながら検討したい。次にゴッホにおける同様の意識に焦点を絞って考察するが、それに関連する日本文化観に言及したいと思う。日本文化は、ビュトールがここでの問題において関心を抱いたものでもあった。このようにして、文化の地平を垣間見ながら問題の検討を試みたい。

## 一　ビュトールの芸術意識

『文学の可能性』、『ビュトールとの対話』、『絵の中の言葉』において、ビュトールの関心の出発点や方向について明らかにし、それに沿った彼の実践の様子を辿ろう。

『文学の可能性』で、ことば、文字にまつわる様々な観点から、ビュトールは推論する。言葉の音響性の表示という脈絡から、詩句を音響的に構成布置したマラルメの画期的詩作品『骰子一擲』を挙げ、マラルメ自身が述べるようにそれを「楽譜」のような作品と捉え、マラルメをその点での先駆的存在であるとする。そして、「楽譜」のために、ページの視覚的側面、同時的要素の音声的配置に対する研究が必要である、とビュトールは考える(1)。

文字の視覚性については、西欧においても、文字による記述は絵の特殊ケースである、と彼は判断する。文字の起源は絵であり、文字は絵として重要な役割を担い、風景画家は絵に言葉を描き込むことにもなる。そして絵のなかの文字が読める場合とそうでない場合では、見る人にとって、絵における線と色彩との組み合わせは異なったものになるのだという(2)。

さて、文字が絵、イマージュであることの例として、戯曲を文字で表す時の三種類の語のあり方、すなわち台詞、叙述、貼札における語の視覚性を彼は指摘する。さらに、言語の音響的側面の視覚的表現として、楽譜と捉えられた「書物」の意味について、彼は思索する。書物は楽譜であるばかりでなく、ユゴーにならえば可動性をもった建築である、さらに成長してゆく劇場、小さなスペクタクルでもあるという(3)。このように、文学における聴覚と視覚の関連、融合についてビュトールは吟味してゆく。

そしてアポリネールの現代性、その言語の実体的様相に着目し、聞かれ見られる文学の探究として思索する。[4] 詩における句読点の廃止によって、詩に聴覚的特性が与えられたこと、ことばの遊戯が発生したことをビュトールは例証する。多様な時間の隣接、それによる全体の形成は、ピカソやブラック、ドローネーにおけるキュビスム的実践、すなわち対象の様々な面を同時に描くという視覚的あり方と呼応するという。[5] アポリネールは『カリグラム』に見られるように、ページの上の形が本質的な役割を果たす詩を描いたが、それは概ね皮相的なことばの遊戯となっている。つまりテクストが挿絵になるように並び変えただけであるとも言える、がしかし、ことばの占める位置がことばに詩的性格やユーモアを与えている場合もある、と分析を加える。[6] こうして文学における文字に対して、視覚性と聴覚性のあり方をビュトールは追求するのである。

そして、ことばと絵のつながりに関して、そもそも西欧において、通常、文章と絵画は別個のものと見なされているが、絵画と文章、絵とことばには密接な結びつきがあるのであり、[7] 実際、美術館で絵を見る時には、表題、紹介、解説、批評など多くのことばに我々は囲まれていると指摘する。これに関して、極東の芸術には、イマージュと詩の融合といった例が多く見られる、とビュトールは付け加える。

題が絵の表面に描かれることもあり、人物のことばが描かれることもある。それらによって視線は誘導される。またここ数世紀、重要性を帯びてきたものとして、画家たちのサインがある。署名が商業的価値を表すという社会的変化に促されて、多様なサインが見られるようになったが、それによって画布は我々の視線の流れを示唆する力をもつ、と彼は考える。これらのように後から付け加えたことばもあれば、風景画や静物画など、対象として、はじめから事物に書き込まれたことばもあるが、さてことばは、イマージュの構成上、独自の働きをするので、多様な問題や可能性をもたらすことになる。

描かれる事物自体がもつ文字のなかで、とりわけ「書物」に関心を惹かれる、とビュトールは語る。[8] 見える通りに文字を描いたものや、文章のもつ色や効果だけを描いたものや、読みとることができないように描いたものがある。また西欧の文字だけでなく、たとえばゴッホの画布のように、模写された広重の浮世絵にまつわって現れる他国の文字もあることを示す。

ところで、画家の意識的な描写行為のことを考え合わせれば、具象であれ抽象であれ、字句を付け加えた場合と字句がすでに書き込まれた事物を表現した場合の区別は曖昧となる。いずれにせよ、絵はことばによって語りはじめることになる。詩人はことばで描くといわれるが、画家もまたことばを色彩として活用できるのだと彼は主張する。たとえばジャスパー・ジョーンズは、〈五〇年祭〉という絵で、灰色の画布に赤、青、黄と色を表す単語を描いている。色を表す語が、画布を見る視線を誘導している。すなわち、音楽における「楽譜」のようなものを、絵画において見ることができると言うのである。西欧では絵画と音楽と文学は切り放されたものとして考えられているが、このようにそれらは相互に近いところにある。イマージュとことばと音の相関性は現代文明の基本的研究となりうるのであり、日本の絵画、文学、音楽はこの点で意義深い、と結ばれる。(9)

ここで述べられるものは、ことばは絵であり音楽であり、ことばが、絵においても音楽においても、その意味として大きく働いている、という方向から見た芸術要素のつながりと言えるだろう。文学世界から出発したビュトールの本来的な独自の方向、特異な傾斜がうかがわれる。またそこでしばしば、西欧に対置されるように、日本の芸術の総合的あり方に言及されることに注目しておきたい。

同時期、『ビュトールとの対話』において、ビュトールは自らの作品について語っている。たとえば、『段階』は立方体の組織であり、直角によって構成されているという。この作品を描いた時、彼は、モンドリアンに惹かれていたと打ち明けている。『モビル』の構造はこれに比べて、緩やかであり、動態的で、解体される何か、構築される何かを常にもつという。まさにタイトルの動態性に符号する。『心変わり』では、鉄道を用い、時間と空間の絆の体系を活用したと述べる。その意味では、『段階』は、さらに一般化され、時間的空間的立方体の組織をもっているということになるのだ、という。[10] 視覚性と時間意識が、彼の文学作品の骨格を成しているようである。

そして稿を練る際には、まず景観が曖昧模糊としたものとして感じられるが、構図によってそこに人物や事物が呼び出される、と解き明かす。[11] 構成的なものが、形として視覚的に捉えられ、作品として肉付けされてゆく様が目に浮かぶ。『ミラノ通り』において、登場人物の出来事や死は、新しい色のようなものを生じさせ、それを背景にして他の色が明瞭に浮かび上がってくるという。本のなかで、色調が危機のたびに変化して、ハーモニーを生み出して、色濃くなってゆく様について語る。[12] 作品が色の推移として、視覚的に捉えられているのである。

『時間割』には、緩慢さがあり、特に最初、緩慢に変化する色彩、緩慢に変化する形があるという。しかしそのあと緩慢ではなくなる、いわば音楽の場合のように、調整があり、調子の変化はその調整の内部においてその調整との関連において現れると分析する。[13] 視覚的なものの動態、時間性が音楽の感覚において描写されていることに留意したい。音楽の感覚は他にも現れる。『時間割』は「時間の巨大なカノン（輪唱）」のように構成されているというのである。[14]

彼の文学の意識は、確かに彼自身の創作の理念と実践において、視覚性と空間性、聴覚性と時間性に、すなわち、美術と音楽の意識に、深くかつ具体的に結びついていると考えられるだろう。ビュトールの文学世界が芸術の総合性に対する必然性をもっていることが理解できる。

最後に、『絵の中の言葉』ではどうだろうか。絵の中の文字に対してどのような問題意識が展開されているだろう。そこに音楽の意識はどのように現れるだろうか。先ほどの『文学の可能性』の内容と近く、また重なるところがあるが、全体として、理論は順序立てられ、豊富な実例の提示とともに、手際よく展開されている。ビュトールの本質的な問題意識による探究と思われる。

まず西洋絵画のなかに文字が多く見られるにもかかわらず、その研究はなされていない、とビュトールは切り出す。その研究は、文学と造形芸術の間の壁を崩壊させるものとなると主張されているが、それはいいかえれば、この研究によって、文学と造形芸術のふれ合いを見ようとするものであると言えるだろう。絵画を見るに際して、解説のざわめきを避けたとしても、作者名、作品標題は貼り付いている。それは、作家全体の芸術を知る上で意味のあることである。標題の数語は絵画、つまり形態と色彩の組織体の意味作用を変化させる(15)。その例を、ブリューゲルの〈イカロスの墜落〉、モネの〈印象、日の出〉を挙げて述べている。

カンディンスキーは、一九一四年頃から標題に留意しているが、標題が作品の造形的組織に対して重要な意味をもっている点で、語と絵の関係が興味深いという。文字の強さを恐れて、抽象的な標題にする作家もいれば、シュールレアリストのように自らを際だたせる標題を企てる場合もある。中性的な標題は非個性化の作用をもつと考える。標題が画面の裏にある場合もあり、これは、買われた絵が客間で標題や作者名を隠されて飾られるのに似て、自分の絵としてそれ自体で自足しているからだと推察する(16)。

標題が画家にとって重要性をもつ場合として、画面上に標題を書き入れる事態も起きる。クレーがそれである。題文は長さに応じてインパクトをもつ。また画面全体が方向性としても影響される。このような画面内注釈は、通常の場所と異なっていたり、書体が異なったり、異なる方向を持ったりすることに応じて、視線への要請を増すだろうと語り、ミロの場合を挙げている(17)。

見ただけではわからない形象に対して、それを示す単語を書き入れる場合と、明らかにわかるものに文字を書き足す場合とでは意味が異なる。後者の場合、標題は画面に描かれた標題以外の形象との関連によって

図1　ミロ〈蝸牛・女・花・星〉 1934

主題を表現することになるのだという。[18] モデルの名を書き込むのは、肖像画の場合に見られることである。ホルバインやデューラーの例を挙げて様々な場合を考える。また古い絵の場合、聖人の絵では、ことばの役割を果たす事物、象徴物が見られるが、それに加えて聖人の名も描かれるという場合がある。このような時は、人物を識別させるためではなく、ゆっくり文字を判読させ、人物に敬意をもって注目させるためという意図が推察できるという。[19] 多翼祭壇画で、象徴物と題辞の両方が必要な場合もある。象徴物の多様なあり方についても、ボッシュをその例に示す。[20] またことわざなど日常言語から組み立てられる絵もあるが、それに関してブリューゲルの画布を挙げる。それは日常言語に新たな注目を集め、それを新たに甦らせることになるという。[21] また標題の作用として、キュビスムの画布のように、指示される物と提示される形象との隔たりを証明する場合を彼は考える。[22] デュシャンやピカビアを挙げる。また、マグリットのように画像の裏切りについて語る。謎絵についても言及する。絵が題辞、題辞が絵となるような場合も挙げる。詩と絵の対話が生まれる様子を見ることになる。[23]

署名の文字にも考察が及び、署名、略号が示す時代の意味、場所に言及する。モンドリアンの例を挙げる。[24]

署名が動きを付与する様々な場合を探る。署名同様に価値をもつ献辞についても調べる。このように、標題、署名、献辞に対して、絵を要約するものと彼は考える。これ以外にも多くの文字が見られるが、画中の人物に当てられたことばについても検討を加えている。(25)

さて次に、本来文字が記入されている対象の描写の場合について、つまりいわば反対の方向から吟味する。(26)ここで、「書物」の描写が問題となる。書物の文字の描写にもいろいろある。ゴッホの三点の画布が取り上げられる。〈黄表紙本〉(一八八七)〈本のある静物〉(一八八六)〈静物—画板と玉葱〉(一八八九)である。黄表紙本とはパリの小説本である。標題も、開かれたページの文字も、描かれたことはわかるが、読み取れな

図2　ゴッホ〈黄表紙本(パリの小説本)〉 1887

図3　ゴッホ〈本のある静物〉 1886

図4　ゴッホ〈静物—画板と玉葱〉 1889

図５　ジャスパー・ジョーンズ〈50年祭〉1959

図６　ホアン・グリス〈詩のある静物〉

い。二番目のものには、文字は描かれていない。最後のものは読みとれる。これについて、消された文字は、縮尺率の問題ではなく、本の文章からの自らの解放としてある、とビュトールは解釈する。(27)

　他の書物の上の読みとれる文字、そしてダヴィッドのマラー暗殺の画中の読みとれる手紙について考察した後、印刷物について検討する。それは手で描かれる文字ではないために、これまでのようにはゆかない。そこで、ステンシルやコラージュの方法とかかわる。判読可能の程度には様々な段階があるという。(28)

　次に、模倣して描かれた文字を検討する。知らない国語の文字に出会うと視線は迷う。遭難する。大きな力をもつが、画家にとっては危険である。もともと読解不可能な文字は、正確に描けない。オリエントの文字の再現に関して、例を挙げて、ゴッホが漢字を再現したとき、それは不正確であるが、しかし日本語だと確実にわかる、と指摘する。(29)

　さて文字の示す音に関して、子音字は音響としてよりも形態として捉えられるが、母音字は歌いかけてくる、と考える。語は現れ方によって反響し合い、画布は多声音楽を表現しうると見る。[30]詩人はことばで絵を描くが、画家も同様にできる、ということを、繰り返しジャスパー・ジョーンズの〈五〇年祭〉を挙げ、灰色の画布に描かれた、色を表す単語からその色を知覚するという事態によって説明する。ことばによって画像が想像できる、「絵画的な楽譜」が想定できるのだと述べる。作曲家がピアニストに望むことを音符と文字で示すように、画家は受容者・演奏者のすべきことを、略図と文字で表すのだとビュトールは考える。[31]

そして最後に、ホアン・グリスのデッサン＝詩を取り上げ、そこでの対話について語る。静物画における詩句について、詩は、詩として継続的に読まれるべきところが同時的なものになり、一方絵の方は、詩の存在のために継続的要素が組み込まれることになるという。[32]アポリネールの章で見た、ことばの継続性と絵の同時性に関して多様なあり方が確認できる。

「文字の帝国の版図を拡大[33]」しつつ、ブルトン、マラルメ、アポリネール、デュシャンに言及しながら、自らの文学的実践に照らして、異質なもの相互の衝突と対話を眺める。未来の書物へと開かれるような文字と形象との結びつきのひとつの姿を、ビュトールは確かに提起していると言えるだろう。文字は音の記述、視覚の記述であると語りながら、意味を担う文字の働きを最大限、専制的に捉えているように思われる。彼独自の偏りをもった見方と言うべきだろう。

そのようなビュトールの思索において、しばしば日本の芸術の総合的あり方が指摘されていたことを特筆しなければならない。一九八九年二か月余り、立教大学に招かれて公開セミナーや公開講演をおこなった際のビュトールのテキスト（立教大学国際学術交流報告書）において、三世紀にわたるフランスの日本受容についてビュトールは述べ、そのなかで墨絵と書の動きに対して関心を示している。[34]描くことと書くことの密接な関連についての関心である。またこの来日の際、「ミシェル・ビュトールと画家たち―一〇〇の本・一〇〇の美術空間展」を開催し、書くことと描くことの問題の中で、「書物」の意想を提示している。

こうした文字、そして文字とイマージュに対する深い関心は、ビュトールが取り上げる画家ゴッホの、文字に対する潜在意識と交錯するところがないだろうか。それについて、二人の文化的関心の背景をも考察の対象として検討したいと思う。

## 二　ゴッホにおける文学的なものと文字

写実主義でも印象派でも心の感動を描くことはできないと考えたゴッホは、日本の浮世絵版画に貴重な表現法を見出した。もともとその自然の明るい色彩に惹かれていたが、それ以上のものを日本の国に見出したのだろう。アントワープ時代から浮世絵に関心を寄せていたが、一八八六年に移り住んだパリでは、タンギー爺さんのところでも、ビングの日本美術品の店でも浮世絵を見ることができた。日本への関心は、長く、深い。

さて一方、ゴッホの文学愛好ぶりもまたよく知られている。聖書から小説本まで、読書は、彼の大きな精神の糧だったと考えられている。ゾラ、バルザック、フロベール、ドーデ、モーパッサン、ゴンクール。それは、絵のモチーフをも触発したようである。日本や日本語に対する興味を膨らませたのも、たとえばロチの小説『お菊さん』からである。

またこの読書好きと並行して指摘できることであるが、彼が世に残したものとしては、描かれたものと同様に書かれたものも重要である。周知のことであるが、弟テオに宛てた膨大な書簡、日記のような書簡がそれである。そこには、敬愛する画家や絵画作品に対する感想、自作にまつわる思い、絵画観、また読書の感想、つまりはゴッホの人生そのものがこと細かく綴られていると言えるだろう。

では、まず文学好きな様子を示す書簡を皮切りに、以上のことを書簡によって確認してゆきたい。一八八七年、妹ウィレミーンに宛てた手紙において、彼女の手がけた文学的小品に対する感想、彼女の芸術家になりたいという気持ちに対する兄としての思いを綴っているが、そこで、文明人の憂鬱病、ペシミズムに対して、心から笑いたい欲求を満たすためには、モーパッサン、アンリ・ロシュフォール、ヴォルテールの『カンディド』、古いところでラブレーがあると列挙したあと、次のようにゴッホは語る。

それとは反対にあるがままの人生の真実を欲するなら、たとえばド・ゴンクール兄弟の『ジェルミーヌ・ラセルトゥ』や『娘のエリーザ』、ゾラの『生きる喜び』や『居酒屋』、その他多くの傑作があるわけだ。彼らは人生を如実に描くから、人生の真実を語ってほしいという万人の欲求を満足させるのだ。フランスの自然主義者、ゾラ、フロベール、ギ・ド・モーパッサン、ド・ゴンクール、リシュパン、ユイスマンスはすばらしい。もし現代に注意を払わなければ、自分は現代の人間であるとはいいきれまい。モーパッサンの傑作は『ベラミ』だ。そのうち、この本を手に入れ、あなたに送りたいと思っている。(35)

このように告げ、聖書だけで充分なのではなく、「話され書かれたことばがいまもって世の光」なら、われわれの住む時代も十全に語られ書かれるべきであって、それを認めるのは、われわれの権利であり義務である、と文学に対してゴッホは主張している。自分が生きてゆくのはこの現代という時代なのだから、と彼は強調する。生命のこもった一冊の本、一枚の絵を描くためには、まず自分自身が生命にあふれていなければならない。だから研究という二次的なことより、自ら楽しむように、そして、現代の芸術に必要なものは、強い生命力をそなえたものだから、自分の健康、体力、生命を強くするように、と妹を励ます。自分は自分

図 7(右)　ゴッホ〈花魁〉 1887
図 8(中)　『パリ・イリュストレ』誌（英泉〈花魁〉の左右逆写し）1886
図 9(左)　渓斎英泉〈花魁〉天保・弘化年間（1830-47）頃

なりの絵が描ける、文章を書くのは自分の職業ではない、しかしとにかく芸術家になりたいという志はよい、内心の火と魂は消えるはずはない、と芸術への道を彼は妹に勧める。そして、自分にとっては、絵を描くことは救いである、とゴッホは最後に述べている。

　人生の真実を追求し、現代を生きるために、ゴッホにとって、画家であるとともに、文学への思いは熱い。人生を描いた文学を読むことは、生への情念に衝き動かされる彼にとってはなくてはならないものだったのだろう。また先述の、憧れの日本を知るためにも、文学作品や読み物は不可欠で貴重であった。

ギメとレガメーの『日本散策』（一八七八）、エルネスト・シェノーの「パリにおける日本」（一八七八年九月、『ガゼット・デ・ボザール』誌所収）、ルイ・ゴンスの『日本の美術』（一八八三）、月刊雑誌『芸術の日本』（一八八五年五月創刊）、『パリ・イリュストレ』の日本特集号（一八八六年五

図10　ゴッホ〈ムスメ〉 1888

図11　ゴッホ〈坊さんとしての自画像〉（ゴーギャンに贈った自画像） 1888

月）などによって、ゴッホは日本に関する知識を広げていったようであるが、日本に関して、特にロチの『お菊さん』（一八八七）が彼の関心を惹いたことは、書簡から頻繁にうかがえる。[36] 一八八八年、再三にわたって『お菊さん』を読むようにと弟テオに勧めながら、日本のことばに対して興味を示している。とりわけロチの作品に現れた、「ムスメ」という語への注目は特筆すべきだろう。

> ところできみは「ムスメ」というのは何のことか知っているか。（ロチの『お菊さん』を読めばわかる）、ぼくはいまそれを一枚描いたところだ。「……」ムスメをうまく仕上げようと思って、頭脳の力を貯蔵しなければならなかったのだ。ムスメとは日本の一二、三歳の娘のことで――この場合はプロヴァンス娘だ。[37]

次章で見るロチの小説『お菊さん』自体は、日本や日本人、日本の女性を皮肉っぽく扱い描いた作品であり、時代のひとつの日本理解、ゴッホのそれとは異なる姿勢からの理解を示すものであるが、その作品のなかで、「ムスメ」は愛らしい小さなものとして頻繁に現れる。この語はロチの小説において次のように示されている。

ムスメ（mousmé）というのは若い少女もしくは非常に若い女を意味することばである。それは日本のことばの中でも一番きれいなことばのひとつである。そのことばの中にはmoue（彼女等がするような、おどけた、可愛い、小さな口もとを歪めること）と、それから、殊にfrimousse（彼女等の顔のような愛嬌のある顔つき）とがあるように思われる。私はこれからこのことばをしばしば使うであろう。これに当てはまることばをフランス語ではひとつも知らないから。[38]

また他に、日本のことばに関しては、「ボンズ」（坊主）に、ゴッホは注目している。ゴッホは自らを日本の僧侶、ボンズとして自画像を描いている。このボンズもロチの『お菊さん』の影響だろうか、作品にボンズが登場する。そこでは、黒い紗の衣を着て、頭を剃ったマツ・サンとドナタ・サンというボンズ（坊主）の生活、がらんどうの部屋に、イスも座布団も家具もなく汚れのない清潔と無一文による「エレガンス」をもって、簡素の極に住んでいるボンズの様子が描かれている。[39]

そしてゴーギャンに贈ったゴッホのこの自画像については、書簡で、自分の肖像に、自分だけでなく印象主義者一般を表そうとしたこと、この肖像に対して、永遠の仏陀の素朴な崇拝者である或る坊主の像だと考えていることを述べ、絵そのものについては、「首は明るい厚塗りで肉づけし、背景は明るくほとんど影がない、目は日本流に心もち釣り上げた[40]」、と説明を加えている。

このような文学への関心、書物への関心、とりわけ語、ことばへの注目は、文字への親しみにもつながっているだろう。絵のなかに描かれた文字、英語の語 sorrow（悲しみ）も興味深いが、絵画で馴染んだ浮世絵、書物で知った日本の知識は、浮世絵模写の際の日本文字の書き込みをもたらしただろう。日本語の模写は、エキゾチスムと造形的探究両者の現れのように見える。未知の国、日本を示す文字であり、絵としての文字であり、装飾としての文字だろう。絵画における造形性と文学性の、異国性を帯びた混交と言えるだろう。

このように日本はエキゾチスムとジャポニスムとしてゴッホの関心を惹いたわけであるが、それはどのようなものであったのか、ここで振り返りたい。一八八五年暮れ、アントワープからのテオ宛書簡に、アントワープの印象を、ゴンクールのことば「永遠の日本ぶり」を用いて、まさに「日本ぶり」であり、風変わりな光景に見られる種々の見事なコントラストを示すものとして述べ、この土地は画家にとって興味を惹かれる美しい場所であると語っている。自分の画室にも日本の版画を壁いっぱいにピンで止めたからとても楽しい、と満足げな様子を、ことさら「日本」を挙げながらゴッホは伝えている[41]。

図12　ゴッホ〈悲しみ〉 1882

その後、南仏、アルルの光輝く風景に日本の風景を重ねて、南仏を日本のようにゴッホが考えたことはよく知られている。アルルの冬景色をも称えては、まるで日本にいるみたいだとよろこぶ、といった具合で、書簡に度重ねてゴッホの感激ぶりが現れる[42]。新しい芸術の未来を日本に託しているようにも見受けられる。一八八八年、テオに宛てた書簡に書く。

図 14　広重〈亀戸梅屋舗〉 1857

図 13　ゴッホ〈花咲く梅の木〉 1887

図 16　広重〈大橋　あたけの夕立〉 1857

図 15　ゴッホ〈雨中の橋〉 1887

ぼくらは日本の絵を愛し、その影響を受け、またすべての印象派の画家はともにこの影響を受けているが、それならどうしても日本へ、つまり日本に当たる南仏へ行かないわけにはゆかぬ。(43)

そして「日本人が素早く稲妻のように素早く、デッサンするのは、その神経がわれわれより繊細で、感情が純真であるからだ。」と日本美術の特質から、日本人観をその書簡で繰り広げるのである。(44)

ぼくは日本人が何をやってもてきぱきしているのを羨しく思う。それは決して退屈な感じを与えず、決して大急ぎでやったふうにも見えない。彼らの仕事は息をするのと同じくらい簡単で、狂いのない二、三本の線で同じように楽々と人物を描いてしまう。まるでチョッキのボタンをとめるのと同じくらい簡単だというようだ。(45)

そのようにして、芸術観は日本の文化全体への思索に及ぶ。

日本の芸術を研究するとあきらかに賢者であり、哲学者で知者である人物に出会う。その人は何をして時を過ごしているのだろうか。地球と月の距離を研究しているのか。ちがう。ビスマルクの政策を研究しているのか。ちがう。その人はただ一本の草の芽を研究しているのだ。

しかしこの草の芽がやがて彼にありとあらゆる植物を、ついで四季を、山野の大景観を、最後に動物、そして人物を描画させるようになる。彼はそのようにして生涯を過ごすが、人生はすべてを描きつくすには余りに短い。

図17　ゴッホ《聖書のある静物》　1885

どうかね。まるで自身が花であるのように、自然のなかに生きる、こんなに単純なこれらの日本人が、われわれに教えてくれるものこそ、まずは真の宗教ではないだろうか。
もっと磊落にもっと幸福にならねば日本の芸術を研究することはできないだろうとぼくは思う、またぼくらは、因習的な世界で教育され働いているが、自然にたち返らなければいけないと思う。[46]

簡素な生活、自然との暮らし、草花から四季、山、動物、人間と連なる自然観、自然のなかでの宗教心に満ちた素朴で敬虔な生き方、そして、そこに現れる簡素な絵のような文字、音と共に語りかけることばに、ゴッホは惹かれたのではなかっただろうか。教会の牧師の息子である彼の自然観に留意しておきたい。

確かに、読める文字はゴッホにおいて特別の意図をもつと考えられるだろう。〈聖書のある静物〉における『イザヤ書』[47]とゾラの『生きる喜び』。悲しみのポーズに対して上述の英語の語、sorrow と添えられた作品〈悲しみ〉。つまり、まさしく、ことば、語、文字を、絵において大きな意味を成すものと、ゴッホは扱っていると言えるだろう。

日本の浮世絵の模写に、漢字を模したものが見られるのは既述のとおりであるが、その場合それは、造形性と共に、文字自体としての重要な意味を付与していると考えられる。その文字、まさしく絵のような象形の文字は、とりわけ人が自然と共に生きる理想郷を喚起し、そのような日本の作品であることを示しながら、造形的装飾的価値に結ばれた異国情趣を添えることになるだろう。

文学好きであり、書簡で自らを語ることにも専念したゴッホには、画家として絵で色に、語らせるとともに、文字や文字的な形象に、その意味の広がりを絵のなかで語らせる気持ちが強くあったのではないか。思想性をもつ象徴主義における文学領域の強みが推察できないだろうか。ゴッホが、生の情念と、宗教的信念の伝達の使命を描こうとしたのであれば、そこで、思想を伝える文字は特別の意味を担いえただろう。絵のような文字、文字のような絵が見られる。造形的な文字が、絵画として意味として、共に生きているように思われる。

絵における文字にこのようにひときわ強い価値を付与している点で、ゴッホとビュトールにはつながるところが見られるだろう。そしてそのような彼ら二人が、その点をめぐって日本文化にかかわっていることが極めて興味深い。

## 三　日本とのつながり

ビュトールとゴッホ、この二人の日本への関心は示唆に満ちている。ゴッホにおいて、異国趣味と造形的探究から、芸術性にまつわる日本と日本人の生活と精神、そして宗教性に結び付けられたその自然主義的あり方への関心が見られた。そこに、ゴッホ独自の文学性や、象徴主義の必然性にかかわる思想性、そして絵における文字、書物、ことばへの関心もまた見ることができた。

それは、たとえばオーリエのゴッホ論と緊密に呼応するものだろう。ゴッホの画布には、不器用な子供っぽいまでの誠実さ、自然と真実への愛が、力の過剰、神経の過剰によって、力強くそれでいてデリケートに描かれている。それは自然主義的な芸術であるが、同時にそこに、事物の質感を、思想を翻訳するための魔法の言語と見なす象徴性、いわば物質の下に精神にのみ見える思想が潜むという観念的な傾向を、認めることが肝要である、とオーリエはゴッホ論で分析するのである。(48)

ビュトールは、絵における文字、ことばの探究から、造形芸術と文学また音楽のふれ合う場所への探索において、すなわち芸術の総合性のひとつの位相の探索において、日本の芸術に対する関心に導かれた。それは、たとえば墨絵と書・カリグラフィーの隣接への注目に見られるように、文字の形象性、表意性への関心、イマージュと文字が渾然一体となった、一種の自然主義的あり方とのかかわりのうちに思考されるものではなかったか。そこでビュトールは、「書物」において、芸術の総合性、思想のひとつのあり方を繰り広げようとしたのではなかっただろうか。

## 四　自然主義

宗教と芸術の自然主義的側面と創造の根源における自然主義的側面が、日本のひとつの文化のあり方において響き合ったのだろうか。そこでの文学性、文字のひとつのあり方が、絵のうちに見られたように思われる。意味として、形象として、音として、絵のなかで働く文字は、文字として、本来的文字のひとつとして、働いている。それはまた確かに、文学と芸術における画期的試みとしての『骰子一擲』を示したマラルメの営為と、全面的に同じではないにせよ、文字・ことば・意味への傾斜の方向として照応するところがある。ビュトールの意識は直接的に文字の意味からの広がりとして、ゴッホの意識は間接的に絵としての文字からの意味の広がりとして、ことばとイマージュのつながりの探求において、文学に出自をもつ人間、文学的なものに心底がつながれた人間における、文字と意味への傾斜の点で、マラルメと示唆深いふれ合いを示していると思われる。

# 第二章　ゴンクールとロチ——日本の芸術と社会——

## はじめに

以上見てきたように、一九世紀二〇世紀のフランスは日本美術や日本文化に大きな関心を示した。文学者たち画家たちは、異国趣味から日本に惹かれ、あるいは独自の美的要素に注目した。その関心のあり方は一様ではなく、時期にもより、ジャンルにもより、人にもより、様々であった。その違いはどこにどのようにあったのだろうか。文学の視線と美術の視線の違いがあるのだろうか。その違いの理由はどのようなものなのだろうか。独自の美的要素に言及される場合、通常ジャポニスムとして概ね肯定的に評価されているように思われるが、異国趣味にかかわるときには、評価はまちまちのように思われる。そうしたことに関して探究したい。

ゴンクール兄弟が、文学・芸術の世界への日本美術の紹介に大きな役割を果たしたことはよく知られている。彼らは、時代の社会の観察記録を独自の文体で記し、レアリスム小説を実践するが、やがて内包する矛盾からそれは自然主義文学に引き継がれることになる。とりわけ兄エドモン・ド・ゴンクール（一八二二‐九六）については芸術上の歴史研究はもちろんであるが、それと並んで、弟ジュール（一八三〇‐七〇）と共に記した『日記』が、同時代の社会と芸術に関する生活記録として貴重である。彼らは日本を訪れたわけではないが、万国博覧会や美術商が提供する工芸品などから、広く日本の文化にまで深い関心を抱き、愛着を示した。画家たちはもとより文学者たちに与えた知識は極めて大きい。彼らはジャポニスムを高く評価した。

一方、同様に、日本にかかわる人物としてピエール・ロチ（一八五〇－一九二三）を忘れることはできない。いわゆる文壇から離れ、海軍士官としての船旅のなかで、異国をテーマに、異質の文化風俗の精確な描写による特異な小説を書いた作家である。彼の場合はどうだろうか。彼は、日本を訪れ、日本女性と同棲生活まで営みながら克明な日記をなし、それをもとに日本人と日本の国を彼特有の作品世界に仕立て上げた。それは、アイルランド人の父とギリシア人の母をもつ混血児ラフカディオ・ハーンが、アメリカでの記者時代を後にして日本に住みつき、小泉八雲として日本の生活や文化に示した親密な関心のあり方とは大変様子が異なる。ロチは遠い異国の珍奇な日本人、不可解な日本文化を冷やかに綴ったように思われる。異国趣味、それもそのマイナス面から強調されているように感じられる。

しかしまた、そのようなロチの作品を読みながら、ゴッホやゴーガンは、ゴンクールのみならず、ロチを自らの芸術や精神性の糧とし、そしてそれは単なる異国趣味を越えた芸術を生み出す要因となっている。どのような表現から何を得たのだろうか、興味を惹かれる。

主に、ゴンクールの書簡、そしてロチの日本記録の作品を、上述の主旨の角度から、具体的にテキストを読み解きながら検討したい。どのような人物が、どのような眼と感性で日本と日本人を眺め、考え、どのように異なる評価を示したのかに光を当てることによって、日本人と日本の国の特質の一端が見られるのではないかと思われる。そこから、ジャポニスムと異国趣味の様々を見ると共に、日本の文芸・芸術と日本文化の価値の諸側面について考察できるだろう。

## 一　ゴンクールの日本美術理解

ゴンクール兄弟が、一般の無理解のなかで、日本美術をフランスへ紹介した者として固く自認していることは次の書簡によっても示されている。以下、兄エドモンを中心に見てゆこう。

> シナの美術品と日本の美術品に対する趣味、この趣味こそは、われわれが最初にもったのであった。今日では一般市民たちにまで低下したこの趣味を、誰がわれわれ以上に理解し、それを人に奨め、宣伝しただろうか。日本の画帖に初めて熱中し、そして度胸を出してそれを買いもとめた者は、いったい誰であろうか。(1)

日本美術の最初の発見者あるいは紹介者ということでは厳密には事実と異なるようであるが、とりわけ文学者たちに最初期に日本美術への理解を促し先導したフランスの作家ということで言えば、その通りであろう。彼らの日本美術の理解とそれをめぐる行動は多大な影響力をもったと思われる。日本と日本美術に対する関心はゴンクール兄弟の日記に頻繁に現れている。日本の工芸品を扱う美術商店「シナの門」についても、「日本の偉大な動向がどしどし吸収同化された場所であり学校」であり、ボードレール、ビュルティ、ヴィヨ、そして印象派の画家たちがその顧客であった、と彼らは解説している。(2)

その日本の工芸品というべきもの、美しい金属を装っている「刀身」について、「簡素な厳粛な装飾趣味」と述べているのは、(3)日本美術の批評としても意味あるものと思われる。しかしここでまず注目したいのは、現実の日本人たち、西園寺公爵と庶民階級の一人と会食した際に抱いた感想の表現である。

臓腑を抜いた兎みたいに痩せこけた、狭小な彼らの身体は、わが欧州人のズボンとフロックコートのなかで浮遊していたが、それはあたかもサーカスで動物たちが、人間の着物を変なふうに着ているようであった(4)。

このように日本人の描写については動物と引き比べるという風であるが、このような日本人の為す素描、掛物作りの実演を興味津々に眺め、詳細に記録し賛嘆している。一八七八年一一月二八日、たとえばビュルティの家での催し、渡辺セイ氏(渡辺省亭)の巧みな画作について次のように書いている。

日本でもてはやされうる素描というものはいかなる二度がきもなしに行われたものでなければならない。いかなる修正のなぞりもきかないのである。それに描く速さにもある種の重要性がつけられるので、画家の連れは、仕事がはじまると、柱時計のところに行って時間を調べたものだ。

……最後に画伯は画布の上にさんご色のくちばしをした黒い鳥をつけ加えた。五羽の鳥とも実に巧緻な熟練によって仕上げられたが、鳥たちの羽毛の逆立つかすかな音がほとんど今にもきこえるような気がするくらいだった。

とにかくわが日本人がおなじ手に、濃い色をつけた線をかくための極めて細描きの筆と、それより太く、たっぷりと水気を含んでいて線を太くしたり、ぼかしたりするための筆の二本を持って仕事をしているのを見るのは楽しいものであった。その仕事ぶりはすべて、例の魔法のコップをいくつかのせた小テーブルの前に立った手品師の機敏な動作を思わせた(5)。

息を凝らし目を見張って異人種の不思議な筆の早業、生彩鮮やかな表現力を見届けようとする姿が髣髴する。またこのような日本人の自然観にも言及される。

日本人はわれわれヨーロッパ人が興味を感じる自然現象より、はるかに些細な自然の風物に留意し、それを観察して、その繊細な興趣を愉しんでいる。

しかし日本人は、それほどいろいろなことを要求しない。日頃、私は刀の鍔を買い求めた。空の一角には銀のような弦月がかかり、そして雪模様の空から、秋の黄ばんだ葉が二枚散りかかっているといった図柄なのであるが、しかもその木はそこに彫ってはないのである。ここに、彫金術の主想があますところなく示顕されているわけであって、そしてこの二枚の葉だけがかの美術家の案出したいっさいの道具立てとなっているのであるが、かの国の歌も台詞もまたことごとくこの二枚の葉だけで構成されているのであろう(6)。

日本人が自然とどのようにつながり、それを芸術と成しているかについて、美術のみならず詩歌にも言及し、つまりはそれらを生む日本人の精神性として述べている。自然に対する、その細やかな具象性と大胆な抽象性、いわば写実と象徴とでも捉えたのだろうか、日本の美術・文芸の特質に対するそうした注目に慧眼がうかがえる。そしてこのような日本人の住む日本に行ってみたいと語っている。

――両三日来、日本に旅行したいという想いがしきりに私の胸に去来した。これは例の骨董癖を満たすのがその目的ではない。私の心には、日記風の日本の一年と呼ぶ、一冊の本を作りたいとの夢が蠢いている。描写よりも情緒に重きを置いた本をなのである。この本は、他の何物にも比すべからざる本になるであろうと信じている。ああ、もう二、三年私が若ければ(7)!

日本に行って日記風の本、だが描写ではなく情緒を描いた本を、作りたいと語る。同じく日記風であっても、後に見るロチとの、日本に対する意向の違いがここに見られる。こうした日本と日本人、そして日本美術への強い関心は、西洋美術の脈絡のなかで対照され位置づけられる。日本美術はしばしばギリシャ以来の西洋美術との対比として語られる。ギリシャ式対称法に隷属するフランスの人々の中に、日本美術が捲き起こした現象は、不思議な現象であり、モチーフの非対称の配置、巧みな色彩画家的な色の並置にその価値がある、と称揚している(8)。そしてとりわけ工芸品に着目する。

結局のところ、日本の陳列場では、銀の鷺のついた衝立と、漆塗りの地の上に、固い石や象牙や陶器やあらゆる種類の金属で形どられた日本のさまざまな植物をあしらった屏風、この二つが、私にとっては、世界が始まって以来、いかなる民族の工芸も造り出しえなかったほどのもっとも美しい家具である。これらの夢幻的な工芸品のなかをさまよっていると、チョコレート屋のマルキがやって来たが、あの素晴しいものを見ると、まるで酔ったような歩き方でふらふらしていた(9)。

やはりまた鳥や植物の表れに感嘆している。印象主義に及ぼした日本の明るい版画の影響、非対照的配置を指摘し、そして、煙草入れに付いているボタンの図柄を挙げ、そうした想像力を、「職人である詩人」が持っているこの国民は、他の諸国民に対して「美術の師」として推挙されるだろうと述べている。そして次のように語るのである。

そして、私がジャポニスムは西欧諸国民のものの見方に革命を起こしつつあるといった時、私はジャポニスムが新しい色彩、新しい装飾方法、要するにそういってよければ、芸術品の創造における詩的幻想をもたらしている、そしてそれは、中世、ルネッサンスの完璧な骨董品の中にも決して存在しないものであると断言したつもりなのである。[10]

日本美術、その芸術的特質は「詩的幻想」であり、西欧の芸術史上、類例のない革命的な価値をもつものであり、ものの見方を刷新するものである、とまで彼は推賞するのであった。

シュワルツによれば、文学作品としては、一八六五年に手がけた『マネット・サロモン』に、日本版画を称える文が見られるほか、一八八一年、『十九世紀のある芸術家の家』で、エドモン自身の別荘の美術品について叙述している、これらを機縁に、日本美術が文学に登場したといわれる。一八八四年、『いとしい女』で、エドモン・ド・ゴンクールは始めて、ジャポニスムという語を使ったということであるが、彼のジャポニスムへの傾倒は、十八世紀の日本美術シリーズとして『歌麿』(一八九一)、『北斎』(一八九六)の執筆をもたらした。資料は林忠正が提供したという。[11] それが印象派たちに対して多大な影響を及ぼしたことはよく知られているが、また彼は「グルニエ」(文学的屋根裏部屋)を開いて、文学者たちにも広く日本美術を紹介したのだった。

このような中で、彼の日本美術の理解がどのように深く文学者たちの関心につながり、影響を与えたかも、同じくシュワルツの述べるところである。文学に明らかにあらわれたものとしては、ゾラ、ドーデ、ロベール・ド・モンテスキュー、ユイスマンス、アリ・ルナン、アナトール・ド・モンテグロン等の作品があるという。とりわけジャポニスムの盛衰を示すものとして、モーパッサン、小デュマ、プルーストの作品が挙げられている。自由詩、象徴詩における影響も指摘されている。[12] 確かに彼らは日本と日本美術を文学・芸術の世界に根付かせたと言えるだろう。

記憶すべきことは、もともとゴンクールにおいて、日本人の自然観や自然主義的な意識に対する関心や理解が、現実の日本の土地や多くの日本人一般、その生活全般に触れて築かれたものではないということである。それは概ね、フランスにいて、万国博覧会や、日本美術の店や日本文化関連の雑誌、そして限られた日本人たちとの交流において育まれたものである。この点で次に見るロチとは、まったく姿勢も現実の対応も異なる。そうした相違が日本理解にもたらす違いはどのようなものだろうか。違いは何に起因し、どのような状況、どのような事物や人間の作用に関わるのだろうか。

## 二　ロチの見る日本と日本人

ロチといえば、日本では『お菊さん』で有名である。ロチ研究家から見れば二流の作品のようであるが、日本と日本女性を描いた作品として注目したい。この本は一八八五年、ロチが日本、長崎に赴き、買った女性、お兼さんとの同棲生活を題材にした記録であり、ロチ曰く「ひと夏の日記」である。この作品は、日本や日本人を美化しているわけではなく、揶揄嘲笑した、侮蔑的な表現の目立つものである。日本人、日本女性、日本の風景、風俗習慣、日本文化に対して辛辣な言葉が散見される。

たとえば、日本人については、その顔、様子について、「猿のようなあどけない顔」をした子供、「小鼠の女」、「人間の針鼠」、雨の時には「足は上の方までむき出し」で「びしょぬれ」で「藁の一本一本が外を向いてやまあらしの逆毛のようになった藁蓑」をまとった「藁屋根を着たような」「ジンリキサン」、「滑稽千万な顔の日本人」、そして、日本人は生きている間は実にグロテスク、醜く卑しく奇怪である、という。日本を去る時にはなるべく感慨深くあろうとしたが無理であり、日本に住んでいる小さな男女たち同様、日本には或る本質的なものが欠けている。通りすがりに楽しむことはできるが、愛着の心は起こらないと語る、こういった具合である。[13] 人間以下の猿の扱いであり、得体の知れない奇妙な生き物と見ているようだ。

とりわけ日本女性については、大体において「人形」と呼び、「可愛らしいには可愛らしい」、「おどけていて、きゃしゃな手をしていて、小さい可愛らしい足をしている。でも要するに、みっともない。おまけに滑稽なほど小さい。陳列棚の骨董品みたいな顔をしている。ウイスチチ（南米産の小猿）みたいな、何とも云えぬ顔をしている」[14] と表現し、やはりしばしば人間以下の動物や物に比している。もし結婚したら、「預かり子のように大事にしてやろう。……風変わりな可愛らしいおもちゃとして」[15] と語り、終始、人格をもった人間としての扱いを拒否している。

また特に女性についてはその階層差にも注目し、日本人が花瓶に描く女の姿は例外的なものであり、「軟らかい紅で塗られた大きな青白い顔と、間の抜けた長い首と、鶴のような様子をした」のは上流階級の女であり、市民社会や下流社会の女たちは「愉快な醜さ」をもち、可愛らしくもあるが、目は小さく開かない位で、顔は円く、褐色が強い、ただ生き生きとだけはしている、という。いずれにせよ、ぼんやりしたところがあり、子供っぽいところが生涯ある、[16] と語り、大人の女性として認めようとはしない。「ムスメ」は、概ねかわいらしい人形として現れている。身分の高い女性の様子に対しては、大きな珍しい昆虫を思い出すという。[17] 常に動物・虫そして物になぞらえられる。別れの出発も近くなった頃、彼女たちの人形じみた様子が、いまや自分を喜ばせるという。[18] 人間ではなく、おもちゃの扱いである。そして、日本出発の最後の頃には、自分の思想が、鳥の変幻極まりない想念や猿の夢想から隔たっているのと同じほど、「ムスメ」たちの思想から隔たっている感があると述べるまでになる。[19]

さてひと夏の結婚生活を営んだ「お菊さん」と名づけられた女性については、やはり、「私の人形」と呼んでいる。[20] 彼女は、続けざまに猫のような小さな欠伸をするし、[21] 違和感のある生活習慣、煙管を吸うことに関しては、不快感を示している。[22] 体面を保っているだけの家庭であり、嫌気がさしているが、離婚してお菊に恥辱を与えるだけの理由がない、と薄情である。[23] 地味でしとやか、つまり陽気さのないお菊さんとの生活の耐え難さを描き、やがて一匹の牝猿になる時がくるだろうと見透かす。[24]

このお菊に別れるとき、多少は可愛いさを覚えながら、最後の面会に赴いたが、お菊が快活な唄を歌っているのを耳にして、彼は心を凍らせる。彼が渡した銀貨を吟味しているお菊の姿に、結婚生活の最後の光景は想像以上に日本的である、と彼は呆れ返る。何物も、小さい頭の中、小さい心の中を通過するものはないのだと結論づける。そして最後は、この小さい結婚から自分をきれいに洗い清めてほしいとまで嘆くのである。[25] 人格に対する敬意も親近感も見られない。

生活の風景としては、自然とのかかわりについても、「庭は非常に凝ったものである。花は何もなく、その代わり小さな岩と、小さな泉水と、奇妙な趣味で刈り込まれた矮小な植込、それらのものが少しも自然なところはないが、新鮮な苔を附けて、いかにも青々とできている」[26] と、不自然さを指摘する。また家屋内部については、「日本の室内に入って一番に気がつくのは、細かい清潔さと白いうすす寒い空虚」[27]、「どの襖の上にも二羽の鶴がいて、日本美術の提供するきまり切った姿態で灰色に描かれてあり、ひと月も日本にいたら飽き飽きしてしまう鶴」[28]、といった風に、無表情や陳腐さを見て、抵抗感を露にしている。しかし活花については、「日本的なすっきりした細長さ」、「技巧を凝らした美しさ」として一貫して賞賛している。[29] 活花については、それは想像力の賜物であり、変わっていて、たいていは軽い簡単なものであるが、研究された簡単さであると評価する。未知の技術の天啓、形の上に求められた想念のようである、と好意的である。[30]

これに関わるように、簡素さがプラスの評価として現れているところもある。日本趣味に知識があるなら、無装飾な室内の巧妙さがわかるだろうし、それはごたごたした骨董品に囲まれたパリの婦人の日本間ではない、風雅の日本風を感じる、と述べる。[31] 坊主たちの何の装飾もない部屋についても同じく、それは清潔と無一文でできた高雅、簡素の極であると述べている。[32] ゴッホが感じ入ったのはこうした表現だったのだろう。

さてロチは、しかしまた、フランスと比しては、滑稽さが常につきまとうと感じている。女性の着物について、胴のない小さい人形に着せているようであり、フランスとはまったく異なった理解であるという。[33] 風俗習慣宗教について、鼻を床にすりつけて四つんばいになる奇妙さを指摘し、蚊帳の中に寝る様子について、美しく聞こえよくはあるが、何かしら欠けたものがあり、実に厭わしいものだという。音に対する違和感も顕著に現れている。毎晩雨戸を閉める音の騒々しさにいらいらし、男女ともたしなむ煙草について、煙管が煙草盆の縁に打ちつけられる音を、どこの家でもどんな時間帯でも「猿の引掻のようなおどけた音」と語り、日本の特殊な騒音と断定する。自然の音、朝の音などに対しては、「薄っぺらな木でできている家」に響くおかしなおもしろい音も、たまに楽しく心地よい音として聞こえる、と記録される。[34] 日本人の自然感と生活は基本的に共感しがたいものと、ロチの眼に映るようである。

驚くべきこと、信じがたいこととして、夕方の湯浴みの滑稽な時間について述べる。日本のムスメたち婦人たち、女は、長い着物と仰々しい帯をとると、「曲った足をした、細長い梨形の喉をした、小さな黄色い存在」にすぎないのであり、小さな人工的な魅力は、着物と一緒になくなり、何も残らない、[35] という。異様な習慣が人間観に重ねられる。

宗教的娯楽に対しても不可解さを示し、それは、自分たちが日本の国民と共通性をもっていないことが理由であると考える。[36] そして生活習慣に滑稽な信仰を見る。[37] 加えて、さびしい片田舎にいたるまで寺院で満たした昔の日本人と今の日本人とは似ても似つかない、と日本の性急な欧米化に対しても、否定的である。

こうして見ると、現代のわれわれから見て、読み心地のよいものではないが実感できるところがあり、頷かせられる。西欧から見れば特殊というべき日本の日常の習慣、そして明治の半ば、西欧に追いつこうとする日本人のあわれとも思える姿があまりに率直に記録され報道されている。ここには、日本人自身が感じ取るもの、とりわけ、異国で外部から日本を見て感じるようなものがある。ロチの肯定否定の評価も、西欧主義に染まった眼によるものであると共に、異国に住む人間のそれとして共感できるところがなくはない。

次に、一八八五年秋の来日の際の『秋の日本』について見よう。京都、日光と旅程が綴られたこの作品にも、日本の風物、習慣に対する蔑視に似たことばが多く見られるが、ただそれだけではなく、賛嘆の表現もある。

まず「聖なる地・京都」、これは前節で扱ったエドモン・ド・ゴンクールへの献辞がついている。この日本という国は、千五百年ないし二千年の伝統を墨守しながら、しかも突然、眩惑のように襲った近代的な事物にも心酔して、いかにもちぐはぐな、木に竹をついだような、ほんとうとは思えない国である[38]、と語られる。このように、まず統一性を欠く奇妙な国がロチの目に映じる。

汽車から降りると「ジン・リキ・サン」に襲われるが、それに対して彼らを「ジン」とロチは呼ぶ。その理由は、いっそう簡潔だし、悪魔の子のようにすばしこい動作でいつも走りまわっているこれらの人間にはぴったりだ[39]、というのである。冷淡な目である。

京都もちぐはぐである。ちぐはぐで、変化に富んだ、奇妙な所、巷はそうぞうしく、ジンや物売りや、けばけばしい看板や、風にひるがえる途方もない帳などでごった返している。音響と叫喚のさなかを走っているかと思うと、滅びた大きな過去の残骸のあいだ、うち捨てられたものの静寂のなかにいる[40]、と彼の眼に支離滅裂さが映る。そして広大な宗教的遺跡、三千の寺に対して、たぐいまれな珍妙さをもって装飾されていると見る。古きものにもあたたかい眼差しはない。清水寺の参道に氾濫して並べられた品々には、「どこまでが神さまで、どこからが玩具なのか、日本人自身にわかっているのだろうか」と皮肉る。そして、神々に対して、「象徴と記号の混雑。なにもかも日本の神譜のおそるべき混沌をしのばせるものばかりである。」[41]と不信感を示す。

世阿弥ホテルで出会った女性に対しては、「優しい日本の雌猿を見慣れたわたしの目には、彼女たちは、市の見世物にでも出すために衣装をつけさせた二匹の雄の大猿のように見える」と語り、日本人はあいかわらず猿である。赤ん坊のような他愛もない陽気さと、オラン・ウータンのようなしとやかさに耐えがたい[42]と容赦がない。やはり下等な動物であり、未熟な幼児である。

つまりは、西欧的な概念からあまりにかけ離れており、種々の事物から受け取ってきたあらゆる世襲的観念の埒外にある、と彼は感じている。古い寺もよく理解できずに見物し、象徴はわからないままであるから、日本と自分たちのあいだには先天的な血の相違が、大きな深淵をうがっている[43]、と思いいたることになる。あらゆるものが奇妙で対蹠的であるこの日本はなんという国か、うやうやしいお辞儀と絶え間ない微笑とをもつ、ちっぽけな軽佻な国民が、異常なほどの鎖国的な神秘のなかに閉じこもって数世紀のあいだ暮らしたり、怪獣や恐怖を具備した数千の寺を生み出したりすることができたとはどうして想像されるだろうか[44]、と不可思議さが強調される。

そして、こうした光景のなかで、日本と日本人、とりわけ女性、一般庶民の女性に注目しているのである。若いムスメたちに対して、未完成のような漠然たる目鼻立ちで、小さな顔かたちをしていると感じ、日本では、最初の青春期、幼年時代の魅力は争えないが、人生の始めのこの神秘な花は、よそよりも早くしぼんでしまう、年とともにたちまち見るかげもなく衰えて、しわが寄り、老いた猿に変わってゆく[45]、と情け容赦もない。とりわけ日本女性の成長と人生の経過に、人間としての未完成の明らかな証を見ているように思われる。

次に「江戸の舞踏会」は、アルフォンス・ドーデ夫人に献じられている。ヨコハマにいた彼にロク・メイカンの夜会の案内状が届き、赴いた記録である。相変わらず「カラス」のように襲う「ジン」が、猿のような様子をしていると記述する。[46]ロク・メイカンは、フランスのどこかの温泉町の娯楽場に似ている、と手厳しい。[47]金ぴかすぎる日本の紳士、大臣たちを、醜悪な燕尾服を奇妙に着た猿に似ていると眺め、女性たちも異様で、ほんものらしさがないという。[48]同様の違和感、人間的な真実味のなさが描かれ、あくまで下等動物に比されている。

続く「日光霊山」は、ジャン・エーカールに捧げられている。ここでは、光沢のある金属に付着するコケへの賛美に発し、豪奢と脆弱素朴な微生植物との仲むつまじさ、調和を賛嘆している。そして、白くやつれた老女、舞姫にも、「えもいえぬ風情」を見ている。[49]いちいちの賛嘆の末、これこそ日本美術の精髄である、と彼は断言する。そして、ヨーロッパにもたらされている日本芸術の断片は、真の印象を与えていない、それは西欧のものとは起源から隔たりをもつのであり、他の遊星から来たような異様さをもつものなのだ、と自ら独自の理解を強調する。豪奢なだけでなく比較的簡素であり、すぐれたものもあると許容する。いたるところに見られる花々も独特の優美さを添えていると感じ、種々の美しさに恍惚感をさえ覚えている。[50]一一月の哀愁とともに深い印象を抱いて霊山を降りるのである。

最後の「鑑菊御苑」は、マーガレット・ブルーク夫人に献じられている。このなかでは、日本女性には珍しく、美しいと見られた女性について語られる。菊の色合い、姿を賛嘆している。醜い西洋風の皇族に比して、パーティーの皇女、王妃の品のよい美しさを讃える。皇后に対しては洗練された魅力を賛美する。賛辞をフランスで表したいとまでいう。数世紀を経て醸成されてきたひとつの文明が、まもなく完全に失われてしまうという想いに、生まれて初めて、ほのかな愛惜を感じ悲しみを覚える、と締めくくられる。愛惜は、古来の日本の遺棄と西欧化される日本に対する残念さのうちにある。[51]

これらの表現、とりわけ最後の二編には、不可解さの表明とともに、一種の愛着や親近感も感じとれる。前作『お菊さん』との違いは、概して一般の日本女性を対象にしていないということから来るものだろうか。前作は、特に内容上、身近な女性に関わる女性観を出発点とする嫌悪感や違和感に由来する辛辣さが大きかったと思われる。

さて、一五年ぶり、ロチ五〇歳の一九〇〇年、同じ長崎への三度目の来日の時に記した『お梅が三度目の春』では、辛辣な調子は薄れるとはいえ、大きな魅力も愛惜もそれほど感じられない記録である。一九〇五年の記述のうちにその例を見よう。

一五年ぶりの冬の青白い太陽の下の雪景色は、美しいとはいえ、その再会に憂愁も感動もない、恋も悩みもなかった国から心に残るものはないのだ、と筆を起こす。可愛らしく滑稽なムスメたちは変わらない。お梅、そして義母のおきんに会って、お菊の消息を知る。お菊は正式に結婚したが子宝に恵まれないでいるとのこと。寡婦になったお梅、ういういしい愛情を自分に寄せていたお梅に再会する。おきんの心遣いを解し、またお梅の心根に気持ちを動かされる。ロチ自身はここではゲイシャで憂さを晴らす日々を過ごすのではあるが、こうした日々にはまだしも人間的感情の交流がわずかながらあると言えるかもしれない。

生活の風景として、ここでもやはり活花の技術に感心している。寺社では、神秘、不思議なものや不安なものをいたるところに感じ、ひょうきんな民族の心の奥に、人間の宿命についての、おぞましいが何かの悟りがあるように思える、とやや変化している[52]。不可解のなかに何かがあるのかもしれない、と幾分肯定的である。しかし欧米化した日本については、ヨーロッパ風に倣って、服装や兵器にどのような根本的改変が突如加えられようと、脳には情け容赦のない残酷な恐ろしい観念を今も抱いているに違いない、と国民性そのものの不変に思いをいたす。三味線はあいかわらず恐怖を与え、やがて哀愁を撒き散らすという[53]。

寺たちを見下ろす山頂では、純粋な、最高度に典雅な、心を尽くした、ほとんど宗教的ともいえるすばらしい日本の姿があると感慨を示す。古い寺のそばで、果樹が花を咲かせる、明日を知らないはかない人工の装飾、日本人はこのような果樹園のかりそめの姿を描くのを好み、それはフランスではその誇張した彩色からあまりに美しく見えすぎる絵である、と語る。技術と忍耐と正確に関して、小さな日本人たちは卓越している、と幾ばくかの理解や好意を示している。(54) 全般として、相対的な判断の余裕が感じられる。

末尾は、一五年前の出航のときよりも悲しい気がするとまとめられる。最後のお梅との別れは、彼女の第三の青春の突然の終わりとの出会いにも重なり、自らも眼前に青春が開かれていた一五年前のロチとは異なって、日本に哀感を覚えている。(55)


ロチにとって、異国日本は、人間、ことに身辺の女性との日々のかかわりのなかで捉えられたのだろう。そしてそれは概ね終始不可解であった。少なくとも強い共感を交わすことはなかった。そこから見る日本の景色も文化もまずその目で見られたように思われる。西欧文化を纏ったまゝ地に住み、そして抱く肯定否定の気分が、絡み合って認められる。文化に対する愛惜は、三度目の来日、中年のロチにしてようやく幾らか感じられる。

これはこの時代に限らず多くの西洋人の率直な感想でもあるだろう。しかしこの書物がとりわけ芸術家に与えた影響は興味深い。ゴッホの日本熱、自然に対する日本人の感性への熱愛、そしてゴーガンの日本文化への傾倒、タヒチへの誘いは顕著である。彼らはゴンクールとともにロチをも大きな機縁とした熱烈な日本ファンであり、日本の美術を愛したのである。しかし彼らは日本の地は現実に踏んでいない。その土地での実際の人間との交流なしに見る美術は、純粋に造形的に理解されたのだろうか。そこからゴッホが日本人の自然観、人生観に夢見る想いを馳せているのは、皮肉とも思われる。(56)

## 三　錯綜

このように考えると、概して内面の眼で見た人物は、日本と日本人の自然観や精神性に魅了されたと言えるが、現実の人間に触れ、国を訪れた人はそうではないように思われる。しかしもちろん事柄はそう単純ではない。たとえば、ハーン、クローデルは現実に日本の地で生活を営み、日本文化と日本人に対して肯定的な深い眼差しを育んでいる。いうまでもなくフランスにいて日本の芸術と文化にことさら低い評価を示す人もいる。個人の違いであろうか。それだけに帰することもできないと思われるのは、これもまた例が挙げられるだろう。焦点が当てられた時代のせいだろうか。芸術への関心と文学への関与との差異だろうか。もちろんこれもまたそうだけとも思えない。西欧文化の規範に基づく価値判断をするか否かにはよるだろう。しかしその評価の対象の違いは何に由来するのだろう。

このようなことからは、日本人や日本文化のもつ、外面的なものと内面的なものの在り方、両者の現れの仕方、受容の仕方の多様性が考えさせられないだろうか。様々の人間が、様々の度合いで、肯定否定、共感違和感の両面をこの点においてもつのではないだろうか。ロチに対して、日本文化への無理解、あるいはいわば悪しき異国趣味の裏返しと単純に断定することにも無理がある。ロチにも日本への一片の愛着はあった。ゴンクールにも日本人に対する不可解で否定的な感情は見られた。ジャポニスムにまつわってはここでは一般的な一様の評価ほど過分に評価することもできず、かといって当然単なる異国趣味に分類するわけにもゆかない。その有り様は日本文化の特異性に、その自然主義的なものの諸相への視線の様々に拠っているのではないだろうか。概してロチは日本人の外面の生活に視線が留まり、概してゴンクールは日本美術に含まれる象徴的あり方から視線が導かれていると言えないだろうか。そして影響を受ける芸術家たちは、自らの意識や関心から自ら欲するものを読み取ったのではないだろうか。彼らの諸々の視線や意識の相違、錯綜において、日本文化のもつ自然主義的なものの外面性・具象性とそのうちにある内面性・抽象性が、様々に光芒を放っているのが見えるように思われる。

このように同時期の異なる状況下における多様な評価、多面的な評価に発する検討は、日本の文芸・芸術と文化の特質、その様々な有り様に対する理解と探究を促すだろう。それは文芸・芸術のジャンルの総合性とどのようにかかわるのだろうか。

# 第三章　ブラックとバルト――イマージュと文字の間、日本の文化――

## はじめに

描くことと書くこと、イマージュの芸術とことばの芸術のかかわりを様々な角度から見てくるなかで、日本の文芸・文化との絡まりが様々に導き出された。この多様さのなかに認められる核心は何なのか、それを探ってゆきたいと思う。詩人が画家の画布に魅かれ、画家が詩人の心に感化を受ける。詩人が絵を語り、画家が詩人と交友する。そして、絵を描く詩人がおり、文を書く画家がいる。それぞれ諸芸術のつながりに対して固有の体験をし、思索し実践を試みるのだろう。今、文を書く画家の例から眺めてみたいと思う。そこに芸術や文化の深層に触れる貴重な創造の有り様が発見できればと思う。

ここでは、詩、詩的なるものに関心を抱きながら、描き続けまた書き続けた瞑想的な画家、ピカソと共にキュビスムを推進したブラック（一八八二－一九六三）について、描くことと書くこととの関連の問題を検討し、さらに書くことに意識的であった画家たちを対象に同様の問題を扱った文芸批評家、そして自らも描いたロラン・バルト（一九一五－八〇）の思考について考察したい。それらの考察の過程で思索的な詩人としてのマラルメの創作の意識が彼らと照らし合うだろう。そこに言及したい。

## 一　ブラックの箴言集『昼と夜』

ではまず、詩的意識を具え、それを文にも表した画家のひとり、ジョルジュ・ブラックの創作の生涯を見ておこう。ブラックは、一八八二年、パリ郊外で生まれ、八年後、ル・アーヴルに家族と共に居を移す。リセに通いつつ美術学校で学ぶ。一九〇〇年、パリに上り、モンマルトルで絵を学び続ける。一九〇二年からアカデミー・アンベールに通う。一九〇五年、サロン・ドートンヌでマチスらの画布に感銘を受ける。一九〇六年、アンデパンダン展に初出品。翌年、サロン・ドートンヌのセザンヌ回顧展に感動する。アポリネールを介してピカソと知り合ったのは、一九〇七年、ブラック二五歳のときである。一九一一年、ピカソとの共同制作が始まる。画布に文字や数字を組み込み、ピカソも同様の試みを企てる。一九一二年、パピエ・コレ、コラージュをピカソと共に試みた。一九一四年、第一次世界大戦で頭部を負傷し、一時意識を失うが、取り戻す。二年後、兵役解除、その一年後、一九一七年から、手帖『昼と夜』を作成し始める。そこでは描くことと書くことの全体が思考され実践されている。一九二一年、サチの喜劇のために木版画を制作。舞台装飾、彫刻をも手がける。一九三一年、ヘシオドスの『神統記』をテーマにエッチングをおこなう。一九五九年頃から、エルガー、ルヴェルディ、サン＝ジョン・ペルス、シャールなど、友人の詩人たちの挿絵版画を試みる。一九六三年に八一歳の生涯を閉じた。[1] あくまで自らの道、静謐な革新の道を歩んだブラックは、社会にアピールし続けたピカソに比べ、それほど目立たない創作の生涯を送ったと言えるだろう。しかし、描くことと書くことに対峙し、それを地道に追究し、洗練された画布と言述に凝縮させた真摯な態度は、深く心に響く。本書で探究する価値があるだろう。

　このキュビスムの画家、ブラック（一八八二―一九六三）による『昼と夜』という手帖は、一九一七年から書き始められて一九四八年に出版された彼の画文集からアフォリズムの部分が取り出され、さらに一九四七年から五二年までに書かれたアフォリズムが加えられたものである。すなわち一九一七年（三五歳）から一九五二年（七〇歳）まで、ほぼ画家の後半生となる三五年間に書かれた文を集めたものである。それらは、絵画、芸術、世界、そして書くことについての断章であり、簡潔な表現のうちに多くを物語るものである。画家が、描くことと書くことについて書いた文として看過できない。

一七六の示唆に富んだ興味深い断章群から、いくつかを今回の問題に応じて取りだそう。[2] テーマを設定しそれに沿ってまとめ、考察したいと思う。特に上述のような問題意識から、ブラックないしこの作品が検討されたことはあまりないと思われるので、この観点からいくらかでも新たなブラックの価値が見出されることを期待できないだろうか。それと同時に、描くことと書くこと、イマージュとことばの問題、そして文化の問題に対して、新たな思索を加えられないだろうか。以下、一九四七年以後に書かれたものは、文頭に仮に付した通し番号の一一六以降に相当する。

Ⅰ　絵画

〇〇四　描いたものを見せるだけでは足りない、さらに琴線にふれさせねばならない。

〇二五　画家は一つの逸話を再構成することに努めているのではなく、一つの絵画的事実を構成することに努めている。

〇九九　形と色は混ざり合わない。そこには同時性がある。

一二〇　わたしの場合、描き出されたものはつねに予期されたものを超えている。

一五〇　わたしには変形する必要がない。つまり無形のものから出発して造形するのだ。

創造とは、既存の事象を、ことばや何かしらの芸術素材で再現するのではない。色と形で成しうるであろうこと、そしていまだ色と形で形成されていないものを、色と形で構成創造すること、創出されて初めてそれとわかるものを「絵画的事実」として生み出すことが画家の仕事であるというのである。したがってブラックの創造は、写実的再現や既成のものの変形ではなく無形のものからの創出である。そしてこうした造形、創造は、人の心の深くにふれるものでなければならない。

II　絵と詩

○一四　画家は形と色で考える。対象とは詩である。

○三四　著述《エクリール》は叙述《デクリール》ではなく、描出《パンドル》は描写《デパンドル》ではない。

○六五　わたしたちに存在の秘密を明かしてくれるもの、それは偶然である。

○六六　神秘は白日の下で燦く、つまり神秘的なものは闇と混ざり合っている。

○七三　画家は眼でモノを知っている。作家は名前でモノを知っていて、好都合な偏見を利用する。だから批評は簡単なのだ。

○八七　似ていないもの同士の共通性を探求すること。だから詩人は〈燕が空を切る〉ということができ、燕を短刀に変えてしまうのである。

一五七　現実は、詩の光に照らされて初めてその姿を現す。わたしたちの周りではすべてが眠っている。

一七一　詩の光に貫かれた闇。

一七三　詩はモノたちに状況に応じた生命を授ける。

そして形と色で考える画家の対象は「詩」であり、「詩の光」が、眠っている現実、その秘密を幸運にもあらわにする。それは闇を照らす光、神秘の光というべきものであり、「詩」はそのようにして事物に命を賦与するという。描くことが事物の再現ではないように、書くこと、真に書くということも事物の再現ではない。ただ書くのではなく、詩を書く詩人は、事物間の類似関係を発見して、事物を新たなものとして、言い換えれば別のものとして、光のなかに蘇らせるのである、という。このように詩と絵が同様の創造であると考えると同時に、ブラックは「詩」に特権的な位置と概念を与えている。

III　芸術

〇一六　芸術において価値あるものは一つしかない―説明不能なものである。
〇三七　限られた手段が、新しい形を産み、創作へと誘い、独自の様式を作り出す。
〇三八　芸術における進歩は、芸術の限界を拡張することではなく、芸術の限界をよく心得ることである。
〇四八　創作活動とは、希望をつないでくれる一連の絶望的行為のことである。
〇五四　壺は空虚に、音楽は沈黙に形を与える。
一四四　太鼓、瞑想の楽器。
一四五　太鼓の音を聴く者は静寂を聞く。
一六三　わたしにとって、重要なのはもはや隠喩《メタフォール》ではなく、変形《メタモルフォーズ》である。

説明できないものが創造として価値を担うのであり、有限の手段が新たな創造、新たな様式を生む。芸術の限界を知ることが重要であり、芸術は、希望に導かれるが、しかし絶望の連鎖であるような営為である。そのような芸術のなかで、音楽もまた貴重な位置を占め、同様の様態を明らかにする。無形から造形が生まれるように、沈黙・無音から音楽が生まれる。たとえば打楽器・太鼓は瞑想の楽器であり、生まれる音は静寂の音である、と画家は語るのである。

## IV　自然

○○一　自然は完璧という味を与えない、わたしたちは自然を優れているとも劣っているとも思わない。
○二八　わたしは、自然を模写することより、それに一致することに気をつかう。
○五七　自由な発想をすること―いまここに在ること。

したがってブラックにとって、自然とは、完成されたものとしてあるわけではなく、それ自体何ものでもなく、模写の対象ではなく、合致融合が願われる対象となる。

## V　思考

○○三　思考すること《パンセ》と理性を働かせること《レゾネ》は別のことである。
○二二　芸術は飛翔し、科学は松葉杖を与える。
一○○　絵画は思考を消去して完成する。
一○一　思考は絵画を進水させる船台である。
一○七　理性の作用とは、精神にとっての導き、魂にとっての喧騒である。

また思考とは、魂に対する喧騒である理性とは異なるが、それは絵画を動かし、絵画の完成とともに消えるものである。思考、科学的なるものは、芸術そのものではないが、芸術にとって必要な支えであると考えられているのであろう。

## VI　関係性

〇四一　「建てる《コンストリュイール》」とは同質な要素を寄せ集めること、「築く《バティール》」とは異質な要素を結びつけること。

一〇二　画題。オレンジの傍らのレモンはレモンであることをやめ、オレンジの傍らのオレンジは果物となる。数学はこの法則に従い、わたしたちもまたこれにしたがう。

一〇八　自由は摑み取るものであり与えられるものではない。凡人の自由とは日常生活を自由に送ることであり、わたしたちの自由とは許可されたものを飛び越えることである。自由は誰の手にも入るというものではなく、多くの人の場合、禁止と許可の狭間に置かれている。

一一三　こだまはこだまにこだまする。あらゆるものはこだまする。

一二二　発見するだけにとどめ、説明しないように心がけること。

一二四　現在においては、対立するものはなく、すべては結びついている。力と抵抗はまったく同じものである。

一三〇　芸術家に考えさせる作品もあれば、人に考えさせる作品もある。わたしはマネの才能について話されるのをよく耳にしたが、セザンヌの才能について話されるのは一度も耳にしたことがない。

一三二　セザンヌは「築いた」のであり、「建てた」のではない——建てることは空間を埋めることを前提としている。

一四六　人が眠りを貪るように、わたしは愛を貪る。

一七二　画家たちによる機械的投影法の発明は、思考に影響を及ぼしている。「関係」は視点の機能である。「論理」は投影法の効果である。

一七四　モノを忘れ、関係のみを熟慮しよう。

世界においてすべては響き合う、その事物事象たちの関係が問題である。相対立するものも結びつく。事物たち自体ではなく、それらの関係、未知の関係を見出すことが重要であるという。見て発見することが肝要である。事物に親密にふれ、事物を愛する。事物たちの間の関係に対して強い意識を、セザンヌももったことが思い出される。闇と見まごう神秘を見出すこと、関係に存在の神秘を見出すことが問題であり、不可視の関係を見出すこと、それが創造の本質にかかわるというのだろう。

ブラックは、セザンヌの形態、自然に対する数式的とも言える幾何学的な関係性の意識に魅かれ、自然と魂のひとつの新たな結びつきに、新たな創造の地平を見出そうとする。曖昧、神秘に着目し、ポエジーを提唱し、自然・世界の中の諸々の事象の間の関係の発見を導く詩的精神を主張する。ブラックの瞑想的なことばは、彼の言う「詩」のように深く広い意味を担い、抽象的である。創造に対する思索、洗練された典雅な造形言語としての彼の画布に、簡素と諧調、東洋画や禅との関連を論じる研究も見られる。[3]ブラックが禅や東洋の思索に深い関心を示したことは、つとに伝えられているところである。[4]

また彼の画布に楽器のモチーフが頻出することについて、私生活上で音楽とふれ合い、フルート、ヴァイオリンの演奏をみずから楽しむことのなかで得た思索、すなわち奏でられて初めて音を出す楽器とそれによる音楽の魅力に惹かれるという実践的思索が注目されている。さらに、造形性の視野において、音楽における音調とキュビスムの関連、諸芸術の中で最高の抽象性をもつ音の芸術である音楽と、彼自身の造形芸術との呼応関係を探究する研究も、見られる。[5]音楽は関係と数学による暗示的芸術とも言えるだろう。

音楽に貴重な価値を求めて、時代の新しい美学を提唱するアポリネールが、ブラックを高く評価し、カーンワイラーでの個展の序文を書いていることも特筆すべきだろう。さらにシャールもまた、一九五〇年のブラックの個展のカタログに序文を寄せているが、[6]異なるジャンルの芸術と芸術家たちの多様な類縁関係がこうしたところにも浮かび上がる。

## 二　マラルメの想起

このようなブラックの思索には、近代詩人マラルメ（一八四二－九八）の文芸観を端的に思わせるものがある。関連する思考を、簡略的に同様の項目として挙げ、概観したいと思う。(7)

1　世界の関係を見出すこと

マラルメは、もの自体ではなく、世界に縦横に張り巡らされている、ものとものとの諸関係を見出すことが、創造の行為に結びつくと考えた。関係の結び目に美しい未知の姿が仄見える、魂の律動に呼応するようなものが見出される。この関係は、言語活動において数式的に表現されもする。見えない類似性、異なる名をもつものの間の類似性、あるいは詩篇におけることばたちの共鳴や相違性の衝突・均衡の計り合い、そのバランスの振動、そうした関係性を表現することに、創造の本質的価値を認めたと考えられるだろう。

2　現実の真の姿は見出されること

眼に見える姿ではなく、眼に見えないものを見透かすことが問題であると彼は考えた。そこからものとものとの関係が浮き彫りにされてくる。それは音楽的な響きをもち、人間の心と響き合う。それは世界の全体について考えようとする姿勢につながるが、そこに見出される姿が事物や世界の真の姿であると彼は考えたと思われる。ここからもいわゆる写実的態度、事物の再現的描写は否定されることになる。

3　無からの創作

いわば沈黙からそれに等しいものを浮上させることが創造である、すなわち創造は、無からの創造であり、無に帰す創造であるとマラルメは考える。一方、こうした創造とは元来不可能な行為と言えるものであり、創造はまさに創造しえないということを示す行為、絶望的行為であることが頻繁に語られた。マラルメにおいて成就の不可能性を示すことが貴重な問題であった。

4　闇と光の感覚

頻繁に闇と光の意識が創造の思索に照応した。見えないものと見えるもののつながり、見えないものを明るみに出すことに対する意識が顕著である。文芸と音楽の関係をめぐって、理念的なものと感性的なものに対しても闇と光は現れる。感じられることを知的構成力によって構築することが問題であった。彼の詩篇自体における闇と光のあらわれ、その交錯も顕著である。

5　音楽の意識

自然に付け加えるべきものは何もない。自然、万象は音楽性をもつ。それへの融合が彼にとって重要であった。詩的実践、言語創造に関して、常に音楽が関わり、音楽のもつ力、力動性、その数式的方法と関係性が重視された。音楽は、魂の動きに連動しつつ、その抽象性において、深く根源的にマラルメの文芸の中核に関与した。

6　空虚と形、音と無音

創造は現実に形を成していないもの、音を成していないものに対して、形と音を形成すること。したがって形と無形は同等の価値をもつ。音と無音も、マラルメにとって同じようなものである。余白は関係として意味をもつ。無から発して結局無に向かうもの、それは人間・世界と宇宙の全的表現に関わるものであり、それが詩作の行為であった。その不可能性の表現、夢想の可能性が詩のテーマでもあった。ここに彼の創造の意識が明確にあらわれていると言えるだろう。

7　東洋への意識

時代の風潮、ジャポニスムの流れのなかで、マラルメは、造形性に関して、伝統的な透視図法への疑問と日本の芸術に認められる独自の視覚への着目の必要を述べた。東洋への傾斜は、思索にも詩にも頻出している。墨のもつ繊細な振動のメロディーに対する共感も注目すべきものである。扇の詩篇群に、詩想に重ねた扇への特別の視線が見られ、また扇や団扇を飾る彼の別荘の室内や生活の有様は、ジャポニスムへの傾倒を外的にも示すものだった。

書きがたいものを書く、通常の言語では捉えられないものを書くのであれば、書くということ自体が問題となるだろう。書く行為によって呪術のように立ち現れる在るか無きかのイマージュがある。そこには音楽的力が必要とされる。無いものからひとつの雰囲気を生み出す音楽、音楽的構成力は、このような創造の中枢となるはずである。それは世界の全体、人の魂にふれる世界の関係を浮上させるだろう。実体とかかわらない音楽はまさに関係の産物であった。

このようなマラルメが、語、詩句を形象的に並べた詩『骰子一擲』を書いた、描いた。それは音楽性がその本源として意識された、意味と形象の詩、具象と抽象を縫うような詩と言えるだろう。図は図でありながら、具体物の図というよりは思惟の図であった。ことばと音楽と造形が抽象性において掛け合っているように思われるものであった。

そこでは、描かれたものよりも描いているもの、描くことが問題となるだろう。つまり描いていることばはそれ自体、描かれることによって消されることなく、描くことにおいて、描くものそのものとして重要性をもっている。書くことばは、何かを書くための手段ではなく、それ自身、ものとして厚みをもっている。この思索はたとえばバルトの思索、能記より所記の価値に意味を見出そうとする言語思想を思わせるだろう。詩・文字で図示を志向した詩人の思索は、図・デザインから文字への追求に至る画家についてのバルトの考察と緊密に照らし合わされるところがないだろうか。

## 三　バルトの思索

いわゆる「新しい批評」を生み出したバルトは、記号論、構造分析理論を展開しながら、批評作品を書く。最後の著作は写真論であるが、言語自体のあり方を追究した人物と言えるだろう。彼は『美術論集』[8]（一九六九年から一九八〇年に発表ないし執筆された論文の収録）において、文字に関わる画家、あるいは文字に関心を抱く画家たちについて論じた。彼らは、それぞれの仕方で文字とデザインのつながりを求めたと考えられる。それは、文字自身が自らを意味することができる表意文字への関心に結ばれ、図と字の近さのなかで、さらに「書」の意味の追求に導かれたように思われる。関係する事柄を取り上げてみよう。文字をめぐる絵図を探究するマサンの書によって導入されている。

### 1　マサンの文字の追究[9]

図案化された文字、文字の多様なあり方を示すマサンの本、文字の百科全書というべきものがあるが、そこでの文字の作用に対して、伝達の言語活動ではなく、意味形成性をバルトは見る。アルファベットが文字とは別のものとの隠喩的な関係をもち、世界が文字に合体し、そして現れ出る様をマサンが考えていることを、バルトは指摘する。マサンは種々のカリグラムをも提示する。彼の仕事が能記研究に原理的に資するところは大きい、とバルトは考える。

### 2　エルテの文字[10]

女にとりつかれたようなエルテは、女の身体、髪から合成されたアルファベットの文字を描く。図案的抽象が収斂する場としての文字が見られる。エルテは「文字を具象化することによって、女を非具象化する」、とバルトは考える。現代において、デリダと共に、文字は書く行為の物質性に存するのであり、「人類の深い経験に結びついた還元しがたい観念性となる」とバルトは語る。書に見られる真理でもあるが、文字は

図１　エルテ〈アルファベット〉（F）1976

図２　アルチンボルド〈秋〉 1573

「象徴のいきかう十字路」であり、「隠喩の出発点、集合点」であるという。言語活動を伝達手段に帰すのでなければ、文字の芸術は、重要な意味をもち、具象と抽象の対立を乗り越えるものとなる、とバルトは推論する。文字は意味すると同時に何も意味せず、模倣せず象徴し、写実主義と耽美主義を無意味と成すのである。能記に能記が重なるアナグラムの現象を見たのはソシュールであるが、入れ子状の記号に文字芸術がある、それをバルトはエルテの記号、文字＝図に見る。

## 3　アルチンボルドの絵[11]

アルチンボルドの絵には言語の意識が強く認められる。彼は言語職人のように、言葉遊び、同義語同音語のあやつりをおこなう。その絵はシュールレアリストの絵のようであり、特に彼は換喩的な図を描く。そこには絵と言語の関係も、絵と言述の関係も見られるという。東洋世界と異なり、西洋では、絵画と書、文字とイマージュはほとんど重要なつながりをもたなかった。しかしアルチンボルドには、レオナルドの場合のように、半ば記号、半ばイマージュという二重性が見られる、とバルトは指摘する。カンヴァスは比喩の宝

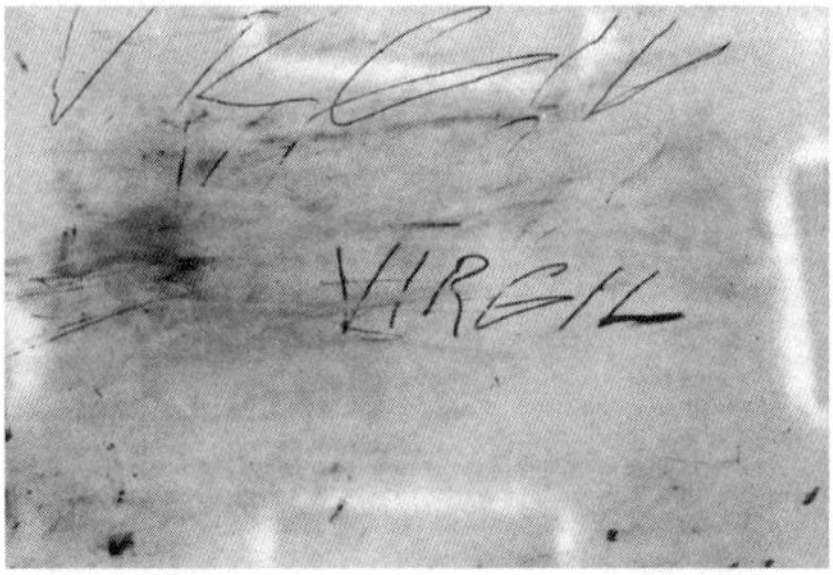


図3　トゥオンブリ〈ウェルギリウス〉

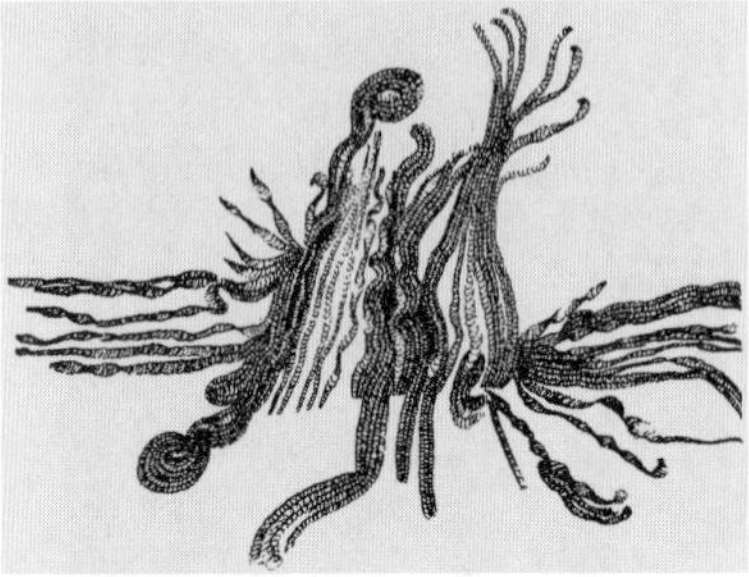

図4　レキショ〈螺旋〉 1960

庫となっているというのである。

4　マソンの図[12]

マソンにあっては「絵画が文学に道を開く」、とバルトは見る。マソンの「書」を模したようなセミオグラフィーは、相互テクストを生む。文字言語は伝達の機能に還元されず、描かれた線と書かれた線の同一性は異様ではなく、そこには機能化作用を免れる特別の実践があるという。マソンの画布は漢字の美と表意文字の意味について思考している。彼は読み得ないものを生む。マソンのセミオグラフィーは、身体に、形でなく形姿に、我々を連れて行くという。そこに見られるのは、「表意文字の基礎にいわば蒸発した象形的痕跡」としての動作と、「筆を動かす画家や書家」の動作という二つの能記の省略的要約であると考える。

5　トゥオンブリの作品[13]

彼はデッサン、筆跡・グラフィスム、書、エクリチュールをおこなう。書の本質は動作である、とトゥオンブリはいう。絵画が視覚から開放されている。禅の因果的論理の切断は悟りであろうとバルトは考え、トゥオンブリの筆跡の各々は小さな悟りであると彼は見る。マラルメが伝達手段である文を解体したように、トゥオンブリは書を解体するという。そこに書かれたものは何もないとバルトはいう。彼の絵は霊感の芸術であり、東洋の行動様式、思考様式を思わせるものだと彼は考える。トゥオンブリの絵、その斑点を見るときに感じられる幸福感を、バルトは、マラルメの「不在

の花」に重ね合わせる。(14)

6　レキショの絵図

レキショは自分の身体、内部の身体を描く。身体の運動、嫌悪感を対象とする。団塊の意識からコラージュにレキショは達する、とバルトは見る。彼のコラージュは動物を集積する。絵画の源泉は書と料理であると考え、レキショはそこに帰るのである。文字の定義をバルトは思考し、まず表意文字は自然から生まれ、西洋の文字は意味を失った形象であるという。文字は描かれるものではなく引っかかれるものであるとする。レキショの作品は螺旋的であるという。そして、文字は詩的言語のようにずれを生じ、繰り返しのなかに新しさをもち、爆発的な産出が見られるという。レキショは読み得ない書を書く。そこには書と絵を分かつものはなく、能記が巨大にされ、所記が弱められている、とバルトは考える。

ここでは文字が通常の伝達としての言語作用から外れている様、すなわち図案的抽象の収斂の場としての文字、具象と抽象の対立の乗り越えとしての文字のあり方が明るみに出され、検討されている。世界が文字の連鎖のなかで浮かび上がる。セミオグラフィーの意味、禅における悟り、東洋思想が、東洋の表意文字、所記を解体する抽象の意識との関連から、取り上げられ論じられている。

特に音楽性についての言及は見られないが、それは、彼自身の言語観もあるが、今の文脈の観点から思索されているからだろうか。能記とは運動、動態であると捉えられていること、また図案・デザインとは必然的に流動性・律動性を含むであろうことを思えば、芸術における音楽性の価値は暗示あるいは前提されていると言えるだろう。

バルトの関心は、文字とデザイン、デザインによってことばを書くこと、デザインとしての文字、絵から生まれる字、表意文字、そしていわば自然につながれた自然主義的な表意・象形文字的記述、それ自身が意味すること、という方向に赴くようである。図と文字の近さが、具象と抽象の問題として現れていることが見られ、マラルメにおける図と字、関係性によりデザイン化された文字の図示、意味自体としてのことば・文字、具象と抽象のつながりに関わる詩的営為を思わせる。そしてバルトにあって、それは、日本文化と深く関連し、その文字、表意文字、書、動作、さらに俳句の言語表現へと導かれるのである。

書や日本文化への興味は、『表徴の帝国』(15)においては、俳句への注目としても現れる。日常の一瞬の表現である俳句は、しかし描写しない、意味の宙づりであり、何ものにも似ず、一切に似る、ハイクにおいて事物はただちに本質に変容される、とバルトは語った。具象と抽象の不思議な共存と言えるだろう。ことばのモノ化とその作用は、まさにマラルメの思考を直接喚起する。何らかの花、どこにでもありどこにもない「不在の花」をまさに想わせる。

ここに見られる思索は、伝達の道具として消滅することのないようなことばの厚み、ことばのモノ化であり、それはことばによるデザイン化に繋がり、具象と抽象の間でマラルメが「詩」の追究において志向したものと確かにふれ合う。ことばが、ことば自体、ものとしてあることは、抽象は所記を解体する、という思索と呼応するだろう。前々章に見たビュトールの「文字の帝国」、意味が支配することばの帝国とは、文字の意味のあり方の点で差異をもつことばのあり方がある。

ここからひとつの芸術意識とそのヴァリエーション、相照関係が見えないだろうか。関係とデザイン、抽象とデザイン、事物の関係を把えること、音楽性の重視、語れないものを描き書くこと、写実性への拒否、現実によって現実を超えようとする絶望的な試み、無限につながろうとする試み、具象に懸かる抽象、形象化に対する動作の意識、そういった思索の共鳴がある。思考の図があり、それを作るのはことば、モノ化したことば、いわば詩であり、世界を明るみに出し、本質を浮上させることばである。ここにブラックとマラルメ、そしてバルト、彼らが深層でふれ合う接点が見られるだろう。そしてそこに東洋の文化への深い眼差し、いわば具象と抽象に開かれ、個別でありつつ普遍につながる、簡素にして情感を秘めた自然主義的なあり方に対する眼差しが、共通して見出されることを、特筆しておかなければならない。この深い眼差しの様子の探求に赴きたいと思う。

## 四　連鎖へ

ブラックの行為、彼の著作から、描くことと書くことの関連、創造の仕組みと意味について考え、マラルメの意識が喚起された。そしてそれはバルトの関心につながった。それは、創造の意味と創造のひとつのあり方、そして、そこから導出される抽象性、書、日本の芸術、東洋の文字、表意文字の問題を惹起した。ことばがものとして厚みを持つというマラルメの根本的思索、すなわち芸術要素に対する根本的思考のひとつが、多様な広がりのなかで浮き彫りにされる。またこうした考察は、芸術に対して多様な問題意識を生み出す考察、ことばとイマージュのつながりについての考察に直結するものであった。同時にそれは、芸術の本質的なひとつのあり方に、日本の芸術精神、日本文化における自然主義的あり方が深く関わっていることを示さないだろうか。改めて日本の文化と芸術に対する関心へと繰り広げられる。

# 第四部　文芸の共鳴と文化の響き合い

# 第一章　クシューとジャポニスムの価値——文学と美術の伝播——

## はじめに

文学と諸芸術のかかわりの多様性、そこから導き出される問題から、日本の文芸・文化の方へ思索を進めたい。日本の文芸の外国への伝播の一端を、美術の理解や伝播との関連を視野において考察しよう。それによって両者がどのように日本文化につながるかについて考えることができそうである。そこで日本の文芸・芸術が、日本文化においてどのような意味をもっているか、西欧の文化と文芸・芸術においてどのような価値を担いうるかについて検討することができるだろう。

ポール゠ルイ・クシューは、チェンバレンに続いて、日本の短詩型詩歌、俳句に関心を抱き、フランスに、結果的には西欧世界に紹介するという大きな功績を果たしたと考えられる。ブライスも同様であり、三人はすべて、日本の文芸文化に関わる貴重な研究を残した。彼らの抱いた関心は、世界に類を見ない短詩型詩歌である俳句の形式的簡略さ、主題の多様性と日常性、暗示的描写、思想性の深さ、自然との融合等の点にあり、彼らはそれぞれにそれを日本文化の本質的特質に結びつけ、さらに一九世紀西欧のジャポニスムの流れのなかで俳句よりも早く西欧人が惹かれた日本美術である、浮世絵などの性質との関連をも暗示しあるいは言及した。

文学は言語上の難しさのために外国人の理解が遅れただろうが、かえってその困難がもたらす視野の幅広さゆえに、俳句理解の側から、文化の理解を通じて、日本の文学と芸術の両者に共通するものが感じ取られ、そして日本文化の独自の本質を照らし出すという意義をもったのではないだろうか。そのことは翻ってまた美術と文学の、各々そして両者の関係について多面的な理解を導くものとなるだろう。具体的な分析研究ということでなければ両者について、たとえば前章のゴンクールがこうしたことにふれてはいたが、それにも続くものとして、クシューたちの功績は極めて意味深いものと思われる。

クシューの俳句の探究のなかで、フランス象徴主義の詩人たち、特にマラルメの名が重要な意味を付与されて登場し、俳句が、やがてシュールレアリストたちのみならず、欧米のイマジストたちの関心、さらにドイツの詩人リルケの関心、そしてリルケの日本美術への関心へとつながってゆくことも興味深い。芸術の諸ジャンルにおいて、国境を越えて響き合う精神たちに注目したい。

ここでは、文学と美術がふれ合うこのような場について考えるために、西欧人による俳句の理解と伝播、ジャポニスムを代表する浮世絵への関連、それらに関わる日本文化の受容について見てゆきたい。まず、あらためてジャポニスムの流れの概観を眺め直し、そのような文化的背景のもとで俳句がどのようにフランスに紹介されたのか、クシューやチェンバレンの例から、どのような理解により、俳句が日本の芸術や文化に関連づけられたか、文学・芸術・文化の理解における彼らの間の共通性と差異は、その意味は、どのように捉えられるかを検討しよう。具体的に彼ら紹介者やその研究について、この角度から吟味し、さらにこれに関連した文芸の波及に言及したい。最後にこれに関係するマラルメの思索を取り上げ、上記の問題をこれまでの流れにおける文芸の問題として確認したい。このようにして、ことばとイマージュのつながりに関するひとつの貴重なあり方について考察してゆきたい。

## 一　ジャポニスムと俳句

一八六二年、ロンドン万国博覧会に際して、ヴィクトリア女王の命によって、ラザフォード・オールコックは、日本の美術や文化を世界へ紹介するために、工芸品を収集し会場に展示した(1)。当時鎖国中であった日本は世界への文化の紹介に対して積極的ではなく、幕府と薩摩藩らによって正式に万博に参加したのは、その五年後の一八六七年、パリ万博の時である。やがて一九〇〇年のパリ万博では、トロカデロのパビリオンで林忠正の力によって、古美術展が企画されるまでになった。

一八六〇年代から世紀末にかけて、パリは、日本の美術工芸品に対して熱い関心をもって迎えた(2)。それは単なる異国趣味を越えて、西洋美術史における歴史的要請のなかで、独自で斬新な造形上色彩上の価値を担うことになる。ジャポニスムと呼ばれる。ルネッサンス以来の透視図法を逸脱する視覚の大胆さ、構図のアンバランス、影をもたない鮮明な色彩の平面的配置に加え、自然、動植物に対する、西洋人にとっては特異な取り扱いが、彼らを驚嘆させる。唯一の神、人間の似姿である神を頂点に置き、以下人間から序列化される人間中心主義的な西欧文化にあって、自然は配下に置くべき背景であった。そのような常識にとって、自然や動植物と人間が、季節の移ろいのなかで融合している様は、目を見張るものであっただろう。このような自然主義的感覚は、西欧の文学芸術におけるいわゆる自然主義の流れ、すなわち、異なる宗教の地盤の上に立ち、科学精神や都市文化を土壌にして、写実主義から進展した文学の自然主義や、とりわけ主に風景画を基点とする美術の自然主義とは性質を異にするものである。

自然と万人、自然と万象と共にある芸術のあり方は、同時に、一般市民・庶民の芸術、日常・生活の芸術というあり方を彼らに思わせる。そうして、特権的階級が芸術家である西欧と違って、日本では人々皆が芸術家である、とさらに驚かれることになる。

こうした自然や動植物との結びつき、日常生活の具体性、しかも簡潔な表現、そして独自の象徴性、といったものは、確かに日本固有の短詩型詩歌、俳句を思わせる。

繰り返せば、視覚芸術と異なり、言語芸術の理解は、言語的障壁のために、極めて困難だろう。それはどのように、どのような曲解や理解を通じて、外国の文化と重なり、ひとつの影響を与えていったのだろうか。日本を愛し洞察し、日本の内外にその理解を広めた外国人たちのたゆまぬ努力がそこにはあった。(3)

## 二　P＝L・クシューにおけるマラルメと蕪村

ポール＝ルイ・クシュー（一八七九［明治一二年］―一九五九［昭和三四年］）は、一八七九年、フランスのヴィエンヌに生まれ、ソルボンヌ大学、エコール・ノルマル・シュペリウールで哲学を学ぶ。ベルクソンを師としてスピノザを学ぶ哲学の徒であったが、一九〇二年、アルベール・カーン基金による世界周遊奨学金を受け、九月、フランスを発つ。一九〇三年一月、二四歳で、日露戦争勃発の前夜に、日本を訪れ、およそ九ヶ月滞在するが、これを契機として日本及び東洋の文芸や文化に深い関心を抱き愛着を覚えることになる。翌年、帰国の後、ソルボンヌ大学で精神医学を学び始める。一九〇五年、俳諧集『水の流れに沿って』を出版する。その後、アナトール・フランスや雑誌『レ・レットル』誌を主宰したフェルナン・グレックと知り合ったことは、クシューの文学的営みにとって貴重であったと考えられる。一九一二年、再び来日し、中国にも訪れる。

このようなクシューの、本章に関連し対象とする業績は、一九〇六年四月―八月に『レ・レットル』誌に掲載された論文「レ・ハイカイ―日本の抒情的エピグラム」、そしてそれを第二章（第一章は同誌一九〇七年九月号に掲載）として収録した『アジアの賢人と詩人』である。(4)

まず、問題のこの書を読む前に、あらまし俳句の西欧への伝播の経緯について記しておきたい[5]。一八九九年(明治三三年)、イギリス人W・G・アストンによる『日本文学史』は世界最初の日本文学の通史であり、そこに一七世紀の詩として「俳諧」が挙げられている。続いて一九〇六年、東京帝大の御雇い学者、ドイツ人のカール・フローレンツが『日本文学史』を出版。そこにも俳句の翻訳が見られる。一九一〇年、同じく東京帝大の御雇い学者フランス人ミシェル・ルボンが『日本文学選集』を出版する。俳句の翻訳実例も増えている。この間に、俳諧を対象とした専門研究が二編出た。チェンバレンの「芭蕉と日本の詩的エピグラム」(一九〇二年、日本アジア協会の紀要論文)、そして前出クシューの「レ・ハイカイ―日本の抒情的エピグラム」(一九〇六年、『レ・レットル』誌)である。前者は西欧の俳諧研究の端緒となるものである。こうして俳句は浮世絵や工芸品に次いで西欧に知られてゆくことになる。クシューは、チェンバレンそしてその研究の紹介者でもあるジャポニザン、クロード゠E・メートルにより俳句を知り、紹介論文を残したのだが、前者チェンバレンの論文との決定的な違いは、蕪村の重視であるとされている[6]。クシューは俳句一四九篇中に蕪村五七篇を挙げ、チェンバレンは二〇五篇中一三篇である。クシューは日露戦争最中の一九〇四年に日本に住み、そして帰国後の一九〇五年、既述のように自ら俳諧集をパリで出版するほどの俳句への熱意を示している。とりわけ蕪村の何に惹かれたのだろうか。一九三六年、虚子が欧州旅行中に、老年のクシューに会っていることも付記しておきたい[7]。

では、クシューが前期論文を収録して一九一六年に出版した注目すべき著作『アジアの賢人と詩人』を、ここでの問題の視点から順を追って読んでゆきたい。

クシューの『アジアの賢人と詩人』(一九一六)には、一九二三年版から、著者と長く親密な交友関係にあったアナトール・フランスによる序文が置かれている。アナトール・フランスは、この序文で、クシューは、日本がロシアの征服者としてヨーロッパに対して脅威すべき存在に変貌したからではなく、何より美に対する繊細な感受性や独自の自然観のために、日本を愛した、と述べている。日本では、同じ筆で絵を描きまた文字を書くこと、万人が芸術家であること、人間と自然はつながり、人々は宇宙の生命や動植物と共にあること、そうしたことにクシューは惹かれた、と語る。そして美しく小さな詩、俳句について書いたのである、とアナトール・フランスはクシューを紹介している。

さて、本書の序章において、クシューは、雄弁や人間中心主義の西洋文化を指摘し、日本にはギリシャに比すべき文化、対照的ながら同等というべき文化があると語る。そして極めて日本的な形式のものとして俳句を挙げ、それは不連続の詩のモデルであるという。ここでクシューは、マラルメがフランス抒情詩の雄弁を告発したことについて取り上げる。ホメロスの逸脱から詩が道を誤った、ホメロス以前にあったのはオルフィスムだ、というマラルメの言葉を引き、それに対して、日本の和歌や俳句はオルフィスムと同様だ、とクシューは言う。そしてマラルメの詩「ほろ苦き無為に倦じて……(8)」を挙げる。日本の詩には説明的なものがないこと、本来、詩とは抒情的感覚を源泉とするものであり、詩人の才能はこの純粋な感覚の選択にあることを述べ、こうした点で日本の俳句はその極地にあり、詩の本質を瞑想してきた人々の興味を惹くのだ、と主張する(9)。

そして、ハーン、チェンバレン、岡倉覚三のような人物が現われた日本は、アジアがヨーロッパと同等に交差する場にあり、ここでアジアの文化の全体がヨーロッパの文化の全体に結びつけられていると展開する。京都の丘からは、ローマの丘からよりも、世界のすべての道が無限に延びているのがよく見え、その頂上からは、新しい水平線が見える、とクシューは文化を見晴るかすのである(10)。

さて、クシューは「第一章　日本の情趣」において、日本の欧州列強への仲間入りに関して誤解を正そうとする。日本の西欧化について、日本は西欧の来訪以前にすでに文明化していたこと、日本は野蛮人の国ではなく新しい文化を取り入れようとする教養人の国であったこと、インドや中国などアジア全体の文明の継承者であり、地中海文明に対しつつ、世界のもう半分の文明をとりまとめていることを強調する。[11] このような日本の特色について明らかにしたいと語る。当時の日本人の意識からすれば驚くべき思索ではないだろうか。

自然に対する感動、四季に対する思い、それはルソーをはるかに遡る古くからの国民的な自然感情であり、それを日本の文芸の特色として挙げる。風景の描写は六世紀頃から収集されたのであるとし、一二―一五世紀の詩の簡潔さと洗練さに注目して、『千載和歌集』、『古今和歌集』、『新古今和歌集』、『続拾遺和歌集』、『続後拾遺和歌集』、『金葉和歌集』、『夫木和歌抄』等を挙げ、そこから和歌を紹介している。文明人とは、自然を服従させる学者、技師にだけでなく、自然から美を感じる芸術家にも、ふさわしい名であると断言する。そして芸術家について語る。西洋のように芸術家が特権階級というわけではなく、日本では人々は同じ筆で絵も字も書き、音楽は自由な発想によって奏でられる。皆が、その自覚はないが、詩人・音楽家・画家であり、国民全体、そして生活全般に芸術がゆきわたっている、とクシューは感嘆する。[12] その本質は簡素さの中にある洗練の高さであるが、日本に関して西欧が注目している「浮世絵」だけでは、日本の芸術や文化の理解として偏っていると彼は考える。[13]

最後に日本の倫理観について述べる。高貴な快楽主義の神々の国にあって、禁欲、崇高、そして善意の形而上学としての外来宗教である仏教が、快楽主義の自己中心主義を和らげ、神秘の感覚を溶け込ませ、儒教が精神に雄々しさを与えた、とする。[14] 芸術的洗練が軍事的規律と結びついていることは驚異である、と率直な思いを語った上で、芸術の感覚を斥けるアメリカの産業主義と金権政治を憂い、ヨーロッパのアメリカ化を危惧して、日本はヨーロッパから文化を借り受けたが、ヨーロッパもその文化遺産に日本を加えるべきである、と日本文化の理解と摂取を奨励する。[15]

次に、先に公表された中心的論考「第二章　日本の抒情的エピグラム」を同様の趣旨で読みたい。まず、俳句は、三つの筆のタッチによる単純な素描、ひとつの印象であり、俳句を作るとは、三つの簡潔な筆致で一つの情景を作ることであり、喚起力に満ちた三つの感覚が次々と連想を生むのだ、とクシューは説明する。[16]俳句の本質的性質は簡潔さと暗示力だというチェンバレンの見解を示し、それに同意している。俳句は日本の芸術形式のひとつであり、大胆な単純化を特色とする。それは、明確な幾本かの線が場面の詳細や風景の無限の広がりを内に含んでいる日本の素描と同様のものであり、俳句では筆は言葉を書き、素描では筆は線を描くのだという。したがって物を見る眼は同じだという。[17]日本の芸術としての詩と絵に対する共通の基盤に立った見方、簡潔な筆触とそれを生み出す共通の視線への指摘に注目したい。喚起に満ちた大胆単純な感覚的素描が繊細と無限を内包しているというのである。

そして、詩と絵画は互いに解釈し合いながら共に歩んできたと考え、両者の関わりを歴史的に追究する。俳句は一五世紀末を起源とするが、最盛期は一七—一八世紀であり、その歩みは絵画の大衆派としての浮世絵の流行と一致している、という。古典的な和歌は、古典的な狩野派の絵画と同様、伝統的な主題をもち、鑑賞者も貴族文人僧侶であるが、俳句は写実的な絵、版画である、と俳句と浮世絵の共通性を意味づけ位置づける。俳句の最盛期は芭蕉、蕪村、西鶴であり、芸術の放浪者の功績であるが、西洋人にはいわゆる伝統的文学よりも、眼に直接訴える写実的なこうした文芸は理解しやすいという。余韻すべては外国人には無論わからないが、琴の音、梅の香りのように伝わるものがあると述べる。[18]写実的描写と情緒の豊かさに対する理解に留意しておきたい。

その後クシューは、動植物、風景、風俗と分けて、句を翻訳紹介し解釈してゆく。俳句を作る人は、動物を一筆で描く日本人特有の画家の才能をもっている。忍耐強い観察力、単純化の力、生命を吹き込む知力があると見る。この点で俳人は画家と競い合うところがあるという。動物の魂と同じ高さで、動物の意識が共感をもって表現されていると感嘆し、[19]植物に対しても同じ共感が注がれるが、植物は象徴性をもっている、と指摘する。風景の句についても、それは簡潔な筆致が広大な世界を見せてくれる、と捉える。詩の雫のひとつひとつが日本の全体を映しているのであり[20]、まさに画家の筆触がある、という。細部がおもしろく選ばれ、動く場面を描くところに、絵画的おかしさ、視覚のユーモアをクシューは見る。三つのタッチに、それらを結合した作者の意図が見えるのだと見抜く。つまり俳句は魂のありようにほかならないと結ぶ[21]。たとえば雪と月には民族性を見ることができるのであり、自然への憂いの感情がよく表現されていると語る[22]。命の儚さに対する感受性が鋭敏であり、瞬間を描こうとし、自然の現象をよく見る。不連続性は季節の変貌のリズムに従っている、と考える[23]。風俗描写の句は、得意分野であるが気晴らしであると見なし、それにしても浮世絵と区別がつかないほど情景描写が巧みであると賛嘆する。俳句の軽妙さが映すものは、共感であり、善良な好奇心、慈悲であり、滑稽さは機知の遊びであると考える。絵について、ヨーロッパとの比較対照に興味を覚えながら、ヨーロッパの諷刺画とは異なると付け加える[24]。たえず俳句が、絵や画家との照らし合わせの中で解釈され推論され、日本人と日本文化に関連づけられてゆくところに特色があると言えるだろう。自然や動植物をめぐるテーマのなかで、生彩に富んだ筆使いが、日本と日本人の心を端的に描き、全的に映し出しているというのである。

そのあと芭蕉、蕪村、千代女について記述してゆく。芭蕉をパスカルになぞらえ、芭蕉は禅を学び、簡素や気品を発展させた神秘家であったと見る[25]。そして一八世紀後半は俳句のルネッサンスであり、蕪村（一七一六－八三）が登場するが、蕪村には悲惨なものたちへの愛があり、純粋に絵画的で、多様で人間的であり、このジャンルの本来の力をもっとも強く思わせてくれる俳人であると高く評価している[26]。これまでの脈絡から、絵画的な蕪村への格別の興味にうなずける。女流詩人千代女には女性らしい愛のあり方の表現を見てとる。

最後に、フランスの俳人たちについて述べているが、ヴェルレーヌの短い詩は俳句に近い、ルナールの作品は真の俳句だという。俳句には強い感覚と感動が必要であると語り、次いでヴォカンスを紹介し評価する。[27]西欧との比較として、断章と構成の意識や国民性について考え、本能として西洋人は構成に、日本人は分離に、頭脳が赴くという。そして、一方は全体へ、他方は細部へ、と向かうが、どちらも偉大な芸術家たりうると締めくくる。[28]作家たちへの行き届いた目、文体から精神や知性のあり方を洞察する力、そして一貫して公平な、西欧主義にとらわれない思索が印象的である。

「第三章　戦争に向かう日本」では、社会の状況、知識人たちの姿勢について描かれている。最後の第四章は「孔子」であり、日本をアジアの文化の要として見る意識が表れていると言えるだろう。

芭蕉より蕪村を好んだことは、クシューが、俳句を終始、絵画の表現性との関連で捉えようとしている意識と呼応して興味深い。重要なことは、おそらくこうした意識が、蕪村を中心とした俳句をフランスへ紹介し、フランスの文学界にハイカイのジャンルを生み出したことだろう。先人であるメートルやチェンバレンの後を辿りながら、詩の表現そのものの把握、詩と絵を照らし合わせながらの解釈、そこに重ねた文化の理解を示した意味は大きい。フランスで、シュールレアリスト、エリュアールたちに、フランス・ハイカイとして、イマージュの突き合わせ等に関して影響を与えたことは、前にも記した通り知られている。ヴェルレーヌの短い詩や、断章への評価も、印象派風のタッチと象徴的な表現、自然との共感や融和の感覚を思い出させ、これまでの本書の道のりを振り返らせる。

さらに、「ひとはけ」等、絵画用語・線描用語で俳句を表現し、書くのも描くのも同じ筆を用いるという不思議さとおもしろさを挙げていることについては、現代の前衛芸術としての日本の書にも通じてゆくだろうことを付記したい。

## 三　B・H・チェンバレンの日本研究

さて、クシューに比べ、日本文化の理解者としてはるかによく名が知られ、日本に長く日本研究者として住んだチェンバレン（一八五〇［嘉永三年］－一九一一［明治四四年］）とは一体どのような人物だったのだろうか。彼は、一八五〇年、海軍中将の息子として英国で生まれ、幼いころからフランス人とイギリス人による家庭教育を受け、八歳から一六歳まではフランスで教育を与えられた。語学や文学で才能を示したが、銀行に勤める。しかし健康を害し、茶を運ぶ船に乗り、一八七三年明治六年、二四歳の時、横浜に着く。外祖父は、一八一六年、英国政府の遣支使節と共にシナへ、さらに朝鮮・琉球を訪れ、探検記を出版しているが、チェンバレンの東洋や日本への関心はこの祖父の影響も大きいと見られている。

来日後東京へ赴き、曹洞宗の寺に住み、日本語と日本の古典文芸を学んだ。一八八〇年、海軍兵学寮で英語教師として勤務する傍ら、『日本人の古典詩歌』をロンドンで出版し、『万葉集』、『古今集』、謡曲、狂言を、英訳し世界に紹介した。一八八三年、三三歳で、『古事記』を英訳した。

明治十九年（一八八六）、東京帝国大学国文科教授となり、日本語と言語学を教える。アイヌ調査研究を、明治二十年（一八八七）に出版。『日本事物誌』をその三年後に出版。これは日本の百科事典のようなものであり、日本研究者にとって貴重なものであった。同明治二三年（一八九〇）、アメリカから来日したアイルランド人ラフカディオ・ハーンも、この書で日本を知り、同年齢の彼と交友を深めることになる。一八九五年には琉球語研究の成果として琉球語文典を出版。

自ら名づけた王堂文庫、和漢一万一千冊を愛弟子上田万年に譲り、明治四四年（一九一一）、六二歳で、四〇年間の滞在の後、日本に別れを告げ、スイスのジュネーヴに隠棲。八五歳で死去するまで日本研究を生涯の仕事とした。『日本人の古典詩歌』に、論文「芭蕉と日本の詩的エピグラム」を加え、一九一〇年、横浜で『日本の詩歌』を出版。俳句の西欧紹介の第一人者と言えるだろう。チェンバレンは、日本人固有の文芸文化を和歌、俳句と見なし、言語の芸術である詩歌は直感的には理解できないものであり、文芸を生み出した文化からの洞察が必要であると考え、禅の神秘主義に注目して、日本人の精神風土を背景に俳句を理解しようとしたという。[29]

では、このようなチェンバレンの『日本人の古典詩歌』[30]を瞥見してみよう。日本人は、模倣に長けた国民性によって、中国や朝鮮の文化を吸収した。しかし日本民族古来の詩歌は日本人のオリジナルである。だから日本と日本人を研究する際、詩歌に着目しなければならない。日本語の作詞法では、押韻、音の抑揚、アクセント、音量、頭韻は考えなくてよく、ただ五音節と七音節を繰り返して七音節でまとめるだけである。五音と七音による単純な音楽性が日本人に好まれた、と彼は推論する。さらに日本独自のものとして、枕詞、掛詞、序詞について言及する。歴史を辿りながら、上代研究者として賀茂真淵、本居宣長を挙げ、彼らを日本のルネッサンスの先駆者と呼び、高く評価する。日本人の詩歌の特徴を貴族文化としての優雅さ、伝統を愛する心、単純性と考えるが、単純性は知的性質の貧しさにある、とチェンバレンは考える。日本人は人間の深奥まで探究しない、この単純さのために外国の影響を受けなかったのだと彼は解釈する。ロチの見解、外国の影響の表層的な受け方という見解が思い出される。

明治一三年にこのように日本文学を紹介しているということはまさに驚きであり、能を最初に英訳して世界に紹介した彼の功績も大きい。しかし、以上のように、日本と日本文化、俳句の理解にはクシューとかなり異なるものがある。吸収した外国文化は模倣文化であり日本のオリジナルではないと考え、和歌俳句に向かうが、その貴族的な優雅さはともかく、単純性は、知的貧困によるものであり、表現は表層の観察写実に起因し終始するという観点が、とりわけクシューと異なるところだろうか。クシューに比して、チェンバレンが、極めて知識豊かで分析的な言語の学者であり、美術の領域との深いつながりに留意することなく、圧倒的に言語的理解に傾き、そこから俳句や文化を眺めているという違いに由来するのだろうか。元来、言語が事物の明確な理解を与えるものであることを思うと、日本の文芸文化の特質について考えさせられるものがある。ゴンクールとロチの日本理解の違いも思い出される。

## 四　R・H・ブライスの共感

他に俳句理解に対して大きな役割を果たした人物として知られているブライス（一八九八［明治三一年］－一九六四［昭和三九年］）を挙げておかねばならない。ブライスとはどのような人物だろうか、見ておこう。

彼は、一九二四年（大正一三）に、日本政府の招きによって京城大学英語講師として着任し、漢字・仏典・禅を学ぶ。一六年間を京城で過ごした後、昭和一五年（一九四〇）、金沢第四高校の教授の任に着いたが、太平洋戦争のために神戸に抑留される。俳句と禅の勉強を続ける。戦後、学習院大学に赴任。昭和二四年から二七年にかけて『俳句』四巻（英文）を上梓した画期的な功績はよく知られている。昭和三九年、大磯で病死。六六歳の生涯だった。

ブライスは、禅と俳句は同義語であるとまで考え、俳句は、宗教的な東洋の世界の全体を、簡素な表現で深く喚起する、と評価する。[31] 鈴木大拙を師と仰ぐが、俳句は東洋文化の極地を示すようなものだと語り、簡素・沈黙に、深い思索と鮮やかな感覚の表現を見ている。また日本語の擬音の豊かさを指摘し、言葉の音韻が事物そのものの模倣をしているところに感嘆する。[32] これは、象形文字・表意文字にも見られる、ことばに関するいわば自然主義的あり方への注目と考えられるだろう。俳句に、主客の対立から解放された世界を認め、自然と人間が共に生きる空間を見ているようである。芸術と思想の視野から世界的なレベルで俳句を眺めたと言えるだろう。日本詩歌軽視の当時の日本の風潮のなかで、俳句は自然へ帰る道である、という思索を主張したブライスは、日本にとって極めて貴重な存在と言えるだろう。[33] 彼は俳句が人生に大きな喜びを与えてくれたと考えている。鎌倉東慶寺の大拙の傍に眠る。

『俳句』第一巻の序文に、禅との関係、東洋文化の表徴としての俳句、といったブライスの俳句観や日本文化への姿勢を明確に読み取ることができるが、絵と並べられた興味深い書物、英語で書かれた貴重な研究として、影響力の大きさが思われる。ブライスに対しては、禅の影響を強調しすぎているとの批判もあるが、俳句と文化の直結が、俳句の特質への深い共感を導いたのだろうか。やはり、いわゆる言語的理解とは別のところに、日本の文芸文化の特色があるのだろうか。

## 五　俳句の芸術的広がり

このように見てみると、俳句が、ただ文字による文学としてではなく、芸術・文化への広がりのなかで理解されることの意味について考えさせられる。確かに本来は、言語による知識が文化・思想の明確な理解につながるのだろうが、ここではかえって言語的障碍が文化への視線をより鋭く促しているようにも思われる。何に起因するのだろうか。

俳句の文学的影響としては、クシューに関心を示した、ドイツ詩人リルケ（一八七五―一九二六）を挙げなければならない。凝縮された表現、沈黙と言うべきような表現によって難解とされるリルケであると思われるが、リルケはドイツ語は明確すぎて陰影に乏しいと嘆いたという。[34] 彼は、前章で扱ったゴンクールの浮世絵研究、北斎の画論に深く感銘を受けたという。ゴンクールは『歌麿』を一八九一年に、『北斎』を一八九六年に出版していた。リルケは、パリで、ロダンから物を見る目を学んだが、一九〇一年には、パリで北斎を見て、北斎の言葉、七三歳にしてようやく、虫、動物、植物の真の形や性質を悟ったという言葉を思い起こし、感じ入ったという。リルケは、北斎の富岳三六景にちなんで、山の詩、北斎の富士の詩を書いているが、このようなリルケが晩年、日本語がわからないままに、日本の俳句に深い関心を抱いたのであった。[35] リルケの俳句への関心、とりわけ蕪村への関心については、パリで、一九一九年出版(第三版)の翌年一九二〇年に入手したという、クシューの『アジアの賢人と詩人』に対する読解、書き込み、書簡などによる研究がなされており、極めて意義深い。リルケにおける虚構の世界のあり方、詩の内面的空間についての探究が示唆深い。[36] 蕪村への関心はその絵画性にあったとも推察できるだろう。

さてリルケはクシューの広範な影響の中にいると考えられるが、クシューの既述の論考以降、フランスにおいて、俳句に対する関心は、第一次世界大戦後、クシュー自身を始め、ジュリアン・ヴォカンス、ジャン・ポーランらによって高まってゆく。一九二〇年、『新フランス評論』(九月号)には、イマージュの突き合わせを軸とするシュールレアリスト、エリュアールらがハイカイを掲載しているが、リルケはまたこれを読んでその感動を表している。[37] 自然と一体化したような沈黙と空白の詩、その簡潔先鋭な映像性が、国境を越えて、リルケと響き合うのだろう。『ヨーロッパ俳句選集』(ドイツ語俳句選集)が一九七九年に出版されたが、そこで、俳句関係詩人として、リルケは登場することになる。[38] 彼自身の言語表現の追究、芸術表現の方向に深くかかわったのだろうか。

フランス・ハイカイと並んで、英米イマジスムの運動への影響、とくにエズラ・パウンドへの影響もよく指摘されるところである。[39] 詩におけるイマージュの重要視の点で特記したい。しかし、単にイマージュの突き合わせだけでは行き着くところは貧しかったのだろう。展開は限られていたと言うべきだろうか。しかしながら、これもまたイマージュ、絵画性の面での影響として注目できるだろう。

では、このようにフランスのシュールレアリスムの詩人、ドイツの詩人、英米の文学世界へと、詩と絵、ことばとイマージュのつながりにおいて、広範な影響力をもった俳句に関して、元々クシューが挙げたマラルメは、一体、こうした問題のなかでどのようなあり方をしていたと考えられるだろうか。

## 六　マラルメの視野

このように様々な影響関係を及ぼしたクシューが、冒頭で見たように、俳句の簡潔な語のあり方に関して、象徴主義の詩人マラルメの意識を引き合いに出したことについて、ここで注目したい。マラルメは、詩において、語の喚起力、語の組み合わせ・突き合わせによる象徴性の価値を標榜した詩人である。そしてまたまさに、時代のジャポニスムをそれぞれに取り込んだ画家たちと交友し、芸術家としての創造意識を共有し共感し、彼らと感性を響き合わせたのだった(40)。

まず詩人として、雄弁を嫌って、語の喚起力、暗示力により、在るか無きかの、言い換えれば、確たる現実的存在を持たぬ事物の表象を試みたことは言うまでもない。そこに、万象が響き合う世界の表現を求め、そして彼は、無、空無、虚無の存在を見ることになり、仏教についても思いを馳せる。また語群を視覚的に配置し、視覚の音響的詩篇と言うべき『骰子一擲』を斬新にも試みていたこと、詩的思考の表現に視覚的な表現が音楽的用語と共に多用されていることに留意したい。さらに前にも触れたように、詩のメロディーに対して、墨で書かれた線の振動として魅惑されたり、扇が生む空気の振動から詩論風の詩を書いたり、扇面に詩を書いたり、また彼の別荘には、「日本の部屋」がしつらえられたりもしていた。芸術諸ジャンルの総合性と東洋・日本の文化への関心は顕著であった。

実際ジャポニスムの画家たちとの共同制作上の呼応意識も特筆すべきものである。そこでも、東洋、日本への傾倒は鮮明に現れている。マネとの共同作品において、二度にわたって自らの主要作品において、墨の筆触や浮世絵の手法が真似られた挿絵を施させている。ポーの詩の翻訳である『大鴉』の挿絵は際立っており、『半獣神の午後』へのマネによる挿絵にも北斎の登場が見られたのである。また他にも、ジャポニスムに、様々に、それぞれ画家固有の仕方で、惹かれた印象派、後期印象派の画家たち、モネ、ドガ、ゴーガンらとの交流も親密である。あるいは、『半獣神の午後』への前奏曲を付し、マラルメを師のように仰いで交際していた音楽家ドビュッシーも、日本文化に深い関心を抱き、自ら作品「海」の楽譜の表紙に北斎を用いる、といったつながりも見られる。彼らの間に共通するものとして、絵・イマージュへの身近な関心としてのジャポニスムがあると言えるだろう。

さらに刮目すべきこととして、マラルメが独自に、専門的といえる造形上の意識を示していたことを、ここでも挙げておかねばならない。一八七六年の「印象派とエドゥアール・マネ」という論考において、日本美術のもつ特異な視覚を指摘し、ルネッサンス以降探究を重ねられた西欧の視覚とは異なる優れた価値として、それを認めていたのであった。[41] 文化全体からの注目としては、マラルメ自身、ロンドンの万博においては、探訪記を一八七一年─七二年に書いているが、そこで日本の工芸に深い関心を示し、その「軽やかな図柄」「精妙な線描模様」そして「花や鳥の姿」に深い感銘を覚えているのであった。[42] 美術と文化への関心を重ねる詩人の眼差しがある。

こうしたマラルメに対して、現代、ロラン・バルトが日本文化論『表徴の帝国』において、俳句にふれ、俳句とマラルメの詩的言語のあり方との共通性について論じていたのは、このような脈絡から注目すべきだろう。その暗示性、中枢の無についてバルトは取り上げたのである。クシューによるマラルメの詩と思考の例証に裏づけと厚みをもたせるものとして、文芸的文化的継承が見受けられると言えないだろうか。

マラルメにおいて、詩・文学と芸術と文化の領域で、そしてそれらの領域の人間関係において、結びつきの要素にジャポニスムが見られたが、それを眺め展開させる論者があることが確認できる。それは、ジャポニスムの、文芸的芸術的意味の広さ深さと共に、日本の文芸と文化の特質に光を当てるものだろう。

文学と美術に共通するあり方としての日本美術について語ったゴンクールを振り返ろう。浮世絵の信奉者であるゴンクールは、美術の話題の中で、日本の文芸もまた葉っぱ数枚のみで詩歌を作るのだろう、と考えていた。自然主義的なもの、簡潔性、象徴性が、文学と美術に共通するものと推察し、そこに日本人の詩的気質を見た時の彼の感慨は、両者に眼の行き届く者の強みとして、説得力をもつだろう。視覚的に直観しやすい造形芸術からの、言語理解の困難を越えた文芸の把握は、遠く小さな異国の東洋文化に対する公平さ、自由と自信に満ちた判断、愛情の豊かさと理解への努力を思わせ、やはり驚嘆すべきものがある。

言語的理解の困難さのなかで、文芸の理解に及んだとき、そこにはより深い文芸と文化の洞察を見ることができる場合があるだろう。同様に分析的な言語的理解と共に、文芸、文化が見られたとき、我々自身また、より深いそれらの特質の理解に達する機会が得られるだろう。自国の文芸文化の研究に契機を与えてくれるものとなる。ジャンルを越えた眼、国境を越えた眼は、その理解と曲解の両者、共感と違和感の両者が、意味をもたらす。

## 七　日本の文芸文化

このように、文学者・芸術家たちは、文学・芸術と文化の流れのなかで、確かに交錯しあい、ジャポニスムという文化をその交流の貴重なひとつの要としたと思われる。彼らが惹かれたのは、浮世絵における単純簡潔な線であり、写実的でありながら簡略的な描出、そこに言い尽くしがたい広大な意味を見たこと、また、そのモチーフに、日本人の世界観、自然観、宗教観、生活と共にある芸術、を感じとったことではないだろうか。写実・写生と象徴性、現実から乖離してやせ細った抽象からは免れた抒情的夢想は、芸術のひとつの本質的あり方として、可能性と限界の間の微妙な地点を示しているのではないだろうか。チェンバレンの見た写生や表層性に、クシューは豊かな象徴性や抒情性を認め、日本の文芸・文化の単純性・簡潔性に、チェンバレンの見た貧しさではなく、クシューやブライスは一瞬の深い生の表現を見たのである。自然主義の外面と内面の交錯の理解、具象と抽象の宙吊りへの理解にかかわらないだろうか。

フランスの文芸世界においては、俳句のもつ写実と夢想は、象徴主義からシュールレアリスムの間の、橋渡しに位置するものとして、人によりそれぞれ一方からの理解と解釈がなされうる。それは各々において妥当だろう。しかし実は、日本の文芸、芸術は、写生が象徴であり、自然が芸術であり、日常が芸術であり、生活が思考である、というような自然主義的側面をもつ、ということから考えるならば、まさにそれはそれ自身として両義的に在る。文芸史において特異な独自の意味をもつ面がないだろうか。そうした背反性は日本の文化に由来するものだろう。そしてそうした背反性は、分析的言語的概念的理解では捉えられにくく、視覚的直観的理解が、より豊かな理解と共感への道を開いたのではないだろうか。言語的知識においてチェンバレンより劣るクシューの解釈・理解が、かえって、より深い内面的な文芸・芸術・文化の共感や理解に達しえたゆえんではないだろうか。

日本の詩と絵は、描写のひとつひとつは具体的具象的でありながら、しかし、極めて簡潔シンプルであり、すなわち象徴性をもっているという、恐らく芸術に本質的な点を共有しているだろう。この象徴性は、日本文化に長く深く根ざしており、いわゆる枯れた抽象性ではなく、それ自体、具象性抒情性を含みもつ豊かなものであり、いわば具象と抽象の間にあるものと言えないだろうか。

ジャポニスムにつながる文化の流れのなかで、詩と絵、俳句と浮世絵がひとつの理解を得たと考えられるだろう(43)。この関心にかかわる文芸・芸術や芸術家たちは、意味ある関連をもっていた。マラルメにおいてそれに関するひとつの確認を得ることができた。それはマラルメの価値にもひとつの新たな意味を付け加えるだろう。同時に、文芸・芸術が、文化のレヴェルで共に見られるとき、意義ある考察がなされることのひとつの証、したがってその必要性の証ともなるだろう。そしてここで日本の文芸文化の特質が浮かび上がり、ことばと絵の交わりの追究において、日本がかかわってきた理由が推察できそうに思われる。日本固有の伝統に結ばれながら、恐らく現代芸術の先端的意識にも関わるこうした文芸のあり方は、日本の芸術と文化が探究されるべき地平を示さないだろうか。

# 第二章　マラルメから蕪村を管見——写生と夢想——

## はじめに

日本の美術と文化とともに文芸の中で深く関心を寄せられた蕪村（一七一六—八三）とは、彼の創造性、詩と絵の世界とはどのようなものだろう。俳句を絵画との関連のなかで思索したクシューは、蕪村におそらく絵画性の豊かさを見、また俳句の領域での彼の大きな価値を感じた。確かに詩とイマージュは、切り離しがたいものだろう。フランスの近現代の作家たちの多様な例を見てきた。クシューも取り上げたマラルメにとっては、ことばはイマージュでありまた音楽であり、創造を担うものであり、それらの融合のあり方をさまざまに思考した詩人と言えるだろう。ヴェルレーヌの詩のことばが、音楽に媒介されてイマージュと結ばれるそのハーモニーも見事であった。アポリネールはイマージュと文字を協働させた詩のあり方を試行した。またミショーは、精神の極限で幻視した原初の文字の連なりと人の姿、イマージュの速度と振動をことばにし、またイマージュ自体として表した。詩人エリュアールが社会への平和の訴えのなかでピカソの画布と携えあった志向も確認し、シャールがゴッホたち画家や音楽家の営為に共感して背反的思想のうちでみずみずしい自然観をもって詩作したことも意味深かった。ことばとイマージュのつながり、根源的に音楽性や音楽の意識を媒介とした、詩とイマージュのつながりの多様性を思わせられる。それにまつわって、ビュトールやゴッホ、ゴンクールやロチ、ブラックやバルトの、ことばとイマージュ、詩・文字と絵のつながりにかかわる思索も示唆深いものであった。

そして、こうした作家や芸術家たちが、時代の流れのなかでそれぞれに、東洋や日本の芸術そして文化に関心を抱いたことが見逃せなかった。諸芸術の相関融合が、西欧文化と日本文化との比較対照に赴かせるところがあるのだろうか。両者がふれ合うとすれば、それはどのようにふれ合うのだろうか。このような芸術ジャンルの交流と文化の交流に関して考察を続けよう。

総合芸術を思索し日本文化に関心を抱いた一九世紀末のフランスの詩人マラルメを基点にしてそこから、詩と絵の両道に長け絵画的俳句をものしたことで知られた日本近世の俳人、蕪村の世界、その生涯と思索の一隅を眺めることによって、ことばとイマージュ、文化の様々について考察を展開したいと思う。

## 一　マラルメの思考

これまでたびたび登場した一九世紀末のフランス象徴主義の詩人マラルメについて今回の主旨の角度から見直しておこう。マラルメは、見えるものと見えないものとの関連に視線を凝らし思索し、そして詩作したといえるだろう。そこに、不在の意識、虚無の意識がかかわると思われる。眼に見えないもの、現実に存在しないもののうちに、無限の可能性を夢見た。現実から、現実のうちで、現実の彼方に赴く姿勢は、レアリスムに対する否定の意識、イデアリスムへの傾倒につながる。

散文の詩論にそうした思索は頻繁に見られ、詩においても同様であった。詩論集『ディヴァガシオン』における「不在の花」の思考にそれは顕著であり、また『マラルメ詩集』のいたるところに見出される思考とイマージュであった。詩集劈頭の詩「禮」から、長詩「エロディアード」や「半獣神の午後」にも、後期象徴詩篇群に属する三篇一体の「誇らしい自負心はみな夕暮れに……」「壺の腹から一跳びに躍り出た……」「ダンテル編みの窓掛けは自ずと……」のソネ群にも、あるいはまた状況詩の性質をも併せ持った「扇」の詩篇類にも、そして巻末を飾る詩「都パフォスの名のもとに古書は閉じられ……」に至るまで、不在の空間、そこに宿る美的幻影は、マラルメの思考とイマージュの中心をなすものだったといえるだろう。さらに「白い睡蓮」など散文詩にも、それははかなげに美しく充満する思考であった。もちろん詩人晩年の労作、音楽の意識に貫かれ、空間的配置、絵図を試みた『骰子一擲』の詩にも、画期的に繰り広げられた思考であった。

またマラルメが、東洋の墨の線の動き、その外見上の固定のうちの極度の振動に魅惑されたこと、また日本の絵画、浮世絵の斬新な視覚、いわば非写実的視覚に惹かれることも意義深かった。とりわけ画家たちとの交流のなかで見られる、ジャポニスムに対する注目には著しいものがあった。そこには、芸術諸ジャンルの総合性に対する強い意識、そして東洋、日本の文化と芸術に対する深い関心が見受けられたのである。

こうしたことは、日本と西洋の文学・芸術そして文化に論及する小林太市郎氏が、マラルメの詩篇から掬い上げるものでもあると考えられる。小林氏は、詩のジャンルを越え、また西洋の場を越えて、日本や中国の詩や絵と対照し、東西の芸術全般の視野から、マラルメを斬新に分析し探究した。彼は、論考「マラルメの詩論」において、マラルメが詩句の革命によって芸術世界を革新的に転向させたと位置づけ、その意味でマラルメは新しい言語を創造したのだと述べる。

マラルメの思索「あらゆる魂はメロディーであり、それを結び直さねばならない」という思索に対して、それを個々の人間の多様な芸術の成立の基盤をなすものと考え、荘重な社会音楽として発展してきた西洋音楽と異なる哀調をもたらすものとして高く評価する。そして、個々人の魂はメロディーであり、音楽であり詩であるという深い個性の表現としての芸術は、文化や芸術の極点、いわば歴史の晩期において開花結実するものであることを強調する。このようなマラルメの核心を成す思索が、「海の微風」「白鳥のソネ」「ダンテル編みの窓掛けは自ずと……」にも美しく繰り返されていると彼は指摘する。そして、文学のこのような音楽性は、イデアリスムにつながり、ことばがもつ通常の意味の作用を斥け、イデアを彷彿させる暗示の世界を生むのだ、とマラルメの思考を解釈する。このように、マラルメは、レアリスムの芸術的無意義を唱え、イデアリスムに向かい、芸術の創造の本質を突いている、と小林氏は考えるのである。そしてこうした反レアリスムの思考、「不在の花」の思考に、東洋の無の思考とのつながりを見る。このような無が不在、欠如、空無、虚無など否定的表現となって、いたるところ、「都パフォスの名のもとに古書は閉じられ……」「白い睡蓮」などに顕著に見られると推論する。以上のように彼は、マラルメの詩論、詩、散文詩を具体的に取り上げながら、その本質的一面にふれるのであった[1]。

また別の論考「芭蕉とマラルメ」においても、言語の象徴性、換言すれば実用性からの解放として、両者の徹底したイデアリスムの響き合いを指摘する。芭蕉の情感の伸び、軽みはマラルメにはなく、マラルメの分析、内省、超越性、結晶、理知と情熱の緊張は、芭蕉にはない、としながら、さまざまな近さ遠さ、ふれあいについて、両者の作品を具体的に引き比べながら説いてゆく。しかしさらに、この芭蕉については、蕪村との関連で、孤独壮絶な芭蕉の臨終に比して、やすらかで幸福に他界した蕪村を、詩篇分析、語の造形性から比較説明してもいる[2]。前章クシューのマラルメと蕪村への関心を思い出したい。どうつながるだろうか。

このように小林氏を出発点に置き、フランス象徴詩の師としてのマラルメから、絵と句の両方に秀でて芸術世界を生み出した俳人蕪村を、管見できないだろうか。そのレアリスムのあり方、イデアリスムのあり方における彼らのふれあいと乖離、そして、可視と不可視のものに対する意識と表現、無・空無・虚無に対する感覚とその表現の様子から、芸術のあり方、それを生み同時にそれから生まれる文化のあり方について思索できないだろうか。マラルメが上述の思索とイマージュを、とりわけ、多くは日常の生活の光景に端緒を得てそこに拠りながら、展開させているところを考えると、その点での諸芸術・諸文化にかかわる共通性と相違性は、どのようなものなのか、興味を惹かれる。また日常を創作の端緒とするとはいえ、マラルメが書斎の詩人であるところからくる相違性も気になる。国民性もあり、個別性もあるだろう。今、詩と絵を共に実践し、興味深い詩論画論をも残した、日本の俳人、蕪村をマラルメに引き比べ、響き合う創造性について検討したい。

## 二　蕪村の生涯

蕪村は、俳句を書き俳画を描いた、詩文、絵、書に長じた俳諧師である。画人として知られていた蕪村が、俳人として再評価されたのは、明治になってから正岡子規等によるとされる。蕪村において、書くことと描くこと、ことばとイマージュの関係はどのようなものだったのだろうか。まず蕪村の遍歴を見よう。

蕪村は、享保元年（一七一六）、摂津国毛馬村（現在の大阪市都島区毛馬町）に生まれたという。父母、幼年時代については詳細不明とのことである。二〇歳頃までに江戸に下り、俳諧師、夜半亭宋阿の弟子となる。一七三八年、宋阿の知人、露月の編集になる『卯月庭訓』に版画付きの処女句が見られ、このころ絵を描きはじめていることが知られているが、古来中国・日本において絵とことばは一体化し、自句に挿絵を施すのは当時の俳諧師の一般になすところだったという。二七歳の時、宋阿が死去し、蕪村は師匠の門人たちがいた下総、結城に下る。この時期、師と仰ぐ芭蕉の「奥の細道」を訪ねて東北行脚に出ている。

一七四四年、宇都宮で、最初の俳書、『歳月帖』を編集出版、このとき初めて蕪村の俳号を使う。経済的支援者、晋我が亡くなったときの詩、「君あしたに去りぬゆふべのこころ千々に……」、など俳諧以外の多様な形式の韻文も残している。このころ、生活のためもあってか、大和絵風の絵画を多く手がけているが、絵については、師のもとで学ぶ当時の習慣とは異なり、独学である。結城・下館時代後半からは、中国絵画の模写から自らの画風を編み出そうとしているようである。蕪村が、俳諧師であり続けたことは、当時の画家とは違って、実際に事物を見て描こうとしたこと、一方でまた、目には見えない事物の内面世界をも描こうとしたことからも推察できるという(3)。

一七五一年、蕪村三六歳、文化の中心、上方、京都に上る。兄弟子、京都俳壇の長老、宋屋と交わる。京都の寺社で絵画を見て学ぶ。一七五四年から丹後、宮津の寺、住職が俳句仲間であった見性寺で、中国の人物画、山水画、大和絵風、風俗画とさまざまな画業に盛んな三年を過ごし、京に戻る。宮津の近くの与謝は、蕪村の母の出身地とされている。京都で、谷口姓から与謝姓に改める。

四五歳ころ、「とも」という女性と結婚。娘が生まれ「くの」と名づける。色彩豊かな沈南蘋の絵から学ぶ。絵師としても俳諧師としても名が売れるようになる。一七六六年から、絵を売るためか、京都と讃岐を往復している。一七六八年から京都に定住、俳諧に精を出す。七〇年、夜半亭二代目を継承。一七八三年、六八歳で他界。京都東山山麓の金福寺に葬られる。

## 三　詩の世界

蕪村は、自由詩風のものも含めて実にさまざまな詩風の韻文を手がけたが、俳句から見えるものについて考えたい。俳句が基本的に季節に拠って景観を詠むものということから、春夏秋冬、四季を追って、句を見てゆきたい。しかし今回の問題に即した蕪村の世界の探索のため、蕪村のテーマ、関心事、特色を示すもの、絵とのつながり、自画賛で試みる絵との関連をそのように念頭に置いて取り上げたいと思う(4)。俳句として玉石混交となるかもしれないが、ひとつの探求のなかで連関をもつだろう。

菜の花や月は東に日は西に

やさしくなつかしい。漢字と仮名のひとつずつ交互に繰り返されるさま、そしてそれぞれがリズミカルに対照性をもってゆく。小さく軽やかに揺れ動く身近な眼前の風景、菜の花畑と、日々の暮らしの光景とはいえ無限の宇宙の運行、その突き合わせにのびやかなひろがりと、そしてふとおかしみが漂う。(5) 万葉集等を引いているようであるが、蕪村が座右の書にしていたという陶淵明にも、似た素材の詩がある。(6) その漢詩もまた胸を打つものがある。しかし、引き写された蕪村のこの詩は、独自に幻想的な郷愁を感じさせる。天体は遙か古代の香りと中世の香りを合わせ、人と自然のうつろいを彩りほのかに物語るだろう。同じ素材が、詩人の個性と風土と文化を通じて、別様に、同様にというべきか、ことばとなり浮き彫りとなり、絵となって見えるさまが興味深い。(7) 菜の花は江戸中期ころ、観賞用の花ではなく、油取りと食用のために裏作として栽培されていたという。都市の文人が、散策吟行に郊外に出る、そこに広がる景色。生活の風景が自然の光景とあまりにあたりまえのように交感し、その風流にしばしあっけに取られてしまう。

かりそめの恋をする日や更衣

恋の句は、俳諧には必須であるが、それは、その意想が東洋に特殊なあり方といえるような連句、その付合の場合であり、発句にはまれであるという。四季を詠み込む発句は、恋を歌う和歌にゆずらざるをえないということであるらしいが、蕪村に恋の句は少なからず見られるという。(8) 日常の心情、生活と現実に人情の機微を見る俳句のきっかけとして、恋心は多く蕪村の目に止まり、句を成したのだろうか。さらりと一瞬の情景が捉えられている。初夏、衣更えの日、こざっぱりとした身なりに変わった人を見ると、一瞬心がときめきもするという。夜と明かり、目に見えるものと見えないもの、さだかには見えないものと並んで瞬間的にしか見えないもの、あるかなきかのひとときの気分などの描写に趣が感じられる。あわいほのかな、確たる形をなさない情愛、そのゆかしさが、するどい瞬間の筆触であっさり簡略に描写されている。季節の事物と心情の掛け合いの妙、練達の個性が思われる。季語は効果的に生きている。恋情にかかわるものとしては、長さをもつものもある。代表作「春風馬亭曲」は恋にまつわる見事な詩だろう。長短にかかわらず、人間の生活の機微が、現実と幻想のなかで、一挙に、一筆で、切り取られて描かれているように見える。

戸をたたく狸と秋をおしみけり

おかしくかなしい滑稽は、もともと「俳諧」の意味であったようだが、この笑いは単なるおどけというには、深い。近世近代のフモールともいうべきか。夏から秋のわびしさ、さびしさは、いつの時代どこの国も似ているのだろうか。暑い苦しいという思いは、わき目もふらず過ごす日常のあわただしさの中で、ふとある日、あっという間に過ぎた、過ぎてしまったという思いを残す。わずらわしささえいとおしく感じられてしまう。仕様がなかったような、仕様があったような。たぶらかし心変わりをするのかしないのか、狸もさびしく、詩人をたずね(9)、ひととき共に心をあたためあう。装飾につながる機知に富み、芸術の本質に触れる遊戯性を感じさせる。動物も人も、共にこの世を束の間生きる友となる。日常の生活のなかで時の移り変わりを知らせてくれる鳥から、他の国・中国やら、別の時代・古代やら、時空を、まさに鳥瞰する鳥までが描かれる、その蕪村の鳥たちの姿もおもしろいが、この狸も格別だ。生き物を含めた、万物斉同、それは時空を越える。

宿かさぬ燈影《ほかげ》や雪の家つゞき

夜、灯火の詩は、四季それぞれにあるが、とりわけ冬はぬくもりを伝える。火、明かり、光のなかで夢か現か映し出される光景は、いかにも絵画的造形的というべきだろうが、当時の絵画のテーマとしてはめずらしく、しかし蕪村にはとても多いという[10]。まさに彼の絵のなかにそれが視覚的に幻想を帯びて見られる。そのひとつは、後に見る名高い〈夜色楼台図〉であるが、それとの詩想の違いがここでは心に響く。その高雅の薫る絵では、京都東山の集落の雪の夜、小さく点る家々の灯に、画人のやさしくひろいまなざしを感じさせられ、自他ともにこころなごむものであるが、この詩は、雪の夜、日暮れて、宿を乞っても、誰も貸してくれない、家々の灯火はそれぞれのあたたかさを感じさせるのに、分け与えてはもらえない。わびしさに人を妬みひがむような旅人の思いだろうか。もちろん、まっすぐに灯火のやすらぎを詠んだ句も多くある。人の気持ちの様々を、つい思ってしまう人情の機微をも歌える詩人だろう。自然の雄大さ、美しさに視線を泳がせながらも、日々ふりかかる生活の心情というべきだろうか。

このように見てくると、何かしら浮かび上がるものを感じる。伝統と知識の上に彼独自のことばを組み立てていること、俳諧本来のおかしみに品位と人情の深みを加えていること、夜や灯火といった目に見えるようなまた見えないような夢幻の世界をひとときの心情と共に新たな視覚的・絵画的テーマにしていること、とでも言えるだろうか。そして、四季のなかで見てきたそれらは、小さい日常に雄大な宇宙の運行を映し見る、現実から情感を切り取る、また孤心と連衆心をつなぐ、人と動物、植物を自然と心情の網で斉同と見るような趣だろうか。俗語俗事をもって離俗する、自然と人間の融通無碍の交感、虚実朦朧の筆と言えないだろうか[11]。

そうした蕪村のことばは、視覚的に、絵をともない、屏風となり、巻物となり、刷り物の本ともなった。ことばとイマージュが自在にところを得る。曖昧さに見える動き、それは思考の動きだろうか。

詩の思索はどうか。俳論も限られているが、やはり『春泥句集序』に見られる思考にまとめられているようだ[12]。そこに見られる去俗論は、俗を用いて、俗を離れるという理想である[13]。その背反性が、揺れ動く曖昧さを根底とするようなことばと絵の世界を実現しているのだろうか。一瞬の略筆にそれが込められる。それは空白を含む略筆でなければ込めにくいものではなかっただろうか。蕪村の詩想にとって、簡略で精緻な俳句はもっともふさわしい形式であったと言えそうである。

絵画的な詩とは、そして詩的な絵画とは、どのようなイマージュを描くものなのか。本来それぞれもたない力を実現させるものたちは、どのように支え合うのか、両者を共に為すこの創作者はどのようなそれぞれの意識のなかでそれぞれの実践を試みていたのだろうか。

## 四　絵の世界

蕪村の絵の世界はどうだろう。絵においても多様な実践を試みている。歴史的な変遷に従いながら、かつ独自に多様である。絵については独学であるが、まず二〇代後半から大和絵風の絵を試みている。三〇代半ば丹後時代からは、墨彩の漢画、四〇代半ば二度目の帰京からは着彩の漢画、そして五〇代前半四国往来のころからは和様化しているという。俳諧の絵画化というべき俳画、蕪村曰く「俳諧物の草画」は、中国古来の詩書画の融合、ジャンルを越える必然性を含んだ芸術性のあらわれと言えないだろうか。

最初の試みは、前出の『卯月庭訓』の処女句「尼寺や十夜に届く鬢葛」の挿絵としてあらわれているが、既述の通りこうしたちょっとした挿絵は当時俳人が試みていたものであり、その後の画業の展開からしても、本格的なものとは考えられていないようである。中国絵画の修得は独学による模写であった。人文画家文徴明、そして享保元年から長崎にいた清の画家沈南蘋にひとまず傾倒したのは時代の風潮でもあった。四国往来から居を定めた帰京後、三菓社という句会も再開し、句に絵に活躍したという。

人文画・南画の山水人物画から、背景の山水が消え、人物が前面に出たような省筆、その線描が蕪村の俳

図1　蕪村〈奥の細道図〉1778

画であるといわれる。経歴からみても、俳句とのつながりが深いと思われる。絵師としての仕事は、まずは生活のための手段であったらしい[14]。そのなかでも様々な姿勢があっただろう。詩の場合と四季を合わせ、題材、作風の多様性に鑑みて、また四点の作品を瞥見したい。

〈奥の細道図屏風〉

紀行文『奥の細道』に対して、本文を書き写し、挿絵のように十点の絵を添えている。この挿画は人物図である。芭蕉と曾良の旅の姿が、軽妙な筆触で描かれ、力動的に配置され、人間の表情を感じさせる。思わずほほえましくなるような生彩さである。一点の風景画もないのは、作品が諸国吟行の旅を描くものであることから考えると、不思議といえば不思議である。人物図には背景の風景すらない。名勝は、あますところなく師匠芭蕉が詠んでいる、これ以上それに何を付け加えられるだろう、ということだろうか。そのような評釈[15]に合点がゆく人物図である。さらには、芭蕉の深く思索的な自然観照に沿いながら、人情の有様と人生の哀歓を自ら描こうとする蕪村の心だろうか。いうならば、師の詩の外にあって、師と共にあり、自らもまたあり、詩を詠む師の姿を跡づけているといえるだろうか。このように邪魔をせず寄り添い、己が花を添える挿絵もよい。弟子として自らとして生きる蕪村の姿が思われる。当時、芭蕉誹では俳諧を志すものの慣例であったらしいが、蕪村自身、師として深く芭蕉を敬愛していたという。『野ざらし紀行』の挿絵もまた味わい深い。

〈十便十宜帖〉

江戸中期、文人画南画では京都の双璧とされていた池大雅と蕪村、この二人の競作としてよく知られているものである。比べると、蕪村に、さだかには見えない情趣が、洗練された色と構図に巧みに宿っているように思われる。尾張鳴海の素封家、下総学海の依頼により、明の文人、李漁（笠翁）の「十便十宜詩」をもとにして画帖を作ることになった。そして、各々、詩毎に一図、それぞれ十点、二人合わせて二十点を試みた合作である。「十便十宜詩」は、別荘での住まいの便利と楽しみ、それぞれ十例を挙げ、詩に詠んだものであるが、自然のなかの人間ののどかな生活を描くことば、住まい作りをも手がけた笠翁の創意工夫がおもしろい。十便を大雅が、十宜を蕪村が担当した。注目を浴びたはずである。当然比較の批評がここぞとばかりなされたらしい。たとえば、自身も南画家であった田野村竹田は、大雅逸筆、蕪村戦筆、すなわち、大雅は自由奔放の傑作、蕪村は震える筆触の現れと言おうか、また大雅は正、蕪村は譎、つまり、大雅は南画の正統、蕪村は異端であるという評を、互いに好敵手ではあるがと加えながら、示したという。また中林竹洞は、大雅は高遠豁達の趣をもつが、蕪村には俳気があり及ばない、すなわち蕪村には俳味が難としてあるという評を明らかにしている[16]。絵として軍配は大雅に上がった、と概ね言えそうである。しかしあくまで南画としての優劣であり、すなわち、俳味のあることがその劣性のしるしであるという評価は、蕪村の後の行程を待つまでもなく、むしろよろこぶべきことであっただろう[17]。絵筆を生活の糧とし、南画で名を売った。しかし蕪

図2　蕪村『十宜帖』（宜秋）　1771

図３　蕪村〈夜色楼台図〉（部分）

村は、沈南蘋に学び細密な豪華な花鳥図、動物図などさまざまな試みをなしつつも、俳人である絵師としての姿を、ここぞというときに、示したのだろうか。俳人であることは画人であることの妨げとなるのだろうか、あるいは、これこそ日本的心情の表現として評価すべきものだろうか。

〈夜色楼台図〉

雪の夜、暗い空、京都東山山麓に点々と明かりの灯った白い家々。横長の画布が上下に暗い灰色、白い灰色と二分され、下部に、火が連なる。厳しい自然、冬の寒さの下で、人々は、小さく肩を寄せ合うように、日々の生活を営んでいる。灯火のともる家々だけが描かれている。ほのぼのと、しかしあくまで寡黙に、省筆で、自然のなかの人々の日常の変哲のない生活、これしかなくこれでしかない人々の生活への愛惜が、描き出されている。日常の深みに徹する心が音も無く沈潜する、至上のレアリスムのように見える。既述のように、当時、画に夜が描かれることは少なかったという。夜と光、黒と白は、蕪村の好みの対比であったらしい。いや対比が好みであったのか。〈鳶鴉図〉。激しい自然に挑む険しい物腰の鳶、そして静かに舞い降りる雪の中、肩を並べて木に止まる二羽の鴉、この対比も鮮やかだ。写生でない、人も鳥も物も、万物斉同。自然のうちに余情を漂わせる写意だろうか。入念な巧思が感じられる。主体は客体に融け込んでいる。名高いこの絵がとてもひっそりと小さな一幅であることに驚く。左上から右方へとなだらかに降りる斜めの調子を小さく別の方向性をも

つ家々でむかえる、その右端、春秋を詠む数種の漢詩を典拠としたらしい題詩がイマージュを錯綜させる。(18)

〈万歳図〉

新年を寿ぐ絵と詩句である。軽やかな躍動のなかに、それとは見えない緻密巧妙な計算が働いているように見える。「万歳や踏かためたる京の土」。新たな年ごとに、厄を踏み払い、扇を手に、踊り、鼓を打つ、大夫と才蔵の万歳する図である。高弟基角と詩画に長けた百川の句を囲いにし、二人の掛け合いの間を、漢詩と発句で、祝している。リズミカルな省筆とハーモニーを保つ略画が見事である。詩と絵は、全体のなかで、流麗に余白と共に生きている、いいかえれば、画面全体に、意味と、色や形ののびやかな均衡が張られているようだ。淡彩のデザインのように思える。人の命の震えを描く曲線をもった、しかし略筆の、草画のデザインのようである。字もデザインに参加し、そして、書かれたことばは、書かれないことばの意味を告げているように思われる。絵と句が、ともに線描図柄のように、描写と空白の間で生彩を放つ。よろこびと、つまりはそして人のはかなさの、瞬間の図、歴史に永遠にくりかえされる瞬間の図のように見える。俳画の、闊達なひとつの花が咲いているように感じられる。

図4　蕪村〈万歳図〉

このように、自然そして歴史と響き合い、生活する人の人情の機微を描いたものは、他にも様々あり、絵と句の交感が見られる。線描の、厳しくもなごやかな花の図に惹きつけられる。図案化されたような線描の木と句を配した扇面に魅かれる。花見の又平の自画賛の、絵も句も背景をもたない省筆の人物が、無き背景に万全を思わせる。蕪村は刷り物に深く関心をもち、毎年のように絵本を造ったという。句に添うイラスト、簳や提灯、人物以外の生活の事物も、余白のなかで、句と張り合っているように見える。二〇歳の頃の処女作に施した挿絵は、このようなところに、ひとめぐり、至ったのだろうか。はじめは世の習慣として描いただけだったのかもしれない。あるいは自らの若描きにかすかな予感をすでに覚えていたのだろうか。

略図の俳画は、略筆の俳句に見合う。互いにその略筆を補うものではなく、互いの略筆によって均衡を取りうるものとして、共に在るもののように思われる。時代と生活のなかで描いた絵師は、師の詩と共に描き、世の画人と伍して描き、自然と人の心を描き、そして、人生の瞬時を、描かない背景と見えない釣り合いをとって描いた俳諧師だったように思われる。蕪村のいう俳画、すなわち「俳諧ものの草画」は、書法にもとづけば楷行草の草であり、簡略で柔軟な表現様式であるという[19]。

蕪村の画筆に対する芸術意思に頷かせられる。尾形仂氏によれば、草画は、写意中の写意、筆を下すには飛舞活発なるを要し、楷画よりもはるかにむずかしい。無駄な線を削りに削ったとき、数十百筆を重ねても写し出すことのできぬ天然の妙趣がさながらに現れる。それが一両筆の間にふと得られてこそ、はじめて微妙の域に入ったといえる、という、『芥子園画伝』に学んだ簡略と写意を、蕪村は根本としているという[20]。

蕪村の離俗の思想、俗を用いて俗を離れる、写実に拠り写実を離れ写意を描く精神は、このようにして、句において絵において、その双方において、略筆によって、現実を写し詠み、現実を越えつつ現実にある、いわば余白と余白外との響き合いとともに去俗するような人の想念に支えられているのだろうか。虚実の間で、去俗した「下界の仙」の精神だろうか。それは、江戸時代末期、中国に憧れ、超俗・脱俗を精髄とする文人画に傾倒しながらも、その精神と様式の模倣に留まることなく、日常の深みそのものに生きようとする心性のように思える。

## 五　画俳融合の在り方

俳句は、眼前の瞬間的な事物、自然と人間の把捉と描写によって、うつろう人生の普遍を一挙に開示させる手法として、まさに蕪村の芸術意識に呼応しているように思われる。現実と夢想の間を自由に行きかう意識から、俗と離俗は同じ紙面に描き出される。それはまた静に動を含ませ、動に静を味わわせる妙を映し出す。短くシンプルな、洗練された表現のなかに、おかしみと余情を醸し出すことを可能にする。略筆がその曖昧さのなかでことばの遊戯を実現し、無限の世界を広げるだろう。ことばが、ことば外のものと釣り合い、響き合い、関係の全体を浮上させるとき、それは万物斉同という老荘の思惟にもつながっただろう。それは、「写意を写生する句・ことば」の実践であり、蕪村の直観だったのではないだろうか。

また絵画の領域において、彼の多様な作風が、人間の生の瞬間を瞬時に捉えたように思われる。画布へのその定着は、蕪村の創作意識をそのつど明らかにしただろう。現実を見る目、現実を超える目、自然と人間を包む目、内面を見透かす目、それらを蕪村は照らし出した。それは、端的な写実を経て、やわらかな写生を経て、一筆のゆるぎない、他に変えがたい線の描写、写意となった。まさに「写生を写意となす絵・イマージュ」だったように思われる。そしてそれは、その線と空白によって、斬新に生きた線のデザインとなって、事物と事物外を同じ相のものとして示すように思われる。背景の無いこと、つまり余白はそれを保証しただろう。俗と離俗が同一平面に等価値のものとして布置されている。万物の図柄を、やはりシンプルに暗示的に、いわば具象と抽象の間で、真摯に飄逸に、何より寡黙に、描き出しているように見える。線の厳しさに余情が広がる。イマージュは、個々の事物のイマージュとその背景ではなく、描かれて有るものと無い

図5　蕪村の墓

ものとの全体的イマージュだろう。それが蕪村の写生であり、思索であったように見える。

俳画における略筆と略画が並ぶとき、ことばの全体とイマージュの全体が重なる、あるいは並ぶ。ことばをイマージュが招くとき、イマージュをことばが招くとき、そのそれぞれの招き方によって、重なりと並びは、虚実分かちがたく変貌するだろう。それが、ひとりの人間の創造性のうちでおこなわれるとき、ことばとイマージュは、またおのおのの境界を厳密ながら自在に行き来しうるのではないか。蕪村にあって、詩と絵は、互いの力に作用されつつ、写生を超える写意においてかみ合ったのではないか。それはことばとイマージュの各々が共に有する力と無力を作用させ合ったものとも言えるだろうか。字を書く意識と絵を描く意識の近さあるいは融合が思われる。

日本の文字と書は、アルファベットと異なるその象形性・表意性・象徴性そして律動性によって、略筆、略画を生彩に富むものとなしえたのではないか。文字、ことば、また、事物に対する言語化、概念化とその固有の表現、そして個々の文化に、思いが馳せられる。このような思いを導く蕪村、句と絵、詩書画に才を示した蕪村である。

## 六　共通性と相違性

自然や宇宙の全体の光景のなかでの、見えないものに対する意識が興味深い。見えないものを語ることばに呼応するように、見えないものを描こうとする絵がある。単純で簡略な筆触が、空白とともに、暗示を含む。

詩人マラルメは、見えないものを、不在の形象として、ことばで、饒舌と雄弁を斥け、暗示的に浮き彫りにしようとした。彼自身語るように、余白の意識、余白の価値への認識をもって、絵図としての詩を試みたのであった。それらを導くのは、見えない音楽性・思索であった。日常の光景を出発点として、世界や宇宙に対する思考を喚起させ立ち上らせた。詩と散文、詩論は、美しくもやはり論理の深さと重さを漂わせる。美しい抽象性、抽象的思考がある。日常の具象から出発しているが、曖昧とはいえきれいに思索が透けて見えるような詩情が感じられる。個人とはいえ、社会との対置のなかで明確に意識され問題化された個人性といえるだろう。詩にも詩の図化にも、そして詩論にも、それは表れているように思われる。

一方、文字通り詩画両道を実践として試みた蕪村は、見えないものを曖昧にことばで詩として浮かびあがらせ、また見えないものを曖昧に画面に描いた。意識化されないような曖昧な律動が場を支配し、いつしか自然に同調し融合しているような芸術空間が生み出されているように思える。日常の風景は、そのままに、曖昧に、しかし巧みに、人生の機微と世界の摂理を、垣間見せる。まさしくことば化されない直観が仄見える。軽やかな思索が風のなかに消えるようである。独自の抽象化があるように思われる。

自然全体の、ほのかな区切りのなさに、やさしくあたたかい哲理が見える。遠くにふと感じる人生の真実があるような風情といえるだろうか。抽象とも見えないような抽象的思考、そして具象が感じられる。あくまで、もともとの区分のない個人性がある。主体と客体は融け合っている。無も否定も軽くやわらかい。絵にも詩にもそれは朦朧と表れ出ている。そのレアリスムは、レアルとイデアルの分かちがたさをもっていると言えないだろうか。

こうした東洋、日本の感性は、実証論理に倦んだ西欧の芸術精神が憧れたひとつの特性だろうか。それ以上に芸術の本質にふれもしないだろうか。自然や宇宙の全体の視野のなかで、互いにふれ合うところは見え、しかし一致しはしないところが見える。レアリスムのレヴェルと種類の相違、またイデアリスムの表現の微妙なずれが感じられる。そこに日常の意識、戯れ、軽み、可視と不可視の境界、無のあり方の微妙な違いがあるように思われる。

## 七　比較文芸・比較文化

諸芸術が比較対照されるとき、各々の価値と芸術の本質が思索できるのではないかということが再確認される。また、諸文化についても同様である。そして、見えるものと見えないものという観点、具象性・抽象性という観点は、この問題においてひとつの貴重な軸を示してくれるのではないかと思う。この軸から見た様々な程度が、芸術と文化の相違性や共通性を示してくれないだろうか。

日本の伝統に根ざす短詩型詩歌である俳句は、その映像性・視覚性・律動性において、諸芸術の融合の問題を深化させられるるように思われる。西欧世界に受容された俳句が、どのようだったか、どのように日本の俳句と異なり、どう展開したか。様々な国の詩人たちは、どう考え、自国の詩と俳句を実践したのか、その流れはどうであったのか。諸芸術の相関と文化の響き合いに対して次への課題を開いてくれると思われる。

# 第三章　文学・美術と文化の流れ——欧米から日本から——

## はじめに

日本の短詩型詩歌である俳句が欧米・フランスに及ぼした影響は広範であった。クシューらの深い関心による、美術そして文化と重なったその伝播以来、それはどのような受容と意味をもつのだろうか。蕪村らの価値はどのように生き続けるのだろうか。そしてそれは、日本文化との関係としては、どのような意味を担ってゆくのだろうか。またフランス詩の流れにおいては、それはどういう位置づけをもちうるだろうか。

明治期、日本とフランスで俳句の詩作に直接間接にかかわったクシュー、ヴォカンス、そして現代、俳句から何らかの価値を汲み取るジャコテ、カラフェルト、ボヌフォワによる俳句にまつわる思索と実践、また改めて、日本文化と俳句にも深い関心を抱いたバルトの思索、遡ってはこのような人々が関心を示したマラルメの思索をめぐって、こうした問題について考察したい。それによって、芸術諸ジャンルのつながりの観点からこれまで考察してきた西欧の文学、芸術、そして文化が、なぜどこで日本のそれらとつながるのか、それはどのような意味をもちうるかについて、日本の文芸・文化の特色を照らし出しながら、考えることができるのではないだろうか。同時にそれは、象徴主義、シュールレアリスムのあり方の関係についての思索を促すように思われる。そのようにして、諸芸術のつながりの追究がもたらすものを明らかにしたい。

## 一　クシューとヴォカンスの実践

クシュー（一八七九－一九五九）は、『アジアの賢人と詩人』の序章において、マラルメの思索を取り上げていた。マラルメが雄弁を告発したことに感銘を受け、詩はホメロスから逸脱したが、それ以前にあったのはオルフィスムだ、と述べたマラルメの言葉に着目して、日本の和歌、俳句はこのオルフィスムに近い、とクシューは考えた。そしてこれと比較すれば、西洋のあらゆるジャンルの詩は雄弁だと嘆いた。日本の詩には、説明的なものが除外され、極限的であり、詩の本質についての思索を提供する、と語り、さらに、ことばと絵、ひいては文化の視野から、特に蕪村への関心を示したのであった。ことばと絵の簡略的な表現のもつ暗示のあり方と価値について考えさせられた。

さてこのように俳句に惹かれたクシューは、帰国後の一九〇五年、自らフランス語で俳句集『水の流れに沿って』を出版した。これは、友人たち（アルベール・ポンサン、アンドレ・フォール）と運河を旅した時に作ったものである。収録された七二編は、三行の無韻詩であり、その時の生活風景を描写したものであった(1)。季語というべきものはなく、音数も不揃いであるが、すべて短詩のうちに旅の折々の生活感情が端的に描出されている。「流れに沿って」というタイトルも語るように、各々の句は、内容が連なっているような点も見受けられる。彼自身がすでに仏訳した俳句の下敷も認められる。

次に、クシューの友人ヴォカンスをめぐって、そのハイカイの実践と思索について瞥見したい。一九二〇年、『NRF』誌に、クシューやヴォカンスがハイカイを掲載しているが、これには、ジャン・ポーランが前書きを付している。すなわち、俳句が五・七・五音から成る三行の日本の詩であること、雄弁性が稀薄なこと、そしてチェンバレンが抒情的エピグラムと呼んだ、説明のない詩であり、クシューが『アジアの賢人と詩人』で俳句の仏訳と解説を試みたことを記し、そして俳句が、マドリガル、ソネに比肩しうるものとなるだろうと述べているのである。[2] そしてクシューを中心に一二人の作家の作品が紹介されている。ヴォカンス、サビロン、アルベール・ビロ、ブロッホ、ジャン・ブルトン、エリュアール、モーブラン、ポーラン等の作品が見られるが、すべて三行で書かれている。クシューの作品は『水の流れに沿って』からのものであり、ヴォカンスの作品は「サーカスで」とタイトルが付けられた一連の句集である。二人の詩にはそれぞれ内容の一連性のようなものが感じられる。サビロンやビロは、花鳥の様子を詠っている。ブロッホは夜の句、ブルトンは、自然の光景を詠み、エリュアールは、「ここで生きるために」と題されたやはり一連の句を載せている。モーブランは、自然、夜、海、月のモチーフの句を、ポーランは、川、花、蝶、月にかかわる句である。全体として、日頃の生活の中で出会う自然や動植物をめぐる詩篇から成るという特徴をもっていると言えるだろう。

さてヴォカンスは、『俳諧の本』を一九三七年に出版しているが、そこでクシューに宛てた序文を書いている。クシューの『アジアの賢人と詩人』と『水の流れに沿って』を挙げ、芭蕉や蕪村を師とする三行の詩である日本の俳句には、哲学的思索があり、それは自然や生活の光景の前での感情を表現しているという。ヴォカンス自身は、形式的規則にしばられずに、俳句の本質を作品に留めたい、すなわち簡潔さ、語の厳密な選択、精神の集中である、という。俳諧は忍耐強い分析の結実であり、内的視線の即座の記述であり、そこにはそれまで試みられなかったような統合の努力があるとヴォカンスは考えている。そして、シュワルツ、後藤末雄、虚子に敬意を表している。[3]

この句集において注目したいのは、北斎の浮世絵にちなんで作られた「富岳三六景」[4]の存在である。それは、一九二八年五月の日付けのあるもので、三行ずつの詩三六篇である。やはり続き物のような感じがする。自然描写というよりは、生活を詠んだ詩であり、これにもまた季語はない。ひとつの対象に対して多様な角度や時間から詠った連作と言えるだろう。北斎への関心は、ヴォカンスにとって俳句が、ただ日本の詩に対する関心ではなく、日本の絵、日本の文化に対する関心につながっていることを示す意味で、やはり重要と思われる。これはまたリルケが示した蕪村と北斎への関心を思い起こさせる。

## 二　ジャコテの思索

次に三人の現代詩人、ジャコテ、ボヌフォワ、カラフェルトについて考察を進めてゆきたい。[5] まずジャコテを検討しよう。ジャコテ（一九二五-）は、『ひそやかな和解』に収録された「澄明なる東洋」において、俳句論を書いている。それは、ブライスの俳句訳書について解説したものであるが、俳句自体の本質に迫っていると思われる。俳句について、まず、季節を設定する季語の説明がなされている。その極めて単純な時間枠の内部で、もう一つの分類が主題に応じて展開されるが、その主題は、気象、鳥、木や花、人々の日常生活や祭りなどであると解説する。[6] 俳句においては、哲学的宗教的、道徳的感傷的、歴史的愛国的といった多くの面に関して、説明は除外されているが、深さの点でそのすべての面が含まれている、とジャコテは主張する。そこには日本の全体が現れているのみならず、思考、道徳、心情の熱さが見出され、同時に世界の空間の全体、深さの全体が見いだされる、と彼は見る。短く厳密な形がどのようなわずかな雄弁の動きも許さない。ここでは、聖と俗が、奇抜と凡庸が、均しい距離を保っている。本質に還元された、しかし叫びでも神託でもない詩である、とジャコテは述べる。

俳句は、イマージュの無い詩というべきものであり、何かを明らかにするより、何かにヴェールをかけるようなものであり、デッサンにおける空白のように、空虚の驚くべき意味がある、と彼は洞察する。ブライスは、俳句は自己を消滅しようとするものだと考えたと語り、俳句は、自らを生むもの、同時に指し示すもののために、自らを消そうとする、自らを廃棄しようとするのである、というブライスの思索を伝える。[7]

最も驚くべきことは、俳句が日常生活に関した詩であることであり、貧困、控えめ、個性の廃棄、気分、純粋な知性の拒絶などが見受けられることであるが、しかし、そうしたものは、そこからこの詩が、ひとつのより高次の慧眼に達するために、澄明さをもって、理解される要素にほかならないのだ、とジャコテは推論する。そして、全的な発見である俳句はまさに衝撃であり、この澄明さこそ、今我々にからみつく無秩序から引き離されるために必要である、と締めくくられる。このような詩において、世界は透明になり、外部と内部の境界もおぼろに消えるのだ、と彼は考えている。デッサンにおける空白に比せられた空虚、相反的なものをも含む全的表現とそこにおける自己の消滅、自然や生活の具体的細部と全的発見、外と内の境界が消えるそうした澄明さ、こうした指摘に、日本の文芸文化に対するクシューらの思索の深まりが感じられる。

さらに、ジャコテはブライスの俳句英語版から仏訳を試みているが、その紹介として以下のように記している。(8) 実に妖精の言葉のようであり、「太鼓を打つ指のひとふりが音を放ち、新しいハーモニーが始まる」、しかしここでは太鼓は不要である。ガラスを打つ扇があればいい。ただ、空気が、軽やかに広がる空気が、あればよい。それによってあらゆる世界を横切るようであり、そこで、それらは互いに無限に開かれる。しかしそれは、決してそう理解するという風ではないように、とジャコテは願う。

あるのは閉じられ開かれる扇の音、極めて自由で極めて軽い幾つかの音、そして精神が囲まれる、と彼は続ける。木々やサイコロ遊び、影や鳥の歌等は、見えないくびき、空気の輝くようなくびきで結ばれている、とジャコテは見て、「鐘楼から鐘楼へ綱を、窓から窓へ花づな模様を、星から星へ金の鎖を張った、そして踊る」と記す。ここにはひとつのものから他のものへの輝くばかりの幸福な結びつきがある、一種の祝祭がある、しかし必ずしも人は踊らず、陶酔や興奮はなく、すべてが異常なまでに静かで、すばらしく自然である、とジャコテは語る。この世界にいるが、この世界は開かれた家であり、かろうじて感じられるような息吹が軽く戸を打ち、竹のカーテンを揺らす。何も主張せず、何も説明しない。俳句の言葉は常に完全に単純であり、自然である、少なくともそう見える、と彼は考える。しかしこのように単純で自然に見えることは簡単ではなく、詩の要素がわずかであればあるほど的確さが狙われねばならない、軽ければ軽いほど研ぎ澄まされたバランスが計られねばならない。的はもはや的ではなく、開かれたものであり、矢が投げ込まれる、そしてただ、知覚できないような扇のひとあおぎが無限に広がる波を生み出すのだ、と結ぶ。

このような序文は、まさしく、日頃から扇を歌い、扇のひとふりひとふりのあおぎによって無限に視界が繰り広げられるその空気の波動を歌い、その波動によって、夕べの空気のうちに幻影として黄金の扇による祝祭が浮かび上がる、そのような詩を書いたマラルメ、そしてまた窓と星とカーテンの花づな模様、それらのつながり、万物のつながりを歌った、そしてもちろんサイコロのひとふりの詩、ことばの絵図『骰子一擲』を描いたマラルメを思わせないではいない。マラルメを意識していないとは思えない。

## 三　ボヌフォワとカラフェルト

次に、ボヌフォワ（一九二三－）の理論、俳句論を瞥見したい。『詩についての対話集』に収録された俳句論は、ムニエの俳句仏訳に付された序文から取られているものである。(9) 俳句における世界観・自然観、主体の喪失を述べ、そしてマラルメを取り上げ、その理論、「語たちによる相互反映・相互証明」、すなわち一篇の詩内部における語への主体の譲りわたしの思考を引き合いに出し、また日本の物を好んでいたマラルメの生活のことを書いている。茶器に描かれた三本の葦と月に対して、シナの透明で繊細な心を真似したい、とマラルメが言うとき、(10) それは俳句の感覚に近いのではないか、そうした筆から湖や月が生まれ出るさまを見たのだろうと推察する。自分たちの文学には決してなかったことであり、マラルメは、ひとつの単純な形、ひとつの語彙で、それらを言うに十分であることを理解しているのだ、とボヌフォワは述べる。クシューのことばの反響が聞こえるようである。東洋の芸術家にとっては、呼称は透明であり恍惚である、とマラルメは夢想し、語はそれ自体として十全であったのだ、とボヌフォワは考える。[11]

そしてボヌフォワはアナロジーの問題に言及する。ボードレールの万物照応にあっては、アナロジーは、語が事物の存在に到達する能力を証明するような認識の行為である。逆に蕪村が述べるのは、瞬時の認識の確かさであり、背後に思弁的な思想はない、と蕪村を取り上げ推論する。そして蕪村の知覚は静かであり、白紙にひと筆が残す色の連なりと同じように静謐である、と語るが、ここでも、ことばを視覚的映像に重ねる意識に出会う。

たとえばいつもどおり「水の音」しか聞かない、しかしそれは、全感覚が参与するような、事象へのより繊細でより微妙なやり方によってである、と聴覚にも思考は及ぶ。接近は、何ものかのヴェールを剝ぐわけではなく、反対に、我々がヴェールとみなしているものに寄り添うのである、という。ジャコテの同様の思索が思い起こされる。二つの世界、二つの存在が俳句において接近したとしても、それは、比較しうるからではなく、一方が他方の存在と、瞬時の共感のなかで、何か性質を帯びた、つまり似た、からである、と彼は述べる。

俳句の詩人たちは概念的な思考では捉えられないような、震え、感じられる表面からすぐ消えるしわ、万物の後、つまり無を見せてくれると語り、句の例を挙げる。俳句は生まれるや否や、意味を吸収する。意味することは無であり、言語も非言語も、世界の無において、同じ無である、という。そして、俳句における瞬間とは、一であり全である、しかしそれは意識なしに知覚されるようなものであり、そこで人は、ことばの只中で非-ことばの状態に近づく、[12]と思考を展開させる。ジャコテのことばと共鳴するようである。

また、日本の文字が、事物に似たイデオグラムの豊かさをもっているのに比して、アルファベットが世界の何ものにも似ていないことを説明してゆく。ボヌフォワはこうしたことを、蕪村や芭蕉らの句を取り上げながら、フランスの詩や文化と対比的に論述してゆく。無、全、一、このような思索はやはり、前出のクシューやジャコテを思わせないだろうか。表意文字の象徴性への言及も本書のこれまでの道筋を想起させる。そしてここにもマラルメが先導的に現われている。

さて現代の詩人カラフェルト（一九二八 - 九四）に言及しておきたい。彼は『庭の俳諧』[13]という句集を出版しており、その序文に、自分の作品は俳諧の伝統的形式には拠っていない、ただその内容を尊重したものである、と書いているが、それは、世界の真正な解釈であり、内的視線の独自の目覚め・覚醒である、と考えている。作品は、庭の光景、自然や植物、虫などの姿が活写された短詩である。音数にもとらわれず、特に季語が意識されたものでもないが、一瞬の自然の光景が鮮やかに描き出されている。従来の西欧の詩の感覚からすれば、何も論理的思考を展開してはいない、いわゆる意思を提示すらしていないという斬新さ、主体のありかとテーマの点での異質さがうかがえる。ここに俳諧のひとつの意味ある受容と継承が見られると言えるだろう。

## 四　日本における評価

さてそれでは日本では欧米のこのような俳句の受容に対してどのように考えられたのだろうか。いくらか振り返ってみたい。一九三七年（昭和一二年）の『ホトトギス』に、「外國俳句座談会」が掲載されている。後藤末雄、阿比留信、佐藤朔、池内友次郎、高濱虚子の集まりである。虚子とヴォカンス、後藤とヴォカンスやクシューとの会談について書かれているが、そこで、形式のみ大切に扱われていて、季がないこと、季の重要性についてヴォカンスに説明した、と虚子は語っている。自然と情感の密接な関係が俳句の全内容だから、と虚子は主張する。そして、ヴェルレーヌの「詩法」の詩を挙げ、雄弁廃止、明晰ではなく灰色の歌を、という点から、象徴主義と俳句の接触について述べ、ヴォカンスはハイカイを象徴詩の極地と考えているようだ、という。本書第一章のヴェルレーヌ、その「詩法」に邂逅する。また、能は俳句と同様、もっとも少ないものからもっとも多くを連想させる、しかし読み手に教養が必要である、と暗示の難しさについて言い添えられている。

この第二回目には佐藤醇造が加わる。短さにおける象徴性、一七シラブルと四季諷詠、自然の美感を詠う、といったことが、ヨーロッパ人には難しかった、と彼は語る。自然を排斥するキリスト教の思考が問題であった。近世になって自然の権威が認識され、自然道徳や自然科学の時代がやってきて、自然が愛されるようになったが、四季に感情を託すという俳句の理解にまでは及ばず、人間の心理分析を詠っているものもある、と指摘する。何でも短ければ俳句になるというのではない、客観叙法も大事である。主観を中心に述べてゆく客観叙法は難しい。しかしながらヴォカンスの俳諧の詩学はよさそうだ、とヴォカンスに好意的である。[14] これまで見てきた自然の問題が浮上している。また主観と客観の表現上の問題が明確に指摘され、開かれた意識が感じ取れる。

次に、この五五年後であるが、一九九二年、日本文体論学会で行われた国際シンポジウム「短詩型表現をめぐって—俳句を中心に」について概観したい。世界各国の俳句研究者を集めて行われて感銘深かったこのシンポジウムは、ありがたいことに『俳句とハイク』の書物にまとめられ、一九九四年に出版された。原子朗氏の司会によるシンポジウムの記録であり、日本では、大岡信、佐藤和夫、川本皓嗣の諸氏、オリガス氏と共に原氏ら、そして世界の俳句研究者の発言が収録されている。

ここで大岡氏は、俳句が一行、ハイクは三行で書かれるという違いから述べている。芭蕉の「此秋はなんで年よる雲に鳥」の句を挙げ、主観的な感慨と客観的な描写による象徴的空間の浮上について解き、一行による深い象徴性について書いている。同じ問題を切れ字に関しても語るが、一行の記述による読み込みの余地、豊富な可能性の貴重さを述べ、それをハイクの短さに結び付けている。また、思想を厳しく練り上げていくことはリズミカルに考えていくことであり、五・七・五という形式で書こうとすることによってものを見る眼差しが変わってくる、思考が生まれる、と大岡氏は考える。ところで、概ね一字が一音である日本語に比べ、一音が一語となる外国語では、五・七・五に、はるかに豊かな情報が込められる。哲学的内容、論理性が展開できる。しかし日本の場合は、それは無理であり、思想ではなく、感覚を表すことになる。さらにコンマについても言及し、それぞれの国が、その国の言語、つまり国の論理と生理をもっているという。さら日本の短い詩には、沈黙の豊かさがあり、散文的な叙述としては不完全であるが、どのどれとも何ともわからぬ曖昧さ、多様な解釈を許容するおもしろさがあって楽しめるのだ、と語る。[15]日本の俳句の固有のあり方にと、多様な可能性を求める姿勢が感じられる。

佐藤氏は、俳句は、韻も音の高低もない、ただ五・七・五音から成るプリミティヴな詩であるが、しかし日本人にあっては、気持ちよさと季語が俳句をつくっているという。情報量の点から翻訳の難しさがある。特に印象鮮明で映像的な点がちょうど折りよく、エズラ・パウンドなどイマジストのグループに受け入れられた。俳句とハイクは別物とも言えるが、相互の影響に意味のあるところがあると述べる。[16]川本氏は、俳句においては基底部と干渉部によって、意義の方向づけまでがおこなわれるところがおもしろく、雅俗を突きあせ、そのちぐはぐさのうちで、和歌の伝統である王朝的美学に対する矛盾、あるいは王朝的美学の誇張によって、読み手を驚かせるところに俳句の本領がある、と分析する。そして、イマジズムがあまり成功しなかったのは、面白いイマージュやことば続きはあるが、意義の方向づけがなかったからではないか、と指摘する。それを端的に成立させることができる、含意の染みついたような季語がなかったというのは大きい、と考えられている。そこに、伝統的美学に乗って、一七文字でシリアス・ポエトリーを芭蕉が作ることができた理由があり、同時にまた今日の困難がある、と明解に推論する。[17]

オリガス氏・原氏によるフランスの場合の紹介、すなわち現代詩人への俳句の影響（無題、数行の詩など）の指摘も意味深い。フランスでも、季語、切れ字、音数の問題がある。詩のいきづまり状況で、簡潔なイマージュで勝負するハイクが役立っているのではないかと語られる。カラフェルトの句読点のない詩、一九九一年の『庭の俳諧』では、ハイクのスタイルを自分のものとし、切れ字に近い表現の駆使も見られるという。ミシェル・レリスの一九八七年の『波動』が挙げられ、季節感にことよせた哲学性、切れ字的含蓄のある表現について指摘される。またギュヴィックが諧謔を思わせるような、ユーモアの味わいを出していると評価する。ジャコテの紹介では、その季節感、歯切れの良いリズム感に俳句的抒情を認めている。そしてボヌフォワを上げ、一九九一年『雪のはじめとそのおわり』に見られる自然観照を、神秘的な心象スケッチと見ている。俳句の流行はここ二〇年くらいの兆候であるが、一〇年くらい前まではオリエンタリズムに類していたのが、ここ一〇年くらい積極的な何かを詩人たちに与えているのではないかと原氏は語る。[18]

最後に、さらに八年後、二〇〇〇年、『新潮』一二月号に掲載された、正岡子規国際俳句賞大賞を受賞したボヌフォワの記念講演に対する川本皓嗣氏の訳と芳賀徹氏によるその解説を取り上げたい。「俳句と短詩型とフランスの詩人たち」と題した講演であり、俳句論である。俳句つまり短詩型という詩の世界が、日本の文化、詩人の独壇場であること、俳句では、わずかなことば同士の調和と不調和のなかに社会的なものと宇宙的なものを合わせた現実のすべてを響かせていることが指摘される。確かに翻訳の困難は大きい。思考の展開ではないので、言語の語彙上、統語上の問題から極めて難しいという。日本の詩の核心を成す「一や無」に、日本の俳句は行き着けるが、他の言語であれば長く語る必要があると述べ、また表意文字が事物の形をとどめていることの意味の大きさを指摘する。俳句は短いので一挙にすべての文字を眺められるとも語り、そして詩人は画家でもある、という。やはりことばとイマージュを結ぶ思考が見られる。

アルファベットは事物の具象面から切り離されているが、表意文字はどの文字も空白部分が開いていて無の体験が意味される、という具合に文字の形と思考が重ねられる。無や無の体験が詩的思考の関心事であり、俳句は短詩型の最高の見本になっている、と思索を展開する。それは、物語を一筆で暗示するだけであり、分析的思考をまぬがれているのだ、とボヌフォワは考える。ヴェルレーヌはこのあり方に近い、と、ここにもヴェルレーヌが登場する。自然との融合のうちで具象的表現によって抽象につながる簡略的な喚起力の持ち主として捉えられていると言えるだろう。キリスト教的世界観の衰退とともに神秘的な生命に満ちた自然が詩人を促して、自然の印象を書かせた、と彼は続ける。ランボーの詩は短詩型の傑作であるという。ブライスはフランスに大きな影響を及ぼした。ただ「自我を去る」という思索は西洋人には厄介であり、個人の運命への強い関心と自然界宇宙界の深みに没したいという両面性をフランス詩はもつ、と述べ、フランス的でありつつ俳句と出会うような時を見究めようとする。そして、それは、自我が独り言を言いながら、無言の現実が立ち上がるのを見届ける瞬間である、と論じる。[19] 分析的思考を超えた思索があると言えるだろう。

芳賀徹氏はこれに対して端的な解説を加える。俳句は「長たらしい思弁性の陰で見失われていた魂の故郷、なまの現実との一瞬のうちの合一の感情に連れ戻してくれる」と結論づける。定型や季感の問題というより、詩固有の経験が、芭蕉以降の俳諧の詩的機能や、子規が復活を試みた俳句の働きに本質的にかかわる、と推論される。[20] 必ずしも言語的に日本語に精通しているわけではない詩人達の相似た理解や共感が、直接間接に跡づけられるようだ。

## 五　詩の時間と空間

山本健吉氏によれば、俳句は、「行きて帰る心の味ひ」、すなわち、進む流れと戻る流れの力の間の均衡、往と還の原理をその詩型の本質としてもっているので、ただの断片的言語ではなく、作品として独立した小宇宙を現前させるのであるという。俳句の内面的論理が切れ字を要求し、この心を成立させるのだと考える。「切れ字」によって、時間の切断、不連続が作られ、詩の連続的流れに拮抗するというのである。[21]この時、時間は、緊張のなかで照らし合い、重なり、曖昧な非現実的時間を生みさないだろうか。そこに自然とのつながりが設定されるとしたら、それは日常と自然・宇宙の全体に懸かる時間とならないだろうか。

また、山田孝雄氏の説く、体言による喚体の表現は、論理的思考の言述ではなく、瞬間の感動を表出することになろうが、[22]そこにまた、十分規定されない語そのものがもつ曖昧な空間の広がりが生まれ、非現実の空間をも含むことにならないだろうか。それはいわば、語の厚み、ものとしての厚みが生み出す空間世界ではないだろうか。短さのなかで、動詞による言述の限定を欠き、行為の主体をも欠き、名詞と名詞が重なり、ものとものが重なり、名詞で終わる。いわばもののふくらみで終わる。喚体は、つまり、いつどこともだれがともわからない宙吊りの時間と空間、何らかの時空を生み出すのではないか。何らかの時空は、個別であると同時に普遍であるだろう。こうして、俳句は現実の瞬間の写生として極めて写実的でありながら、その短さとまた日本語の特色とも相俟って、曖昧な、普遍的で多層的な、夢想の空間を生み出すことになるのではないだろうか。

確かにここには、無があり全があり、主体の消滅があり、ことばと共にある自然、自然の中に溶け込む生活、がある。それが表現されうる。何らかの時間、何らかの空間、何らかの人、という表現と概念もまた、その個別性と普遍性・抽象性において、マラルメが特別に好んだ表現（quelque）であり、含蓄ある思索であった。マラルメの詩的思考の要でもあったと思われる。

## 六　マラルメとバルト

明確に取り上げられたり、あるいは暗に示されたりして、頻繁に登場したマラルメについて、最後にここでまた言及しなければならない。マラルメは、現実の描写でなく暗示の重要性を述べた。雄弁によって写実を目指すのではなく、芸術要素であることばたちの相互関係・反射反映から浮かび上がる暗示の世界を志向する。暗示は空白や沈黙を含む。ものとものとの関係の意識は抽象の図柄に繋がるだろう。文字たちの配置を絵・デザインのように、また楽譜のようにマラルメは描いた。ここにも空白と沈黙の存在、そしてそれらを関係として重視する意識があった。そのような場で、文字とイマージュと音の表現のつながりをマラルメは見ていた。文字に、ことばたちのリズムに、主導権を譲る主体の捨象は、文字自体の働きだけでなく、イマージュの働きまでもうながしたのではないか。関係性が主張の中枢であったなら、それはデザインの感覚ではなかったか。抽象化が確認できるだろう。関係性としてあることばと音とイマージュの空白、そのような空白の意味がある。そこに、思想としての無、全につながれた無があり、すなわち全の表象があるという思索が認められるだろう。こうした意識が、思念的な象徴性につながるのではないだろうか。詩としての俳句は、このような思索にまつわる表現に呼応するように思われる(23)。

さらにまた、マラルメは、日々、日常生活のひとこまひとこまに対して、思いつくままに即興でという風に、短い四行詩などを書いているが、このことも、今や考察の流れのなかで推論できないだろうか。内容は、ただ状況にのみまつわる軽いものもあれば、詩的思考に深くつながるものもある。多くの「扇の詩」も見られる。遊び心によるものだろうが、マラルメ自身も言うように、詩・文芸は、本来、遊びであった。日常と宇宙に対する自由な精神の遊びであった。これらの書き物は、後に「状況詩」として纏められることになったが、本書の脈絡から見れば、日常性、短詩、簡潔的確の妙、洒脱な創意といった点で、俳句・ハイクとふれ合う面があるのではないかと思われる。難解晦渋な詩人との評価の傍で、このようなことばの遊びが見られるところに、各々の言語の特質と共に、マラルメの多面性をも確認できるのではないだろうか。

このようなマラルメに関心をもったバルトについても、やはりここで振り返っておかねばならないだろう。俳句論を書き、マラルメにも言及したバルトの思索と言述を再確認しておきたい。バルトは俳句について極めて示唆深い見解を述べている。「俳句は決して描写しない。俳句の芸術は、事物のあらゆる状態がただちに執拗に誇らしく現前のはかない本質に転換される限りにおいて、反‐描写である。」「俳句の総体は宝石の網であり、そのなかでひとつひとつの宝石はあらゆる自分以外の宝石を反射し、そのようにして無限に至るが、最初の発光の核である中心は決して捉えられないと言えるだろう。」「俳句は何ものにも似ず、あらゆるものに似る」のであり、そこで「意味の宙吊り状態」に入る。「優雅な巻き毛のように俳句はみずからのうえに自分自身を巻く。……ことばの宝石は無のために投げられたのだ。意味の波も流れもない」とバルトは述べた。ここには、何かの描写でなくそれ自体としてある俳句のあり方、「語たちの相互反映」としての自律的世界、中心の無、無であり全である意味、そうしたものが作者の主体の消滅の思考とともに、現れていると言えないだろうか。

そしてバルトはマラルメについて語った。マラルメのエクリチュールは、何も写さない「純粋なシニフィアン」としてあるという。日本ないし日本の芸能文化を前にして「表徴の帝国」と考え、「この表徴の帝国は空虚であり、儀式は神をもたない。」「表徴の部屋」は「マラルメの住み家」である、とバルトは語った。(24)
バルトにあって、まさにことばの厚みと無をめぐって、マラルメと俳句は結ばれているのである。バルトが日本文化に見た、主体の無は、これまで西に東に辿ってきた詩情、俳句の本質にふれていないだろうか。そしてそれは、日本の文芸や絵画に通じる心であり、日本人の自然観・宗教観に由来するものではないだろうか。また、呼応して、作品も空白・沈黙をもつ。それは抽象化されたデザインに結ばれないだろうか。中心の神をもたず神的なもの、張り巡らされた神性をもつ。それに加え、言語の特色、文字の特色、表記の特色、筆の特色、このようなものが、総合的に日本の文芸と文化を、特色あるもの、つまり文芸の本質のひとつにつながり、書など斬新にも現代芸術につながるものを作りあげているのではないか。こうしたことが、西欧・欧米の文学・芸術、ことばとイマージュの響き合いのなかで、そしてそうした西欧の文芸文化との照らし合わせのなかで、浮上してきたことではないだろうか。

## 七　日本文化をめぐって

無と呼応する全の意識、主体の消滅と引き換えの自然、自然と融合する主体とその生活、このような様子が端的に表現される俳句は、いかにも日本の文化のあり方を思わせる。そこには、写実が象徴であり、具象が抽象でありうるような文芸・芸術の世界を支えるものがあると言えるだろう。それは、それとして欧米に、文芸の歴史として受容され、現実の具体的な言語上の困難を越え、様々な角度から思索としてひとつの意味をもち続けている。

このように見てくると、日本の文芸・芸術と文化は、ことばと絵、文学と絵画の深い本質的な結びつきを映し出す。それが日本の文化に深くつながっていることを考えさせられる。俳句も浮世絵もそうしたかかわりのなかで西欧に多様な価値をもって迎えられたとすれば、それはまさにあるべき姿であったといえないだろうか。喚体の句、暗示の句、簡潔な写生と夢想の句は、すなわち同様の面をもつ浮世絵や美術工芸などと結ばれるものであり、おそらく日本美術の特色のひとつであり、自然に対して、具象と抽象、抒情と抽象の創造的精神が成しえたものではなかったか。ここに日本文化の自然主義的なものの特徴が見られないだろうか。その両面的な本質から発する多様な局面が、それぞれの理解や共感、また違和感や不可解、不思議さを与えたのではないか。ゴンクールやロチの賛嘆やとまどいも理解できる。しかし、それをも越えて、マラルメやバルト、現代の詩人たちに引き継がれる思索と実践の脈絡が見られることを確認できる。

そしてここから、象徴主義とシュールレアリスムの関係や芸術の本質についての思索も導かれそうである。こうして考えると、俳句が、単に西洋の流れにおける、象徴主義からシュールレアリスムへの展開にかかわり、それを促したというよりは、やはり理念の点で、諸芸術の総合性の点で、そして二律背反の要素の妙なる融和の点で、より深く芸術の本質にかかわり、結果的に、それ自体としては、より近く象徴主義に深くつながるものではないか。単にイマージュの無意識的衝突ではなく、思索がある。語と語の組み立てから来る、語による直感的なしかし思念がある。無意識の暗示、しかしながら伝統に根差し巧みに計算され練磨された暗示の深みがある。つながりは深層の抽象の域にある。そしてそれは、その普遍的性格によって、芸術の本質に深くふれるものではないだろうか。具象と抽象、抒情と抽象の角度から、意味あるこのような事柄を提起しうるように思われる。[25]

## おわりに

夢からうつつか何かしら白い蝶がひらひらと見えたり消えたり、いたるところにいるかと思えばどこにもいず、消えた、そこにひとつの無が幾度も幾度も通り過ぎていた、とはマラルメの書物の夢想を閉じることばであったが、[26]すべては夢の中、一炊の夢のような生と芸術は、しかし興味深い。示唆的なこのようなひとひらは、ひとことで日本文化の象徴をも感じさせる。そして文芸の本質の貴重なひとこととも思われる。国を越え、ジャンルを越えて、響き合う文芸のなかで、確かに日本の文芸はひとつの価値を占めていると言えるような気がする。(27)

# 注

## 第一部　融合の意識と源泉の探求

### 第一章　ヴェルレーヌの詩情

（1）Arthur Symons, *The Symbolist Movement in Literature*, Constable Company, 1911, p. 84, 87. アーサー・シモンズ『象徴主義の文学運動』樋口覚訳、国文社、一九八二参照。なお本章は、拙著『マラルメの詩学―抒情と抽象をめぐる近現代の芸術家たち―』（勁草書房、一九九九）のモネ（ヴェルレーヌ）の章で、脈絡上充分に展開できなかった内容を含むものであり、その展開が今回の拙著のテーマにつながること、端的なつなぎの位置を占めることを記しておきたい。モネや印象派また象徴主義の理論等については、前著において、マラルメとの関連から考察を試みている。

（2）*Ibid.*, pp. 76-79.

（3）Paul Verlaine, *Œuvres poëtiques complètes*, Gallimard, Bibliothèque de la Pléiade, 1982, pp. 69-70. 訳詩は、主に、上田敏、鈴木信太郎、堀口大学らの翻訳を参照させていただき使わせていただいた。本論の関係上、主として原文の語の配置を顧慮して、訳語訳文を様々に変更させていただいたことをおことわりしなければならない。（またこの章と次章のみ、必要からフランス語テキストを全面的に示した。）主に『世界文学大系マラルメ・ヴェルレーヌ・ランボー』筑摩書房、一九六二、『ヴェルレーヌ詩集』、新潮社、一九六七参照。（本章の以下の詩篇についても同様である。）

（4）Verlaine, *op. cit.*, pp. 72-73.

（5）Pierre Martino, *Parnasse et Symbolisme*, A. Colin, 1967, pp. 96-97. ピエール・マルチノ『高踏派と象徴主義』木内孝訳、審美社、一九六九参照。（この詩集のタイトルは、ボードレールの『悪の華』解説の語を借用したとしている。）

（6）レオニード・アンドレーエフ『印象主義運動』貝澤哉訳、一九九四、水声社、九四―九八頁。以下、翻訳の語をお借りしながら要点をまとめてゆきたい。アンドレーエフは、六〇年—七〇年代を「エクリチュールの冒険」の時代と見なし、その思考の中で印象主義を絵画に限定せず芸術全般の問題、さらには現代に至るまでの世紀末のグローバルな文化の問題と捉え、写実—非写実の関係を探究している。巻末の新谷敬三郎の解説、貝澤哉のあとがき参照。

(7) Verlaine, *op. cit.*, pp. 326-327.

(8) アンドレーエフ、前掲書、九三—九四頁、五四—五五頁。

(9) Maurice Sérullaz, *L'Impressionnisme*, P. U. F., 1961, pp. 10-11. モーリス・セリュラス『印象派』平岡昇・丸山尚一訳、白水社、一九九二参照。

(10) Symons, *op. cit.*, pp. 84-89.

(11) アンドレーエフ、前掲書、四八—五七頁。

(12) アンドレーエフ、前掲書、九八—一〇九頁。

(13) Sérullaz, *op. cit.*, pp. 11-12.

(14) Sylvie Patin, *Monet, un œil... mais, bon Dieu, quel œil*, Gallimard, 1991, pp. 147-148. シルヴィ・パタン『モネ—印象派の誕生』渡辺隆司・村上伸子訳、創元社、一九九七参照。

(15) *Ibid.*, p. 149.

(16) *Ibid.*, p. 151, 164.

(17) *Ibid.*, pp. 141-146. 諸芸術における音楽性の位置に関する思想については前掲拙著で一貫して問題にした。

## 第二章　アポリネールの文芸

(1) 拙論「宙空のアナグラム・宙空のアラベスク—マラルメの『骰子一擲』序論・形象の変容と思惟的像—」、『トランスフォーメーションの記号論』、日本記号学会、一九九〇参照。なお『骰子一擲』の刊行は一九一四年（一八九七年『コスモポリス』誌掲載）。死の二カ月前、一八九八年七月に、（出版されなかった）豪華版の校正刷を、ヴァレリーに見せている。

(2) 飯島耕一『アポリネール』、美術出版社、一九六六、『フランス文学講座三「詩」』、大修館書店、一九七九、三七九—三八六頁、Marcel Adéma, *Guillaume Apollinaire, le mal-aimé*, Plon, 1952 参照。アポリネールの美術評論に関して拙著『マラルメの詩学—抒情と抽象をめぐる近現代の芸術家たち—』、二五七頁参照。

(3) 後藤新治「アポリネールの未来派美術批評」、『国際文化論集』、西南学院大学紀要、第一三巻、第一号、一九九八、一一八三頁、「セヴェリーニの未来派戦争絵画」同第一二巻、第一号、一九九七、八五—一二九頁参照。アポリネールと芸術家たちとの関連について、*Apollinaire, critique d'art*, Paris-Musées/Gallimard, 1993 参照。

（4）G. Apollinaire, *Œuvres poétiques*, Gallimard, 1965, pp. 163-314. 訳詩については、『アポリネール全集』第一巻、堀口大学、窪田般彌、飯島耕一、入沢康夫訳、青土社、一九七九、一七三—四七四頁を参照し、使用させていただいた。以下、本来の美術上の手法としてのコラージュの角度や同時性・継続性の論点から、マラルメとの比較のためにアポリネールの作品を考察してゆくが、まさに言語・形象・音といった芸術要素のあり方と互いのつながりの多様性・多層性のために明確にしづらい部分を含むこと、さらに、アポリネールに見られる、マラルメとは異なった位相の遊びやユーモアの精神による多様性、また彼のコラージュの理解の多様性（共同制作等はもちろん彼本来の志向にかかわっているだろう。これらも章末で述べる表層性に直結する）のため限界があること、したがって本論では、本書の主旨から意味をもつ視点に拠って考察していることをことわっておかなければならない。

（5）G. Apollinaire, *Œuvres poétiques*, pp. 163-314. 様々な観点から詳細に検討できるだろう。他に関連資料として、Michel Décaudin, *Guillaume Apollinaire*, Séquier/Vagabondages, 1986 参照。扇に書かれたマラルメの詩篇群と比較しても、後述するように、図形化に対するあり方の違いが判然とする。拙論「マラルメの詩的夢想の一つのファセット—扇の構図をめぐって—」、『フランス語フランス文学研究』第四一号、日本仏語仏文学会、一九八二参照。

（6）S. Mallarmé, *Œuvres complètes*, Gallimard, 1970, pp. 457-477.

（7）同時性と継続性の概念については、後藤新治「ポッチョーニとドローネーの「同時性」論争に関する四つのテクスト」、『国際文化論集』、西南学院大学紀要、第十二巻、第一号、一九九七、三六—三八頁、参照。この他、アポリネールの、特に美術関連の言述については、Laurence Campa, *L'Esthétique d'Apollinaire*, SEDES, 1996 参照。

（8）前掲拙著第二部—第三部参照。

（9）W. Kandinsky, *Du spirituel dans l'art, et dans la peinture en particulier*, traduit de l'allemand par Nicole Debrand, traduit du russe par Bernadette du Crest, Ed. Denoël, 1989, p. 97. 前掲拙著第四部参照。

**第三章　ミショーの源泉**

（1）本稿は記述のような主旨に沿った論考であるが、小海永二氏のご労作『アンリ・ミショー全集』（翻訳と解説部）、その他の訳書や著書に学ばせていただいたことの上に成り立っている。他に鶴岡善久『アンリ・ミショー　詩と絵画』（沖積舎、一九八四)、『アンリ・ミショー画集』(沖積舎、一九八八)も貴重であった。訳文については、小島俊明訳も参照させていただいたが、本論では、統一的に小海永二訳を使用させていただいた。漢字使用、送り仮名等に関して、本書本文の様式に合わせて変更させていただいたことをおことわりしなければならない。(他の章の邦訳についても同様である。)以下、注において、原則として原書頁の後、括弧内に翻訳頁を記した。絵画作品については、Henri Michaux, *Œuvres choisies*, Genève, Musée d'art et d'histoire, 1993, Henri Michaux, *Les Estampes 1948-1984, catalogue raisonné*, Genève 1997, 『アンリ・ミショー展カタログ、未知への眼差し、未知の「かたち」へ』、西武美術館、一九八三等参照。

(2) Henri Michaux, *Œuvres complètes* 1, Gallimard, Bibliothèque de la Pléiade, 1998, pp. 785-786, pp. 930-933. 「アルファベット」、『アンリ・ミショー全集1』小海永二訳、青土社、一九八七、五〇七—五〇八頁。

(3) Henri Michaux, 《Portraits des Meidosems》, *La Vie dans les plis*, Gallimard, 1949. pp. 130-131. (「メードザンたちの肖像」、『アンリ・ミショー全集1』、七一二—七一三頁)

(4) *Ibid.*, p. 132. (713) 『アンリ・ミショー全集1』の解説部における論考、小海永二「アンリ・ミショーの詩画集—『メードザンたち』と『ムーヴマン』」(八六六—八七四頁)に明解な研究が見られる。

(5) *Ibid.*, p. 138. (716)

(6) *Ibid.*, p. 143. (718)

(7) *Ibid.*, p. 183. (736)

(8) *Ibid.*, p. 206. (746)

(9) Henri Michaux, *Mouvements*, Gallimard, 1982. (『ムーヴマン』、『アンリ・ミショー全集2』小海永二訳、青土社、一九八六、一一—二四頁)

(10) 原書頁付けなし(12, 13, 17-18)。ミショーの動性の意識について、Alain Jouffroy, *Avec Henri Michaux*, Editions du Rocher, 1992. pp. 103-119 参照。

(11) (18, 19-20)

(12) (20-21)

(13) (22, 23-24)

(14) Postface. 「ムーヴマン」後書き。(『アンリ・ミショー全集1』八七三頁)

(15) 小海永二前掲論考「アンリ・ミショーの詩画集—『メードザンたち』と『ムーヴマン』」によれば、『メードザンたち』

から『ムーヴマン』の時期に、詩から絵画への重点の相対的な移動があるという（『アンリ・ミショー全集1』、八七四頁）。

（16） Henri Michaux, *Passages*（*1937-1963*）, Gallimard, 1963, pp. 83-85.（『パッサージュ』、『アンリ・ミショー全集3』小海永二訳、青土社、一九八七、六四四―六四六頁）

（17） *Ibid*., p. 87.（648）

（18） *Ibid*., p. 115.（670） ミショーにおける「書くことと描くこと」におけることばのあり方に関して、Michel Butor, *Improvisations sur Henri Michaux*, Fata Morgana, 1985, pp. 145-163 参照。

（19） *Ibid*., p. 197, p. 199, pp. 200-201.（744-746）

（20） *Ibid*., pp. 181-182.（732-733）

（21） *Ibid*., p. 184.（734）

（22） *Ibid*., pp. 185-186.（734-735） 強調は筆者による。以下同様。

（23） *Ibid*., pp. 192-193.（739-740）

（24） *Ibid*., pp. 194-195.（740-741）

（25） *Ibid*., p. 118, p. 125.（675, 682）

（26） *Ibid*., pp. 133-134.（688）

（27） *Ibid*., p. 139.（694）

（28） Henri Michaux, *Misérable miracle, la mescaline*, Gallimard, 1972, pp. 13-14.（『みじめな奇蹟』小海永二訳、国文社、一九六九、一〇頁）

（29） *Ibid*., p. 14.（10）

（30） *Ibid*., p. 14.（11）

（31） *Ibid*., p. 21.（17）

（32） *Ibid*., p. 19.（15）

（33） *Ibid*., p. 21.（17）

（34） *Ibid*., p. 23.（19）

（35） *Ibid*., pp. 26-27, p. 29.（22-23, 26-27）

（36） *Ibid*., pp. 35-36.（42-43）

（37）*Ibid.*, pp. 39-40.（47-48）

（38）*Ibid.*, p. 55.（64）

（39）*Ibid.*, pp. 59-63. pp. 65-68.（82-86, 89-92）

（40）*Ibid.*, pp. 66-67（90）

（41）*Ibid.*, pp. 70-72.（96-98）

（42）*Ibid.*, p. 127, p. 128.（180, 182）

（43）*Ibid.*, pp. 31-35.（41）

（44）*Ibid.*, p. 162.（224）

（45）Henri Michaux, *L'Infini turbulent*, Gallimard, 1994, p. 11.（『荒れ騒ぐ無限』小海永二訳、青土社、一九八〇、一三一一四頁）

（46）*Ibid.*, p. 21.（23）

（47）*Ibid.*, pp. 36-40.（37-40）

（48）*Ibid.*, pp. 50-53.（50-52）

（49）*Ibid.*, pp. 70-81.（70-80）

（50）*Ibid.*, pp. 95-102.（94-100）

（51）*Ibid.*, pp. 147-148, pp. 169-170.（144, 165）

（52）*Ibid.*, p. 40.（40）

（53）*Ibid.*, pp. 144-145.（140-142）

（54）Henri Michaux, *Paix dans les brisements*, Editions Flinker, 1959, p. 28.（『砕け散るものの中の平和』小海永二訳、国文社、一九七三、二八―二九頁）

（55）*Ibid.*, p. 29, 31.（30, 32）

（56）*Ibid.*, p. 39, p. 42, p. 47.（42, 46, 52）

（57）彼は、一九六五、六六年頃からメスカリンなしで幻覚の絵が描けるようになる。『噴出するもの＝湧出するもの』にそのことが示されている。一九六六年の『精神の大いなる試練』では、幻覚に身を委ねることなく、自我を消し、空無の状態になろうとする様子が現れる。メスカリンは、ミショーに確かに意識の大きな変革を与えたと言えるだろう。これに関連して、岡田隆彦『眼の至福』（小沢書店、一九八五、二二七―二二八頁）によれば、自然発生的なイメージの出現の描き方は、彼にとってメスカリン画が最初ではなく、水彩において体験しているということである。これらを考え合わせて、もはやメスカリンなしに、メスカリン画が描けるようになったという彼の創作に対して、継続的に見られる墨の絵についてはどうか、それにかかわる芸術意識の変化は特にことばとの関連においてどうかを検討できそうである。

（58）Henri Michaux, *Emergences-Rémergences*, Albert Skira éditeur, 1972, p. 9.（『噴出するもの＝湧出するもの』小海永二訳、土曜美術社、一九八九、九頁）

（59）*Ibid.*, p. 13.（13）

（60）*Ibid.*, p. 18.（18）

（61）*Ibid.*, p. 24, p. 25, p. 30.（24, 25, 30）

（62）*Ibid.*, p. 38.（38）

（63）*Ibid.*, p. 55.（55）

（64）*Ibid.*, p. 65.（65）

（65）*Ibid.*, p. 71.（71）

（66）*Ibid.*, p. 95.（95）

（67）Henri Michaux, *En rêvant à partir de peintures énigmatiques*, Editions Fata Morgana, 1972, pp. 37-39.（『謎の絵画から夢見ながら』、『アンリ・ミショー全集3』小海永二訳、青土社、一九七七、八一二―八一三頁）

（68）Alain Jouffroy, *Une révolution du regard*, Gallimard, 1964, p. 145, pp. 146-147, p. 148.（アラン・ジュフロワ『視覚の革命』西永良成訳、晶文社、一九七八、一七二頁、一七三―一七五頁、一七六頁）線と墨の微妙な関係も問題だろう。

（69）Henri Michaux, *Passages*（*1937-1963*）, pp. 173-178.（『パッサージュ』、『アンリ・ミショー全集3』、七二四―七二七頁）

（70）Brassaï, *Conversation avec Picasso*, Gallimard, 1964, p. 72.（ブラッサイ『語るピカソ』飯島耕一、大岡信訳、みすず書房、一九九二、七四頁）

（71）書くことと描くことの基本的問題、それらをつなぐひとつの源泉の問題を提起し、明らかにしたのではないかという滝口修造のミショーへの問いかけに、ミショーはおそらくそうであると答えている（滝口修造「アンリ・ミショーを訪ねる」、『画家の沈黙の部分』、みすず書房、一九六九、一八六頁）。

（72）『アジアにおける一野蛮人』に見られる日本人評やその後の日本観も検討しなければならない関連課題である。シュールレアリスムに関しては、彼自身シュールレアリストではないと語っていることについて現実に対する姿勢の点から意味ある吟味ができるだろう。

## 第二部　創作の共有

### 第一章　エリュアールとピカソ

（1）Paul Eluard, *Œuvres complètes* 1, Bibliothèque de la Pléiade, Gallimard, 1968, p. 513.（宇佐美斉訳『エリュアール詩集』小沢書店、一九九四、一三一頁）以下、他の訳文についても、既出のものを使わせていただいたが（原典頁の後、括弧内に頁数を表示）、本稿の文脈上や表記上の関連で変更させていただいたところがある。この書物以外に学ぶところの多かった参照文献として、以下の注で記載するものを除いて下記のものを挙げたい。『状況の詩』江原順、木島始訳、一九五四、未来社、島岡晨『愛と抵抗の詩人たち』第三文明社、一九七三、『愛と自由の讃歌』飯塚書店、一九七五、『愛・詩・エリュアール』飯塚書店、一九八八、『エリュアール選集』飯塚書店、一九七二、大島博光『エリュアール』新日本出版社、一九八八、佐藤巌『ポール・エリュアール』思潮社、一九八七、飯島耕一『シュルレアリスム詩論』思潮社、一九六一、安東次男『現代詩の展開』思潮社、一九六九、大岡信「詩人の設計図」『ユリイカ』一九五八、一二一―一六二頁。他に Louis Parrot et Jean Marcenac, *Paul Eluard*, Seghers, 1982, Raymond Jean, *Paul Eluard par lui-même*, Seuil 参照。なお図版関連でその他、Françoise Gillot, *Pouvoir tout dire*, Editions Raison d'être, 1951, Miro/Elulard, *A toute épreuve*, George Braziller, Inc., 1984, Eluard, *Voir: poèmes, peintures, dessins*, Editions des Trois collines, 1948, Sylvie Gonzalez, *Paul, Max et les autres—Paul Eluard et les surréalistes—*, Editions de l'Albaron, 1993 を参照。

（2）*Ibid.*, p. 514.（132）

（3）*Ibid.*, p. 515.（133）

（4）*Ibid.*, p. 519.（139）

（5）*Ibid.*, pp. 520-521.（141-142）

（6）Paul Valéry, *Littérature*, *Œuvres* 2, Bibliothèque de la Pléiade, Gallimard 1977, p. 546, pp. 1422-1423.（ポォル・ヴァレリィー、アンドレ・ブルトン、ポォル・エリュアール、『思考の表裏』堀口大学編訳、昭森社、一九七四［一九五九］、一〇頁）

(7) Paul Eluard, *Notes sur la poésie en collaboration avec André Breton*, *Œuvres Complètes* 1, p. 471（10）, p. 1468.

(8) Paul Valéry, *op. cit.*, p. 546.（13）

(9) Paul Eluard, *op. cit.*, p. 474.（13）

(10) Paul Valéry, *op. cit.*, p. 547.（14）

(11) Paul Eluard, *op. cit.*, p. 474.（14）

(12) Paul Valéry, *op. cit.*, p. 549.（28）

(13) Paul Eluard, *op. cit.*, p. 476.（29）

(14) Paul Valéry, *op. cit.*, p. 549.（29）

(15) Paul Eluard, *op. cit.*, p. 477.（29）

(16) Paul Valéry, *op. cit.*, p. 551.（39）

(17) Paul Eluard, *op. cit.*, p. 479.（39）

(18) Paul Valéry, *op. cit.*, p. 552.（42）

(19) Paul Eluard, *op. cit.*, p. 480.（42）

(20) Paul Valéry, *op. cit.*, p. 553.（55）

(21) Paul Eluard, *op. cit.*, p. 482.（55）

(22) Paul Valéry, *op. cit.*, p. 554.（58）

(23) Paul Eluard, *op. cit.*, p. 482.（58）

(24) Paul Eluard,《"La Poésie doit avoir pour but la vérité pratique"》, *Œuvres complètes* 2, Bibliothèque de la Pléiade Gallimard, 1968, p. 143.（宇佐美前掲書、一一五頁）（この詩のタイトルはロートレアモンから借り受けたもの。）

(25) Paul Eluard, *Poésie ininterrompue 2*, *op. cit.*, pp. 659-706.（『とだえざる詩』高村智恵訳、鳳書房、一九八七、一一三—一二三頁）

(26) Paul Eluard, *Poésie ininterrompue* 1, *op. cit.*, pp. 45-53.（前掲書、六七—八八頁）

(27) Brassaï, *Conversation avec Picasso*, Gallimard, 1964, pp. 21-22.（『語るピカソ』飯島耕一、大岡信訳、みすず書房、一九九二、一八頁）

(28) Brassaï, *op. cit.*, p. 42.（40-41）

(29) Brassaï, *op. cit.*, p. 55, pp. 184–190, pp. 198–201.（54, 202–208, 218–221）
(30) Brassaï, *op. cit.*, pp. 55–56.（54–55）
(31) Brassaï, *op. cit.*, pp. 154–155.（168–169）
(32) Brassaï, *op. cit.*, pp. 184–185.（201–202）
(33) Brassaï, *op. cit.*, pp. 257–258.（284–286）
(34) Paul Eluard,《Pablo Picasso》, *Capitale de la douleur*, *Œuvres complètes* 1, p. 178.（宇佐美前掲書、二一頁）
(35) Paul Eluard,《A Pablo Picasso》, *Les Yeux fertiles*, *op. cit.*, pp. 498–499.（図2も『パブロ・ピカソへ』に収録されている。）
(36) Paul Eluard,《novembre 1936》, *Cours naturel*, *op. cit.*, pp. 801–802.（56–58）
(37) Paul Eluard,《La Victoire de Guernica》, *Cours naturel*, *op. cit.*, pp. 812–814.（61–65）
(38) Paul Eluard, *A Pablo Picasso*, Martin Secker and Warburg, London/Editions des Trois Collines, 1947.（エリュアール『ピカソ』木島始訳、筑摩書房、一九五五、緒言）
(39) Paul Eluard, *op. cit.*, p. 30.（26）
(40) *Ibid.*, p. 35.（31）
(41) *Ibid.*, p. 39.（35）「見る」に対するエリュアールの定義も興味深い。「見るものと見られるものとの交流以外にはなにもない。理解の努力、交わりの努力、ときには限定、創造の努力以外にはなにもないのである。見るとは、理解し、判断し、変形し、忘れ、忘れられ、存在し、消えることである」（*Dictionnaire abrégé du surréalisme*, José Corti, 1955, p. 29. アンドレ・ブルトン、ポール・エリュアール編『シュルレアリスム簡約辞典』江原順訳、現代思潮社、一九七一、二九頁）とある。
(42) *Ibid.*, p. 51.（47）
(43) Paul Eluard, *Le Visage de la paix*, *Œuvres complètes* 2, pp. 405–409.（『状況の詩』江原・木島訳、一四七―一五四頁）（嶋岡晨『エリュアール選集』二、一〇〇―一〇四頁）
(44) Paul Eluard, *Picasso dessins*, Les Editions Braun, 1952, p. 5.（『ピカソ　デッサン』宇佐美前掲書、一四四頁）
(45) Paul Eluard, *op. cit.*, pp. 6–7.（145–146）
(46) Paul Eluard, *op. cit.*, p. 10.（149）
(47) Paul Eluard, *op. cit.*, p. 12.（151）

（48）*Anthologie des écrits sur l'art*, Editions Cercle d'Art, 1952, pp. 7-9.（エリュアール編『芸術論集』第一巻、江原順、康敏星訳、未来社、一九五五、一一—一四頁）このアンソロジーの編集に関して、Léon Moussinac,《Paul Eluard et la peinture》, *Europe*, numéro spécial: Eluard, 1972, pp. 87-93 において、その行為が、万人に過去の歴史の財産を現在から未来へ向けて共有させたいという社会的認識に由来するものであること、そしてその脈絡からも、彼とピカソとのゲルニカ等の協同制作に高い社会的価値があること論じられている。またエリュアールと音楽、プーランクとの関連について、同書 José Bruyr,《Le poète et son musicien》, pp. 343-348 参照。

（49）中根美都子「俳句とハイカイ」、『東洋の詩　西洋の詩』朝日出版社、一九六〇、三七—六七頁、金子美都子「ハイク・ハイカイ・エリュアール」『講座比較文学』三、東京大学出版会、一九七四、三三七—三六四頁、山田孝雄『俳諧文法概論』宝文館出版、一九五六参照。またエリュアールのイマージュに関して、J.-P. Richard, *Onze études sur la poésie moderne*, Seuil, 1964, pp. 128-174 参照。

**第二章　シャールの芸術世界と自然**

（1）René Char, *Les Voisinages de Van Gogh*, *Œuvres complètes*, Gallimard, 1988, pp. 819-836.（シャール『ヴァン・ゴッホのあたり』、『ルネ・シャール全詩集』吉本素子訳、青土社、一九九九、四六一—四七一頁）なお、本文において、訳文は、この吉本訳を使用させていただいた。（以下括弧内で頁を示した）この労作から多くを学ばせていただいた。また、ポール・ヴェーヌ『詩におけるルネ・シャール』西永良成訳、法政大学出版局、一九九九、ピエール・ゲール『ルネ・シャール』山本功訳、思潮社、一九六九、も貴重であった。人間関係・図版類については特に Marie-Claude Char, *René Char, Faire du chemin avec...*, Gallimard, 1992 が有益であった。なお前章で扱ったエリュアールとの共作として一九三七年『二つの詩』（出版は一九六〇年）があることを付記しておきたい。

（2）*Ibid.*, p. 822.

（3）*Ibid.*, p. 823.

（4）*Ibid.*

（5）J.-Pierre Richard, *Onze études sur la poésie moderne*, Seuil, 1964, pp. 85-102.

（6）René Char, *op. cit.*, p. 824.

（7）*Ibid.*

（8） *Ibid.*, p. 825.

（9） *Ibid.*, pp. 826-827.

（10） *Ibid.*, p. 831.

（11） *Ibid.*, p. 832.

（12） *Ibid.*, p. 832.

（13） *Ibid.*, p. 833.

（14） *Ibid.*, p. 833.

（15） *Ibid.*, pp. 835-836.

（16） Pierre Guerre, *René Char*, Seghers, 1961, pp. 56-58.

（17） René Char, *op. cit.*, p. 825.（この詩は、フーコーの死に際して、シャールからポール・ヴェーヌに贈られている。このことに関する逸話が、ヴェーヌによって記されている。Paul Veyne, *René Char en ses poèmes*, Gallimard, 1990, pp. 489-500. またフーコーとシャールについて、羽生谷貴志「フーコーのシャール」、『現代詩手帖』、一九九四年三月号、一五二―一六一頁参照。）

（18） *Ibid.*, p. 825.

（19） *Ibid.*, p. 826.

（20） *Ibid.*, p. 827.

（21） *Ibid.*, p. 834.

（22） *Ibid.*, p. 827.

（23） *Ibid.*, p. 832.（愛のテーマについて、Pierre Guerre, *op. cit.*, pp. 53-56 参照。）

（24） *Ibid.*, p. 831.

（25） ゴッホとシャールに関して、南仏の自然と彼らの関わりについて、窪田般彌「ゴッホとルネ・シャール」、『みすず』、一九九〇年七月号、七―一二頁参照。なお、この詩集所収の詩篇について、Michael Bishop, *René Char, les dernières années*, Rodopi, 1990, pp. 83-89 が、背反的思考に関して考察している。

（26） René Char,《Picasso sous les vents étésiens》, *op. cit.*, pp. 594-598.（401-405）

（27） René Char,《Le Dos houleux du miroir》, *op. cit.*, pp. 593-594.（400-401）

（28） René Char,《Rodin》, *op. cit.*, p. 522.（354）

（29） René Char,《Une Italienne de Corot》, *op. cit.*, p. 112（p. 1364）.（85）（画布と詩に関する研究として、Michael J. Worton,《Courbet, Corot, Char, du tableau au texte》, *Littérature*, oct. 1985, Littérature Idéologies Société, pp. 15-30 参照。その他、画家に関する詩として、「ジャコメッティを称える」（一九六四）もある。「クールベ　小石を割る人々」においては、砂色の藁、鳩小屋、石ころだらけの土地、夕暮れの大気、といった表現が、自然・大地と画布をめぐる厳しい状況とのつながりを身近に思わせる。また、ブラック、ミロ、マチスにかかわる詩も興味深い。）

（30） René Char, *Débris mortels et Mozart*, *op. cit.*, p. 388.（267-268）詩における音楽的要素、音楽性について、またその変遷と意味については、興味深い検討課題である。

（31） René Char, *Le Marteau sans maître suivi de Moulin premier*, *op. cit.*, p. 3.（18）

（32） René Char,《Un jour entier sans controverse》, *op. cit.*, pp. 583-598.（393-405）

（33） René Char,《Partage formel》, *op. cit.*, pp. 155-169.（117-127）

（34） *Ibid.*, p. 156（シャールの夢と覚醒の在り方、政治的態度、シュールレアリスムとの関連について、水田喜一朗「シュルレアリスムの克服—あるいはルネ・シャール論」、『詩学』、一九六二年九月号、二二—三〇頁参照。）

（35） *Ibid.*, p. 158.

（36） *Ibid.*, p. 159.（相反物、反対概念の合体に関して、J.-Pierre Richard, *op. cit.*, pp. 122-124 また、その道徳性に関して、Pierre Guerre, *op. cit.*, pp. 61-62 参照。）

（37） *Ibid.*, p. 160.

（38） *Ibid.*, p. 162.

（39） *Ibid.*, p. 165.

（40） René Char,《Tu as bien fait de partir, Arthur Rimbaud》, *op. cit.*, p. 275.（194-195）（ランボーとシャールについては、野村喜和夫「ランボーからシャールへ—予備的なメモ若干—」、*L'Arche* 三、一九九二、四五—五二頁参照。）

（41） René Char, *Les Matinaux*, *op. cit.*, pp. 279-336.（199-232）この詩における幸福感について、J. -Pierre Richard, *op. cit.*, pp. 83-85 参照。

（42） Cf. J.-Pierre Richard, *op. cit.*, pp. 107-109.

（43） Cf. *Ibid.*, pp. 97-98.

(44) René Char, 《A la santé du serpent》, *op. cit.*, p. 267.(190)
(45) René Char, 《Les Compagnons dans le jardin》, *op. cit.*, p. 381.(261-262)
(46) René Char, 《Couleur aérien》, *op. cit.*, p. 603.(407)
(47) René Char, *Feuillets d'Hypnos, op. cit.*, p. 232.(169)
(48) Stéphane Mallarmé, 《Tombeau—Anniversaire, janvier 1897》, *Œuvres complètes*, Gallimard, 1970, p. 71.
(49) シャールとシュールレアリスムの関連の推移、時代と社会との対決の仕方について、水田喜一朗「打手のない槌から激情と神秘へ—シュールレアリスムとルネ・シャール—」、『本の手帖』、一九六八年一月号、五一—五八頁参照。また断章形式の時代的意味について、吉本素子「断章形式の誕生—ルネ・シャールの『ムーラン・プルミエ』について—」、『仏文研究』(京都大学仏語仏文研究会)三一号、二〇〇〇、八五—一〇一頁参照。

## 第三部　ジャンルを越える視線

### 第一章　ビュトールとゴッホ

(1) ビュトール『文学の可能性』清水徹訳、中央公論社、一九六七、一三九頁。本書は、日本でおこなわれた講演の録音記録から訳出されたものである。
(2) 同書一四二—一四三頁。
(3) 同書一四六—一四九頁。
(4) 同書五六頁。
(5) 同書七〇—七一頁。
(6) 同書七九—八二頁。
(7) 同書九一頁。
(8) 同書九四—九八頁。
(9) 同書一〇〇—一〇二頁。
(10) Georges Charbonnier, *Entretiens avec Michel Butor*, Gallimard, 1967, pp. 14-18. シャルボニエ『ビュトールとの対話』岩崎力訳、竹内書店、一九七〇参照。
(11) *Ibid.*, 67-68.

（12）*Ibid.*, 82-84.
（13）*Ibid.*, 94-95.
（14）*Ibid.*, 106.
（15）Michel Butor, *Les Mots dans la peinture*, Skira, 1969, pp. 15-16. ビュトール『絵画のなかの言葉』清水徹訳、新潮社、一九七五参照。
（16）*Ibid.*, pp. 23-28.
（17）*Ibid.*, pp. 30-33.
（18）*Ibid.*, p. 38.
（19）*Ibid.*, p. 53.
（20）*Ibid.*, pp. 66-67.
（21）*Ibid.*, p. 71.
（22）*Ibid.*, p. 73.
（23）*Ibid.*, pp. 92-93.
（24）*Ibid.*, pp. 105-108.
（25）*Ibid.*, pp. 128-129.
（26）*Ibid.*, p. 138.
（27）*Ibid.*, pp. 142-145. これに対しては、高階秀爾先生による考察と批判がある。読める文字を書かないのはかならずしもその意味を抹消したいためではなく、造形上の要請があるという。また一方で、読める文字はゴッホにおいてそれ自体特別の意図をもつと考えられている。さらに、色彩に「語らせる」ことをゴッホはドラクロワから学んだという。光を表現するのに生の黄色を使ったのであり、黄表紙本は、タイトルに重ねて、生命、「生きる喜び」への彼の決意を示すという。（「絵のなかの本―ゴッホとフランス文学をめぐる一考察」、『西欧芸術の精神』青土社、一九九三、二四九―二七三頁）
（28）*Ibid.*, pp. 153-158.
（29）*Ibid.*, pp. 161-162.
（30）*Ibid.*, pp. 167-168.
（31）*Ibid.*, pp. 171-172.

(32) *Ibid.*, p. 174.
(33) ビュトール『絵画のなかの言葉』清水徹訳、の訳者による「後書き」・解題参照。（一九四—二〇八頁）
(34) ビュトール『文学と音楽・政治・言語、フランスから見た日本』立教大学（立教大学国際学術交流報告書第9輯）一九九〇、八三頁。
(35) Vincent Van Gogh, *The Complete Letters of Vincent Van Gogh*, Graphic Society, 1958 (vol. 1-3), vol. 3, pp. 425-429.（『ゴッホ書簡集』宇佐見英治・島本融・粟津則雄訳、みすず書房、一九七〇［一—六巻］、第六巻一九一三頁）（以下、括弧内で訳書の巻号に続けて・の後頁数を示した。）
(36) 馬淵明子「ゴッホと日本」、『ゴッホ展カタログ』一九八五、一五四—一七七頁。国府寺司「ファン・ゴッホのジャポニスム—日本美術の影響とユートピアとしての日本—」、『ゴッホと日本展カタログ』一九九二、二二—三六頁参照。
(37) Gogh, *op. cit.*, vol. 2, p. 620（4・437).
(38) Pierre Loti, *Madame Chrysanthème*, Calmann-Lévy, 1947, pp. 74-75. ロチ『お菊さん』野上豊一郎訳、岩波書店、一九二九参照。
(39) Loti, *op. cit.*, pp. 202-205.
(40) Gogh, *op. cit.*, vol. 3, pp. 66-67.（5・1512-13）
(41) Gogh, *op. cit.*, vol. 2, pp. 451-453.（4・1252-53）
(42) 前掲馬淵論文、国府寺論文に詳しい。
(43) Gogh, *op. cit.*, vol. 2, p. 589.（4・1405）
(44) Gogh, *op. cit.*, vol. 2, p. 590.（4・1405）
(45) Gogh, *op. cit.*, vol. 3, p. 55.（5・1501）
(46) *Ibid.*（5・1500）
(47) 注二七参照。
(48) G. Albert Aurier,《Les isolés-Vincent Van Gogh》, *Mercure de France*, janvier 1890, pp. 24-29. 象徴主義の理論家オーリエのゴッホ理解は絵画ならびに文学の象徴主義の観点から貴重と思われる。ミルボーもまた、自然主義を拠り所とした現実的な画家としてのゴッホを評価している。なお本章で言う自然主義について、文学史上美術史上の思潮としてのそれとの関係も含め、特に第四部第一章参照。

## 第二章　ゴンクールとロチ

（1）Edmond et Jules de Goncourt, *Journal: mémoires de la vie littéraire*, Flammarion, 1935 (tome 1-9), vol. 3, p. 180.（『ゴンクールの日記―文学生活の手記―』大西克和訳、角川書店［一九五九―一九六二］［一―六巻］、一九六〇、第三巻二〇七頁）（一八六八年一〇月二九日付け）（以下、訳文頁は括弧内で巻数・頁数を表示）（『ゴンクールの日記』斉藤一郎訳、岩波書店、一九九五参照）（William Leonard Schwartz, *The Imaginative Interpretation of The Far East in Modern French Literature 1800-1925*, Ancienne Honoré Champion, 1927, pp. 65-77.［W・L・シュワルツ『近代フランス文学にあらわれた日本と中国』北原道彦訳、東京大学出版会、一九七一、一〇一―一一四頁］参照）

（2）*Ibid.*, tome 5, pp. 152-153.（一八七五年三月三一日付け）（五・一七二）

（3）*Ibid.*, tome 5, p. 174.（一八七五年一〇月一六日付け）（五・一九六）

（4）*Ibid.*, tome 5, pp. 198-199.（一八七六年二月一七日付け）（五・二二五）西園寺公望は、テオフィル・ゴーティエの娘、ジュディット・ゴーティエと親しく交際した人物である。彼女は、父親の影響もあり、中国や日本の文芸・文化に深く関心を抱き、彼と共に『蜻蛉集』を出版（一八八五）している。

（5）*Ibid.*, tome 6, pp. 38-40.（一八七八年一一月二八日付け）（六・四〇―四二）

（6）*Ibid.*, tome 5, pp. 219-220.（一八七六年一〇月三一日付け）（五・二四八―二四九）これに関して、たとえば「今日の夕方、太陽は、空の下で、真珠色の海の上で、桜桃色の封じ糊に似ていた。日本人だけが、彼らの色刷りのなかで、自然のこの不思議な印象を思いきって表現したのだ」という表現が見られる。*Ibid.*, tome 2, p. 170.（一八六四年七月一九日）（二・一九一）（北原前掲書、一〇三頁参照）

（7）*Ibid.*, tome 5, p. 224.（一八七六年一一月一七日）（五・二五四）

（8）*Ibid.*, tome 5, p. 233.（一八七七年二月十八日）（五・二六四）たとえば「美術はひとつではない、いなむしろ唯一の美術というものはない。日本美術はギリシャ美術のような美をもっている。」とある。*Ibid.*, tome 2, p. 6.（一八六二年一月一〇日）（二・六）（北原前掲書、一〇二―一〇三頁参照）また、後藤末雄は、こうした日本美術、文芸の特質について探究している。（『ゴンクールと日本美術』北光書房、一九三三参照）

（9）*Ibid.*, tome 6, pp. 19-20.（一八七八年五月二日付け）（六・二一）

（10）*Ibid.*, tome 6, pp. 215-217.（一八八四年四月十九日付け）（六・二三〇―二三二）

（11） Schwartz, *op. cit.*, pp. 69-74.（109-111）
（12） *Ibid.*, pp. 69-107.（104-153）同所の具体的で詳細な指摘、参照。
（13） Pierre Loti, *Madame Chrysanthème*, Calmann-Lévy, 1923, pp. 8-9, p. 10, p. 16, p. 240, p. 261, p. 280.『お菊さん』野上豊一郎訳、岩波書店、一九二九参照。遠藤文彦『ピエール・ロチ　珍妙さの美学』法政大学出版会、二〇〇一、岡谷公二『ピエル・ロティの館』作品社、二〇〇〇、船岡末利編訳『ロチのニッポン日記』有隣堂、一九七九参照。シュワルツ前掲書では、ロチには日本美術への無理解があり、詳細な考察はあまり見られないとしている。（*op. cit.*, pp. 128-133.）
（14） Pierre Loti, op. cit., p. 25.
（15） *Ibid.*, p. 32.
（16） *Ibid.*, p. 60.
（17） *Ibid.*, p. 220.
（18） *Ibid.*, p. 254.
（19） *Ibid.*, p. 266.
（20） *Ibid.*, p. 77.
（21） *Ibid.*, p. 135.
（22） *Ibid.*, pp. 124-125.
（23） *Ibid.*, p. 143.
（24） *Ibid.*, pp. 197-198, p. 213, p. 216, p. 224.
（25） *Ibid.*, p. 285, pp. 290-292, p. 305.（このお菊の銀貨調べの逸話が日記自体には記録されていないことについて『ロチのニッポン日記』二〇一―二〇二頁参照）
（26） *Ibid.*, p. 27.
（27） *Ibid.*, p. 23.
（28） *Ibid.*, p. 140.
（29） *Ibid.*, p. 102.
（30） *Ibid.*, pp. 164-165.
（31） *Ibid.*, pp. 178-180.

（32） *Ibid.*, pp. 203-205.
（33） *Ibid.*, pp. 254-255.
（34） *Ibid.*, p. 23, p. 63, p. 121, p. 123, p. 126.
（35） *Ibid.*, pp. 193-194.
（36） *Ibid.*, pp. 163-164.
（37） *Ibid.*, p. 225.
（38） Pierre Loti, *Japoneries d'automne*, Calmann-Lévy, 1889, p. 5.『秋の日本』村上菊一郎・吉水清訳、平凡社、一九六一参照。
（39） *Ibid.*, pp. 7-9. ちなみに、ここ数年来、京都の寺社付近に観光用のジンリキシャが見られるが、ロチが見れば、同じような不可解さでやはり日本的と思うだろうか。
（40） *Ibid.*, pp. 11-12.
（41） *Ibid.*, pp. 16-17.
（42） *Ibid.*, pp. 22-23.
（43） *Ibid.*, p. 32.
（44） *Ibid.*, p. 40.
（45） *Ibid.*, p. 72.
（46） *Ibid.*, p. 80.
（47） *Ibid.*, p. 83.
（48） *Ibid.*, pp. 88-89.
（49） *Ibid.*, pp. 207-209.
（50） *Ibid.*, pp. 221-222, p. 224, pp. 228-229.
（51） *Ibid.*, pp. 329-330, pp. 336-337, p. 342, pp. 349-350, pp. 352-353.
（52） Pierre Loti, *La Troisième Jeunesse de Madame Prune*, Calmann-Lévy, 1936, p. 18.『お梅が三度目の春』大井征訳、白水社、一九五二参照。
（53） *Ibid.*, p. 26, p. 27.

(54) *Ibid.*, pp. 31-36.

(55) *Ibid.*, p. 56. 本論で取り上げた作品は、多くの国を旅行し記録した、その見聞録のうちのものである。船岡末利によって探索され明るみに出された『ロチのニッポン日記』は示唆深い。『お菊さん』が記録ではなく、小説であることを示す点にとりわけ興味を惹かれる。二度目の記録が、人間の絡まらない箇条書きであることにも注目できる。三度目の来日の記録が、人間が関わりながらメモのような記録であることもロチの文学世界の成立の特色を示すものとして注目すべきだろう。なお『お菊さん』の初版本には、ロチのスケッチを基にした挿絵(ミルバックとロッシーによる)が施されている。

(56) 拙著『マラルメの詩学』におけるゴッホ、ゴーガンの考察部分、参照。

**第三章　ブラックとバルト**

(1) 詳しくは藤田博史訳『昼と夜―ジョルジュ・ブラックの手帖―』の巻末に付された年譜参照。他に、画集『現代絵画の四巨匠』、読売新聞社、一九五六、『現代世界美術全集一五』、集英社、一九七二、レイモン・コニア『ブラック』、山梨俊夫訳、美術出版、一九八一、セルジュ・フォシュロー『ジョルジュ・ブラック』佐和瑛子訳、美術出版、一九九〇の年譜等参照。

(2) Georges Braque, *Le Jour et la nuit—Cahiers de Georges Braque 1917-1952—*, Gallimard, 1952. ブラック『昼と夜―ジョルジュ・ブラックの手帖―』藤田博史訳、青土社、一九九三参照。(以下、文頭の括弧内の番号は、訳書に付されたもの)

(3) 滝口修造「ブラックと東洋思想」、『美術手帖』三三号、一九五〇、四―一〇頁。Jean Paulhan, *Braque, le patron*, Gallimard, 1952. ジャン・ポーラン『ブラック―様式と独創―』宗左近訳、美術公論社、一九八〇参照。

(4) 河北倫明「東洋とブラック」、『アトリエ』三一一号、一九五二、三―一一頁。ブラックの打楽器への注目は、ドビュッシーのガムラン・打楽器、東洋の音楽・思考への注目を思い出させ興味深い。拙著『マラルメの詩学』第四部第二章参照。

(5) セルジュ・フォシュロー前掲書において、音楽とブラックの関係が詳細に論じられている(一七―一九頁)。他に、黒江光彦「シャルダンとブラック　物たちへの帰依」、『美術手帖』二一九号、一九六三、九七―一〇二頁参照。音楽性、セザンヌの関係性について、前掲拙著で考察した。

(6) 滝口修造、前掲「ブラックと東洋思想」参照。

(7) 前掲拙著参照。本章は、ブラックとマラルメとの関連についての考察を展開させたものである。

（8） Roland Barthes, *L'Obvie et l'obtus*, Seuil, 1982.（抄訳）バルト『美術論集』沢崎浩平訳、みすず書房、一九八六参照。（以下括弧内に訳書頁を表示）巻末の訳者あとがきに、バルトがこの美術論と並行して絵を描き始めていることなど、演奏する人バルトと共に、描く人バルトについて記述されている。（原書では美術論のあと音楽論が収録されている。）なお、二〇〇四年一月一四日—二月一五日、京都大学博物館でのバルト展では、バルトのデッサンが展示され、描くバルトの姿の紹介として貴重であった（カタログ参照）。

（9） Barthes, op. cit., pp. 95-98.（1-7） Robert Massin, *La Lettre et l'image*, Gallimard, 1970 参照。本書は博物誌的な興味深い書物である。一九九三年版に、この書物自体に対するバルトの書評である、この『美術論集』のマサンの部分が掲載されている。（pp. 281-282）

（10） *Ibid.*, pp. 99-121.（9-44）

（11） *Ibid.*, pp. 122-138.（45-70）

（12） *Ibid.*, pp. 142-144.（77-82）

（13） *Ibid.*, pp. 145-178.（83-135）

（14） *Ibid.*, pp. 189-214.（155-194）

（15） Roland Barthes, *L'Empire des signes*, Genève, Albert Skira, 1970.『表徴の帝国』宗左近訳、新潮社、一九七四参照。前掲拙著、三一〇—三一四頁参照。

## 第四部　文芸の共鳴と文化の響き合い

### 第一章　クシューとジャポニスムの価値

（1） Rutherford Alcock, *Art and Art industries in Japan*, Ganesha/Synapse, 1999, ラザフォード・オールコック『日本の美術と工芸』井谷善惠訳、小学館スクェア、二〇〇三参照。

（2） 馬渕明子『ジャポニスム』ブリュッケ、一九九七、『ジャポニスム入門』ジャポニスム学会編、思文閣、二〇〇〇参照。

（3） William Leonard Schwartz, *The Imaginative Interpretation of the Far East in Modern French Literature 1800-1925*, Paris, 1927. W・L・シュワルツ『近代フランス文学にあらわれた日本と中国』北原道彦訳、東京大学出版会、一九七一参照。

（4） このクシューに対する研究としては、平川祐弘先生はじめ、Paul-Louis Couchoud, *Sages et Poètes d'Asie*, Calmann-

Lévy, 1916 (1923, $4^{e}$ édition) の訳書、クシュー『明治日本の詩と戦争』金子美都子、柴田依子訳、みすず書房、一九九九の巻末の訳者解説を含む金子美都子氏の研究、その他、柴田依子、松尾邦之助、夏石番矢、佐藤和夫諸氏等によるすぐれた研究が見られ、多くを学ばせていただいた。

（5）特にフランス関係について、松尾邦之助「フランス文学に移入された日本の俳句」（その一―一一）『雲』雲俳句社第四―五巻、一九五六―五七、夏石番矢、「フランスへ俳句はどのようにデビューしたか」、『俳句文学館紀要』五号、一九八八、一三五―一五七頁参照。他に佐藤和夫『海を越えた俳句』丸善、一九九一参照。

（6）柴田依子「西洋における蕪村発見」、『国文学　蕪村の視界』学燈社、一九九六年一二月号、一二六―一三八頁、「俳句と和歌発見の旅、ポール・ルイ・クシューの自筆書簡をめぐって」、『比較文学研究』七六号、東大比較文学会、二〇〇〇、七八―九六頁参照。

（7）第三章参照。佐藤和夫『俳句からHAIKUへ』南雲堂、一九八七、一四―二八頁、クシュー『明治日本の詩と戦争』の巻末の訳者金子美都子による解説参照。

（8）この詩篇は、一八六四年、友人カザリスにマラルメが送ったもの。一八六六年『現代高踏派詩集』、一八八七年、一八九九年『マラルメ詩集』に収録。詩は、自然、空、月、白、銀線細工、花一輪などをモチーフに、シナ文人の清澄な心を歌っている。ボヌフォワも俳句についての論考でこの詩を取り上げている。（第三章参照）（なおマラルメの邦訳については筑摩書房版『マラルメ全集』及び鈴木信太郎訳等を参照し使用させていただいた。）

（9）Couchoud, *Sages et Poètes d'Asie*, Calmann-Lévy, 1928, pp. 7-9.

（10）*Ibid*., pp. 14-15.

（11）*Ibid*., pp. 20-23.

（12）*Ibid*., pp. 33-35.

（13）*Ibid*., pp. 38-39.

（14）*Ibid*., pp. 45-46.

（15）*Ibid*., p. 49-50.

（16）*Ibid*., p. 54.

（17）*Ibid*., p. 55.

（18）*Ibid*., p. 58.

(19) *Ibid.*, p. 63.
(20) *Ibid.*, p. 73.
(21) *Ibid.*, pp. 80-81.
(22) *Ibid.*, p. 86.
(23) *Ibid.*, p. 92.
(24) *Ibid.*, p. 107.
(25) *Ibid.*, pp. 116-119.
(26) *Ibid.*, pp. 125-127.
(27) *Ibid.*, pp. 131-133.（一九三六年、ヴォカンス、クシューと虚子とのパリでの集まりについて訳者解説参照。サンボリスムからシュールレアリスムへの流れと俳句の関係は意味深い。）
(28) *Ibid.*, pp. 136-137.
(29) 弟子の言語学者岡倉由三郎は天心の弟である。チェンバレン『日本人の古典詩歌』（B. H. Chamberlain, *The Classical Poetry of the Japanese*, London: Trübner, 1880）（川村ハツエ訳、七月堂、一九八七）の訳者川村氏による巻末解説参照。星野慎一『俳句の国際性』博文館新社、一九九五、三四—四七頁参照。
(30) B. H. Chamberlain, *The Classical Poetry of the Japanese* に論考《Bashō and the Japanese Poetical Epigram》, *Transactions of The Asiatic Society of Japan*, Tokyo: Rikkyo Gakuin Press, 1902, reprinted by Yushodo Booksellers, 1964, pp. 243-362（『日本アジア協会紀要』、第一期、第三〇—三一巻）が加えられて、*Japanese Poetry*, *Collected Works of Basil Hall Chamberlain*, *Major Works* 4, Ganesha Publishing/Edition Synapse, 2000 (1910) として後に改訂出版されることになる。
(31) R. H. Blyth, *HAIKU*（ブライス『俳句』）、北星堂書店（一—四巻、一九四九—一九五二）、第一巻「序文」五、九頁他参照。星野慎一前掲書六四—八二頁、星野恒彦『俳句とハイクの世界』早稲田大学出版部、二〇〇二、一〇四—一一三頁参照。
(32) これに関連して、ジョルジュ・ボノーは、一九三五年（昭和一〇年）、東京華族会館において国際文化振興会のために行われた講演『日本詩歌と外国語—テクニックと翻訳—』（堀口大学訳）において、日本詩歌の何をどう翻訳すべきかについて論じていることを付記したい。（Dr. Georges Bonneau, *Poésie japonaise et Langues étrangères : Technique et*

*traduction*, 1935) 日本詩歌の内容というべきものは、言葉の連続ではなく言葉が醸し出す雰囲気であり、言葉の周囲にある、という。翻訳にはテクニックが必要であり、フランス詩歌のテクニックは日本のそれによく合致するとし、アリテラシオン、アソナンスなどに注目している。

(33) 俳句と言えばすぐに思い起こされるだろうが、日本の近代文学における俳句の価値の低さを主張する桑原武夫の俳句第二芸術論（昭和二一年）がある。逆にこの立論の観点からも、また明治三〇年頃の子規の俳句革新運動の観点からも、俳句の本質のみならず、日本の芸術や文化の本質について考えられるだろう。

(34) 星野慎一前掲書五四―六一頁参照。

(35) 星野慎一前掲書二〇―二四参照。

(36) 柴田依子「リルケと俳句」、『俳句文学館紀要』第七号、一九九二、一―二〇頁（女流画家ジォーク宛書簡の指摘）、松尾前掲論文、星野慎一・小磯仁『リルケ』清水書院、二〇〇一、ヘルマン・マイヤー『リルケと造形芸術』山崎義彦訳、昭森社、一九六一参照。

(37) 星野慎一前掲書二四―二五参照。クローデル他、フランスでの俳句関連の系譜に関して、芳賀徹『響き合う詩心』TBSブリタニカ、二〇〇二参照。その他総合的に、平川祐弘『和魂洋才の系譜』河出書房新社、一九八七参照。

(38) 星野慎一前掲書一五六―一五八参照

(39) 星野慎一前掲書一七四―一八六参照。その他の広がりについて、佐藤和夫『海を越えた俳句』参照。

(40) 拙著『マラルメの詩学』参照。（本書カバーのマネ［北斎を下敷］と北斎の絵、参照。）

(41) 同書九七―一〇三頁参照。

(42) 同書八八頁参照。

(43) ちなみに、岡倉天心の『茶の本』が、東洋精神と西洋精神の対立と融合の書であるとすれば、そして天心とマラルメの関連の言及が小林太市郎の研究に見られるとすれば、この点からも、深く日本の文芸文化、そして文芸文化そのものの本質の一面を推察できそうである。小林太市郎、吉田光邦、岩井忠熊「茶の本」輪講筆記第一―六回、『淡交』淡交社、一九六〇（マラルメ関係は第五回）参照。

**第二章　マラルメから蕪村を管見**

(1) 小林太市郎「マラルメの詩論」、『著作集2』淡交社、一九七四、三三七―三七四頁。田辺元『マラルメ覚書』筑摩書房、一九六一もこれに関連して興味深い。

（2）小林太市郎「詩と象徴」、『著作集1』淡交社、一九七三、二三七―二五八頁。

（3）佐々木承平『芸術新潮　与謝蕪村』二〇〇一年二月号、新潮社。佐々木承平・佐々木正子『蕪村　その二つの旅』朝日新聞社、二〇〇一（蕪村展カタログ）参照。瀬木慎一『俳画粋伝』美術公論社、一九八八、九頁に詳しい。（以下の蕪村考察の一部は、蕪村展随想として、「蕪村の世界―詩と絵―」『流域』五一号、青山社、二〇〇二に記している。）

（4）藤田真一・清登典子『蕪村全句集』おうふう、二〇〇〇参照。

（5）菜の花畑は、風流人が郊外に赴くとき眼前にひろがる景色としてあり、蕪村に限らず菜の花の句はこの時代に多いという（藤田真一『蕪村』岩波新書、二〇〇〇、一〇三頁参照）。「春の海のたりのたりかな」では、大自然が身に親しく引き寄せられる。花の句としては、「牡丹散打かさなりぬ二三片」などよく知られたものが多い。また、萩原朔太郎が蕪村を郷愁の詩人と呼んだことも想起される。

（6）陶淵明の桃源郷の思想に関して、芳賀徹『与謝蕪村の小さな世界』中央公論社、一九八六、八七―一七五頁参照。

（7）王維との出会いについて大変興味深い研究がみられる。安東次男『与謝蕪村』筑摩書房、一九七〇、九、三九、一一九頁参照。また西洋近代詩との関係についての考察からも多くを学んだ。安東同書九〇―九六頁、平川祐弘『西洋の詩　東洋の詩』河出書房新社、一九八六、一一六―一四六頁、安藤元雄「近代詩の発生―蕪村の和詩―」（安藤元雄・乾昌幸）『詩的ディスクール』白鳳社、一九九三、一〇八―一四〇頁参照。日本近代詩との関連については、正岡子規、萩原朔太郎、与謝野晶子の受容の流れの探究が示唆深い（藤田真一「近代の蕪村・近世の蕪村」、『国文学解釈と鑑賞　特集芭蕉・蕪村そして一茶』至文堂、一九九八年五月号、一二三―一二七参照）。

（8）藤田真一『蕪村』岩波新書、二〇〇〇、一二一頁参照。小林太市郎「蕪村の世界」、『研究』神戸大学文学会、一九五六、九号、一二六―一七〇参照。

（9）ここには芭蕉の孤心の厳しさ、たとえば「此道や行人なしに秋の暮」は見られないという。しかし孤心を詠む蕪村もあるという（藤田前掲書一二〇頁参照）。しかしながら、概して、師匠芭蕉に比して、軽みの要素が強いとされているようである。

（10）火の描写の画布での斬新さは多くの研究者が指摘しているが、とりわけ〈闇中漁舟図〉に納得させられる。

（11）清水孝之『与謝蕪村の鑑賞と批評』明治書院、一九八三、五四〇頁に、蕪村が、具象的で同時に心象の深さを具えている、という指摘が見られる。同『蕪村の遠近法』国書刊行会、一九九一も興味深い。

（12）村松友次『蕪村の手紙』大修館、一九九〇、一二三―一二四頁参照。
（13）永田龍太郎『離俗の思想』永田書房、一九九五参照。
（14）河野元昭『与謝蕪村』（新潮日本美術文庫）新潮社、一九九六参照。
（15）藤田前掲書七〇頁参照。
（16）藤田同書六九―七〇頁、瀬木慎一『蕪村・画俳二道』美術公論社、一九九〇、二三八―二三九頁参照。後に竹田は蕪村を絶賛しているという（瀬木同書二七七頁）。また藤岡作太郎は、蕪村の絵は瀟洒にして飄逸であり、常人の憶測及びがたいことは大雅と似ていると見て、両者を優劣としてではなく、大雅を「天上の神」、蕪村を「下界の仙」として、共に高く評価している、との指摘がある（同書二八四頁）。他に芳賀徹『詩の国　詩人の国』筑摩書房、一九九七、一一二―一二九頁参照。
（17）藤田前掲書七〇頁参照。
（18）早川聞多『与謝蕪村筆　夜色楼台図　己が人生の表象』平凡社、一九九四、芳賀徹・早川聞多『水墨画の巨匠　蕪村』講談社、一九九四参照。その他、高階秀爾・芳賀徹編『芸術の精神史』淡交社、一九七六、二五―四四頁参照。
（19）瀬木慎一『蕪村・画俳二道』二二三頁、岡田利兵衛『蕪村と俳画』八木書店、一九九七参照。
（20）尾形仂氏は、蕪村の俳諧は離俗と磊落を旨とするという（『蕪村の世界』二五二頁）。

**第三章**
**文学・美術と文化の流れ**

（1）Couchoud, *Au fil de l'eau*, 1905（Terebess Asia Online）.『明治日本の詩と戦争』（Paul-Louis Couchoud, *Sages et Poètes d'Asie* の訳書）の巻末の訳者金子美都子による解説参照。
（2）《*Haï-kaïs*》, *La Nouvelle Revue Française*, n°84, sept., 1920, pp. 329-330.
（3）Julien Vocance, *Le Livre des Haï-kaï*, Société Française d'Editions Littéraires et Techniques, 1937, pp. 7-11.
（4）Vocance, *op. cit.*, pp. 89-94.
（5）Philippe Jaccottet,《L'Orient limpide》, *Une transaction secrète*, Gallimard, 1987, pp. 123-131.（他に、Jaccottet, *A la lumière d'hiver* précédé de *Leçons* et de *Chants d'en bas* et suivi de *Pensées sous les nuages*, Gallimard, 1994, *Carnets 1995-1998*（*La Semaison, III*）, Gallimard, 2001, *Airs, poèmes 1961-1964*, Gallimard, 1967 参照。ジャコテ『冬の光に

（フィリップ・ジャコテ詩集）』後藤信幸訳、国文社、二〇〇四参照。）

(6) Jaccottet, *op. cit.*, p. 124.

(7) Jaccottet, *op. cit.*, pp. 128-129.

(8) Jaccottet, *Haïku*, présentés et transcrits par Jaccottet, dessins d'Anne-Marie Jaccottet, Fata Morgana, 1996.（前書き）

(9) Bonnefoy, *Entretiens sur la poésie (1972-1990)*, Mercure de France, 1990, pp. 134-149. Roger Munier, *Haïku*, avant-propos et texte français de Roger Munier, préface de Yves Bonnefoy, Fayard, 1986.（その他、Yves Bonnefoy, *poésie, peinture, musique: actes du colloque de Strasbourg réunis par Michèle Finck*, Presses Universitaires de Strasbourg, 1995 参照。）

(10) これは、クシューが『アジアの賢人と詩人』でマラルメを挙げた時に取り上げた詩篇「ほろ苦き無為に倦んじて」について語っていると思われる。

(11) Bonnefoy, *op. cit.*, p. 136.

(12) Bonnefoy, *op. cit.*, pp. 139-143.

(13) Calaferte, *Haïkaï du Jardin*, Gallimard, 1991.（序文）拙論「ことばと文化」、『ハルモニア』（京都市立芸術大学紀要、二〇〇五、三月）において、俳句翻訳の問題とフランスの俳句的詩について考察を試みた。

(14) 後藤末雄他「外国俳句座談会」、『ホトトギス』一九三七年四月号、一八一―二〇〇頁。

(15) 大岡信「ハイクと俳句」、『俳句とハイク』、文体論学会、花神社、一九九四、一五―四〇頁。

(16) 佐藤和夫「海を越えた俳句1」、「同2」、『俳句とハイク』五〇―五二頁、七七―八〇頁。

(17) 川本皓嗣「比較文学の立場から1」、「同2」、『俳句とハイク』七一―七六頁、一〇五―一一一頁。『日本詩歌の伝統―七と五の詩学』岩波書店、一九九一参照。

(18) ジャン＝ジャック・オリガス、原子朗「フランスの場合―フランス現代詩に見られる俳句の影響を中心に―」、『俳句とハイク』一一二―一二二頁。

(19) ボヌフォワ記念講演「俳句と短詩型とフランスの詩人たち」、『新潮』二〇〇〇年一二月号、一九〇―一九九頁。（本書第一部第一章において、ヴェルレーヌの詩に写実と抽象のパラドックスが見られることと共に、自然との融合、主客融合、叙述の少なさ、名詞的展開について論じたことを振り返ることができるだろう。）

（20）同所、二〇〇頁。これに関連して、芳賀徹『ひびきあう詩心』参照。他に平川祐弘『西洋の詩　東洋の詩』、『和魂洋才の系譜』参照。

（21）山本健吉『俳句とは何か』角川書店、二〇〇四（一九九三）、一八一—一九五頁。磯谷孝「偶然性と言語」、『九鬼周造の世界』ミネルヴァ書房、二〇〇二、七八—一一四頁参照。

（22）山田孝雄『俳諧文法概論』宝文館、一九五六、六六二—六七五頁。ポール・ヴァレリーの詩と散文に対する「舞踏と歩行」「花の幻影」の思考が想起される。

（23）拙著『マラルメの詩学』参照。句集『百扇帖』を試みたポール・クローデルにおける無の意識も関連して興味深い。

（24）前掲拙著、三一〇—三一四頁参照。

（25）前掲拙著において、マラルメを軸に探究して至った観点である。

（26）Mallarmé,《Le Livre, instrument spirituel》*Œuvres complètes*, p. 382 (p. 378). これは「この世においてすべては一巻の書物に帰するために存在する」で始まるマラルメの「書物の思考」を語る一節の末尾に、一切は夢だったのかもしれないという風に夢想を閉じることばとして置かれたもの。「何らかの白い蝶」(quelque papillon blanc) は紙 (papier) の折り (pli)、扇の襞 (pli) 等の意想につながるだろう（前掲拙著参照）。（なお『マラルメ詩集』も巻末の詩「都パフォスの名のもとに古書は閉じられ……」でまさに詩集が閉じられ、同様の構想がうかがえる。）ちなみに蝶については、小松左京・高階秀爾『絵のことば』（講談社、一九七六）に、一九世紀後半西洋で、蝶が特に絵画や音楽の領域でイメージやモチーフとして頻繁に見られること、そのジャポニスムとのつながり、日本での逆輸入等について語られている（八七—九一頁）。

（27）二〇〇四年六月九日、京都造形大学での高階秀爾先生の講演（同じ筆で書く・描く、散らす、組み込む、といった日本の芸術について論じられたもの）は刺激的であり学ばせていただくところが大きかった。同所での七月一四日、芳賀徹先生による俳句に関する講演も同様である。（関連して二〇〇三年六月七日八日の京大会館での西田哲学会における俳句の話題も意義深いものだった。）さらに、同年九月二二日二三日の国際日本文化研究センターでのシンポジウム「東アジア文明圏を考える」、九月二九日、大手前大学での平川祐弘先生、川本皓嗣先生による「小泉八雲没後百年記念国際シンポジウム—世界の中のラフカディオ・ハーン—」においても、本書に関連して実に多くを学ばせていただいた。また同年六月十八日一九日の京都大学人文科学研究所での日仏共催シンポジウム「新世紀の黎明に立つアルチュール・ランボー—ランボー生誕一五〇周年記念—」でジャコテにふれられるところがあり興味深かった。最後に、同年一一月二六日、京都造形大学での国際文化フォーラム関連シンポジウム「藝術に見る二十一世紀」も示唆深く、得るところが多かったことを記しておきたい。

# あとがき

ここ五年を振り返ると、どうしても感慨深くなってしまう。まえがきに記したように、本書は前著『マラルメの詩学―抒情と抽象をめぐる近現代の芸術家たち―』を上梓してから五年間の遅々たる歩み、大学の研究紀要等に掲載してきたものを元にしたひとつのまとめである。特にこのたびは個人的事情のため、関係研究者の方々から直接教えを授かるということは残念ながらできなかった。しかし、書物で、そして多様な学会、研究会の片隅にいて、諸分野のどれほど多くの研究者の方々のご研鑽の恩恵に浴したことかと、今感謝の思いを新たにする。

以前の勤務校であった大学で、今年から比較藝術学研究センターができた。芳賀徹先生、高階秀爾先生を中心とする会であるが、思えば二五年ほども前、書物で学んでいた高階先生にパリで出会って不思議な気がしたものだったが、今また京都で恩恵を賜わることができるのがありがたく、また驚きでもある。その時々には予想もしなかったことが起こる。時がめぐる、時間は過ぎる、そんな感慨に浸ってしまう。

私事続きでまことに恐縮であるが、今回の出版に際し、振り返らせていただきたい。京都で生まれ育ち、今京都に隣接した比叡山の中腹に住む。京都の原風景がそのまま自分にある。結婚し子供が生まれ育ち、そして二年前の夏、父があっけなく亡くなった。照りつける夏の一日がまた始まるはずの薄暗い夜明け、東大路を次々と続く赤い点滅信号に急かされるように車を飛ばしてたどり着いた時、まだ手はあたたかかったが、もう息はなかった。晴れやかな若葉の緑がきらきらとまぶしい鴨川沿いをこの転院先へと運んだ時、もう二度と父はこの緑を見ることはないのだと、先を知らない両親をバックミラーに見ながら思った。梅雨空の下、父の病巣の画像の束をずっしり肩に抱えて、筑波に千葉に一縷の望みを求めた時、親のあとを生きてゆくことも子供の勤めだと思う、とひとりの医師が言った。時は確かに移り過ぎてゆく。父の死が初めてそれを確実に思わせ、まともに振り返らせたかもしれない。これまでのそれなりにはるかな時間と、日々さぼっていたわけではないにしろ、あまりに小さな収穫に驚愕する。あれこれと駆け抜けてきた。しかし振り返れば、黄粱一炊の夢。長かったはずの過去の、小さなひとこまひとこまが、一瞬のうちに手からこぼれ、離れ消えてゆく。もう少し前に振り返ることができていたらと、あれもこれも悔やまれる。当然のことがやっとわかる。

生きることは、一回なのだと今さらながら思う。勤務地は神戸である。神戸もパリも旅の土地だ。パリは若い日の、そして神戸は社会的必要の。京都もまた所詮は旅の地だが、ふるさとではある。ふるさとに住み続けることは、幸か不幸かわからないが、自分の運命、小さく狭い自分の運命だと思う。仮の住み家とはいえ、人それぞれの住み家と住み方があるのだろう。

また戻った、マラルメ付近に。しかしこのマラルメは、はるか昔、マラルメなど知らないころの装いのマラルメのような気もする。その装いは、結局は何もないような何でもないような、ここに生まれ育ち生きてきた自分の文芸の感覚であり、文化の感覚でしかないような気もする。学ぶこと、とくに文芸を学ぶことは、生きる場で、生きた場から、何かを拠りどころに、とりわけ自分を、よく知ること、はっきり確認すること、そして慰められ悔やみつつ先にはかなく期待することなのだろうか。狭く小さな、これもまた自分の学び方なのだろうけど。多くの研究者が、研究対象に憑りつかれたかのように、対象を旗印にそれぞれ自らの住まいから加勢援護する様子に接するたびに、わが身を振り返りつつそう思った。対象作家の現実との距離感に応じて、それぞれ対象との距離感をもつものかもしれないが。それも文芸研究のよくもわるくもおもしろさだと思う。マラルメを見ながらもマラルメから離れていたかった。マラルメはいつも手がかりだった。様々な作家の生と創造の必然性、その多様な局面が織り成す創造世界の関係模様が興味深く、歴史として文芸・芸術を眺めると、個々の違いはつながりの中で大きくも小さくも見えた。好みと選択は狭隘な感覚の問題だった。

狭さにもプロセスはあった。とりわけ、はるか昔、卒論試問の時、思いがけない共感を示してくださった学科外審査員、今は亡き英詩の御輿員三先生、自信のなさを絶えず励ましてくださった比較文学比較文化の木内孝先生、研究方法の違いにもかかわらず折々心強い支えをくださったマラルメ研究の松室三郎先生、若輩に隔てなく率直なお言葉をかけて研究の姿勢を示してくださったワーグナーの長老三光長治先生、そして常にあたたかく迎え入れ、文字通り耳を傾けて下さったデコーダン先生、ドゥボン先生、その他今から思えばその時々には自身への執着のせいでありがたみがさほどわからなかった多くの身近な先生方先輩方、今色々な刺激を与えてくださる先生先輩後輩友人方、多くの方々から長く紆余曲折した多様な恩恵に与りながらの、小さな学びであった。

書き急いだ。以前のようにエネルギーをその時なりにふりしぼる書き方ではなかった。以前にもましていつも片手間だった。日々次々押し寄せる勤務と家事、人生の出来事の合間を縫って、静かなゆったりした時間さえあればと思いながら、細切れの時間を見つけ作りつないできた。それまでもそうだった気もするが、しかし力のかけ方はあきらかにそれまでと違った。しかしそれもまたどれほどの違いかと考えれば、違いは、大きくも小さくも見え、大差なく感じられる。そして得たものは失ったものに比していつもはるかに小さい。

人の一生、ほんとうに灰になって消えてなくなってしまう人間は何だろう、とまた今さらながら思う。生まれたばかりの小さな犬がだんだん人間の表情を帯びてゆく。生まれたばかりだったインコがはるかに寿命を超えて時折さえずる。二五年前パリからこっそりスーツケースの底に隠して持ち帰り、ゆずり葉のように順繰りに永らえていたパピルスは、ひと夏の不注意で絶やしてしまった。草花や鳥や動物、人以外にこの世にいろいろな生命があり、生活している。思えば不思議だ。感情がわかるようなそれほどはわからないような、考えがあるようなないような、部屋の頼りない命たち。しかし皆いつか自然の中に消えてなくなってゆく。いつも半分だけ許されるかもしれないと考えてきた職業と仕事を振り返りつつ、この先ひととき、何ができるだろう、何をしなければならないだろう、と思う。私にとって詩や日本の文芸文化は、こうした感覚に深く通じるものだった。幼い日の鹿ヶ谷、四季装いを変えては繰り返す散歩道、年々どれだけの歴史、どれだけの人のゆきかいを見てきたのだろう、その感覚そのまま、いつも半分ちがうところにいた。

書店に様々な姿の本が並ぶ。書いた人の顔と人生のように。父の本が目に止まる。もういない人の本が書店にあるのは当然すぎるほどのことだけれど、不思議な気もする。この私の本はいかにも拙いものである。しかしこれだけの力しかなかったのだから仕方がない。それでも、このひとつの感覚の世界がどこかで何かの役に立てばうれしい。見知らぬ誰かの共感を部分的にでも得て、何かの触発の種になればとてもうれしい。インターネットで古今東西縦横に小刻みに瞬時に情報が切断され接続され、人間の脈絡なく等質に功利的に交換される至便な世の中を享受しながらも、そしてそれが結局は知のあり方なのだろうと承知しながらも、書物はひとりひとりの人の生きた証としてかけがえなくあり続けると思う。文芸のことばを金銭の授受のように交換可能なことばではないものと考え、夢かうつつかひとひらの白い蝶、無のゆきかいの中で、世界の要約のような一巻の書物を夢想したのは、一〇〇年以上も昔、マラルメだった。できれば十分な時間の中で丁寧にことばを紡ぎたかった。しかし限りある時間を生きる人間として、常に思いは残るものかもしれない。断ち切るように気持ちを鞘に収めてゆくものかもしれない。間違いがあってよいわけではないが、間違いも、自尊心から離れ、訂正さえできれば、してもらえれば、大したことではないような気もする。大家の誤りが安堵を与え、臆病な自尊心を消してくれる。既刊『マラルメの詩学』のあとがきを同じように感慨深く書いた時には思いもしなかった気分である。螺旋の時がめぐり、過ぎる。家族への思いや自分の感慨など自己陶酔的であり、内に秘めておくべきものといつも考えていたのだけれど。

人文書院の谷誠二様には、深い理解をもってこの拙い書物の編集を進めてくださった、その磨かれた大きなお力がとても頼もしく、ほんとうにありがたかった。表紙カバーの地を身内に頼めて、思いの色模様にしてもらえたこともよろこびだ。制作の小林ひろ子様の練達で親身なお導きも幸運だった。お互い多忙の中の友や同僚たちとのつかの間の、しかし確かなつながりも、かけがえのない支えだった。

よくもわるくも運命の中、というよりは与えられた運命を十分に展開できなかったことを嘆きつつ、ともあれ精神的支えであった美学美術史学の父、建築意匠学の兄、哲学の夫にありがたく思う。変わらず気丈でいてくれる母もまたありがたく、そして小さな協力を得られた子供たちの成長を幸いに思う。

二〇〇四年初冬　比叡平にて

宗像衣子

# 人名索引


**ア行**

アイスキュロス　Aischylos　129
アストン、W・G　Aston, W. G.　214
阿比留信　256
アポリネール、ギヨーム　Apollinaire, Guillaume　36-59, 97, 127, 149, 153, 154, 161, 192, 198, 230
アラゴン、ルイ　Aragon, Louis　103, 110
アルチンボルド、ジュゼッペ　Arcimboldo, Giuseppe　203
アルベール=ビロ、ピエール　Albert-Birot, Pierre　251
アンドレーエフ、レオニード・グリゴーリエヴィチ　Andreev, Leonid Grigr'evich　24, 28, 30-33, 35
池内友次郎　256
池大雅　241
井原西鶴　217
ヴァレリー、ポール　Valéry, Paul　107, 110, 126
ヴィクトリア女王　Queen Victoria (Victoria the Great)　212
ヴィヨ　Villot　175
ヴィリエ・ド・リラダン　Villiers de L'Isle-Adam　17
上田万年　220
ヴェルレーヌ、ポール　Verlaine, Paul　16-18, 23, 97, 127, 149, 218, 219, 230, 256, 257, 260
ヴォカンス、ジュリアン　Vocance, Julien　219, 224, 249-252, 256, 257
ヴォルテール　Voltaire (François-Marie Arouet)　163
ウー=キー、ザオ　Wou-Ki, Zao　138, 141, 143
ヴラマンク、モーリス・ド　Vlaminck, Maurice de　37
エーカール、ジャン　Aicard, Jean　186
エリュアール、ポール　Eluard, Paul　102-127, 129, 138, 142, 149, 219, 224, 230, 251
エルガー、フランク　Elgar, Frank　192
エルテ　Erté　202
エルンスト、マックス　Ernst, Max　103, 120, 141, 143
大岡信　257, 258
岡倉覚三　215
尾形仂　244
オーリエ、ガブリエル=アルベール　Aurier, Gabriel-Albert　16-18, 23, 97, 127, 148, 149, 171, 172, 218, 219, 230
オリガス、ジャン=ジャック　Origas, Jean-Jacques　257, 259
オールコック、ラザフォード　Alcock, Rutherford　212

**カ行**

加賀千代女　218
葛飾北斎　223, 224, 251, 252
カミュ、アルベール　Camus, Albert　129
賀茂真淵　221
ガラ　Gala (Diakonova, Helena Dmitrievna)　111
カラフェルト、ルイ　Calaferte, Louis　249, 252, 254-256, 259
川本皓嗣　257-259
カーン、ギュスターヴ　Kahn, Gustave　30
カンディンスキー、ヴァシリー　Kandinsky, Wassily　34, 59, 129, 140, 143, 157
カーンワイラー、ダニエル=ヘンリー　Kahnweiler, Daniel-Henry　198
ギメ、エミール　Guimet, Emile　164
ギュヴィック　Guillevic　259

キリコ、ジョルジョ・デ　Chirico, Giorgio de　61
ギル、ルネ　Ghil, René　30
クシュー、ポール=ルイ　Couchoud, Paul-Louis　210-229, 249-253, 254, 256
グリス、ホアン　Gris, Juan　122, 161
クレー、パウル　Klee, Paul　61, 80, 97, 99, 157
グレック、フェルナン　Gregh, Fernand　213
クレマンソー、ジョルジュ・バンジャマン　Clémenceau, Georges Benjamin　33
クローデル、ポール　Claudel, Paul　189
ゴーガン、ポール　Gauguin, Paul　174, 226
コクトー、ジャン　Cocteau, Jean　111
ゴッホ、ヴァン　Gogh, Vincent Van　125, 130-137, 152-172, 174, 183, 230
後藤末雄　251, 256
小林太市郎　232, 233
コロー、ジャン=バティスト・カミーユ　Corot, Jean-Baptiste Camille　129, 139
ゴンクール、エドモン・ド／ジュール・ド　Goncourt, Edmond et Jules de　162, 163, 167, 173-190, 223, 227, 230, 265
ゴンクール、エドモン・ド　Goncourt, Edmond de　184
ゴンス、ルイ　Gonse, Louis　164

**サ行**

西園寺公爵（公望）　175
佐藤和夫　257, 258
佐藤朔　256
佐藤醇造　257
サド、マルキ・ド　Sade, marquis de　105, 106
サビロン、ジョージ　Sabiron, Georges　251
サン=ジョン・ペルス　Saint-John Perse　192
シェノー、エルネスト　Chesneau, Ernest　164
ジェフロワ、ギュスターヴ　Geffroy, Gustave　33
ジッド、アンドレ　Gide, André　32, 61
シマ、ジョゼフ　Sima, Joseph　142
シモンズ、アーサー　Symons, Arthur　17, 18, 29, 30
シャガール、マルク　Chagall, Marc　122
ジャコテ、フィリップ　Jaccottet, Philippe　249, 252-256, 259
ジャコブ、マックス　Jacob, Max　37
ジャコメッティ、アルベルト　Giacometti, Alberto　129, 140
シャール、ルネ　Char, René　128-149, 192, 198, 230
シュアレス、アンドレ　Suarès, André　29, 104, 124
ジュフロワ、アラン　Jouffroy, Alain　96
シュペルヴィエル、ジュール　Supervielle, Jules　61
シュワルツ、ウィリアム・レオナード　Schwartz, William Leonard　179, 251
ジョーンズ、ジャスパー　Johns, Jasper　155, 161
シルヴァ、ヴィエラ・ダ　Silva, Vieira da　142
ジロー、フランソワーズ　Gillot, Françoise　118, 124
晋我　234
鈴木大拙　222, 223
スタール、ニコラ・ド　Staël, Nicolas de　129, 143
スピノザ、バルフ・デ　Spinoza, Baruch de　213
セザンヌ、ポール　Cézanne, Paul　192
セリュラス、モーリス　Sérullaz, Maurice　28, 32, 33
宗阿　234
ソシュール、フェルディナン・ド　Saussure, Ferdinand de　203
ゾラ、エミール　Zola, Emile　162, 163, 170, 179
曾良　240

## タ行


ダヴィッド、ジャック・ルイ　David, Jacques Louis　160
高濱虚子　251, 256
ダリ、サルヴァドール　Dali, Salvador　111, 122
チェンバレン、バジル・ホール　Chamberlain, Basil Hall　210, 211, 214, 215, 217, 220, 221, 228, 250
沈南蘋　235, 241
デュシャン、マルセル　Duchamp, Marcel　158, 161
デュマ・フィス　Dumas, Alexandre (Dumas fils)　179
デューラー、アルブレヒト　Dürer, Albrecht　158
デュレ、テオドール　Duret, Théodore　34
デリダ、ジャック　Derrida, Jacques　202
トゥオンブリ、サイ　Twombly, Cy　204
ドーデ、アルフォンス　Daudet, Alphonse　162, 179
ドガ、エドガー　Degas, Edgar　226
ドニ、モーリス　Denis, Maurice　30
ドビュッシー、クロード　Debussy, Claude　29, 30, 32, 34, 226
ドラ・マール　Dora Maar　111
ドローネー、ロベール　Delaunay, Robert　154


## ナ行


中林竹洞　241
ニーチェ、フリードリヒ　Nietzsche, Friedrich　130
ニュッシュ　Nusch (Benz, Maria)　103, 111


## ハ行


ハイデッガー、マルチン　Heidegger, Martin　130
パウンド、エズラ　Pound, Ezra　224
芳賀徹　259, 260
パスカル、ブレーズ　Pascal, Blaise　218
林忠正　179
原子朗　257, 259
バルザック、オノレ・ド　Balzac, Honoré de　162
バルト、ロラン　Barthes, Roland　191, 202–207, 230, 262, 263, 265
ハーン、ラフカディオ　Hearn, Lafcadio　174, 189, 215, 220
ピカソ、パブロ　Picasso, Pablo　37, 49, 99, 102–127, 129, 137, 138, 141, 143, 154, 191, 192
ピカビア、フランシス　Picabia, Francis　158
ビュトール、ミシェル　Butor, Michel　152–172, 206, 230
ビュルティ、フィリップ　Burty, Philippe　175, 176
フォール、アンドレ　Faure, André　250
フォション、アンリ　Focillon, Henri　125
ブライス、レジナルド・ホレイス　Blyth, Reginald Horace　210, 222, 223, 228, 252, 260
ブラック、ジョルジュ　Braque, Georges　49, 122, 129, 141, 142, 191–207, 230
ブラッサイ　Brassaï　99, 111, 121
フランス、アナトール　France, Anatole　17, 213–215
ブリューゲル、ピーテル　Bruegel, Pieter　157, 158
ブルーク、マーガレット　Brooke, Margaret　186
プルースト、マルセル　Proust, Marcel　32, 179
ブルトン、アンドレ　Breton, André　103, 107, 129, 161
ブルトン、ジャン　Breton, Jean　251
ブーレーズ、ピエール　Boulez, Pierre　129, 139, 142
フロイト、ジークムント　Freud, Sigmund　106
ブロッホ、ジャン=リシャール　Bloch, Jean-Richard　251

プロテウス　Prōteus　77
ブローネル、ヴィクトール　Brauner, Victor　142, 143
フロベール、ギュスターヴ　Flaubert, Gustave　163
プロメテウス　Promētheus　78, 144
フローレンツ、カール・アドルフ　Florenz, Karl Adolf　214
文徴明　235
ヘシオドス　Hēsiodos　192
ヘラクレートス　Hērakleitos　129, 162, 163
ヘルダーリン、フリードリッヒ　Hölderlin, Friedrich　129
ベルトレ、ルネ　Bertelê, René　61
ホイッスラー、ジェームズ・マックニール　Whistler, James McNeill　29, 32, 34
ポー、エドガー・アラン　Poe, Edgar Allan　225
ボッシュ、ヒエロニムス　Bosch, Hieronymus　158
ボードレール、シャルル　Baudelaire, Charles　18, 23, 29, 175, 255
ボヌフォワ、イヴ　Bonnefoy, Yves　249, 252, 254-256, 259
ホメロス　Homēros　215, 250
ポーラン、ジャン　Paulhan, Jean　224, 250, 251
ホルバイン、ハンス　Holbein, Hans　158
ポンサン、アルベール　Poncin, Albert　250

**マ行**

マグリット、ルネ　Magritte, René　94, 99, 158
正岡子規　234, 259, 260
マサン、ロベール　Massin, Robert　202
マソン、アンドレ　Masson, André　204
マチス、アンリ　Matisse, Henri　129, 140, 143, 192
松尾芭蕉　217, 218, 233, 240, 251, 255, 257, 258, 260
マネ、エドゥアール　Manet, Edouard　225, 226
マラルメ、ステファヌ　Mallarmé, Stêphane　17, 31, 36, 38, 50-58, 97, 149, 153, 161, 172, 191, 199-201, 204, 206, 207、211, 215, 224-250, 254-256, 261-263, 265
マルクス、カール　Marx, Karl　106
マルチノ、ピエール　Martino, Pierre　23
マンデス、カチュール　Mandès, Catulle　17
ミショー、アンリ　Michaux, Henri　60-99, 127, 150, 230
ミルボー、オクターヴ　Mirbeau, Octave　33
ミロ、ホアン　Mirô, Joan　124, 129, 140, 143, 157
ムニエ、ロジェ　Munier, Roger　254
メートル、クロード=E. Maître, Claude-E.　214
モーツァルト、ウォルフガング・アマデウス　Mozart, Wolfgang Amadeus　139
本居宣長　221
モネ、クロード　Monet, Claude　32-34, 226
モーパッサン、ギ・ド　Maupassant, Guy de　162, 163, 179
モーブラン、ルネ　Maublanc, René　251
モリス、シャルル　Morice, Charles　17, 18, 25
モレアス、ジャン　Moréas, Jean　30
モンテグロン、アナトール・ド　Montaiglon, Anatole de　179
モンテスキュー、ロベール・ド　Montesquieu, Robert de　179
モンドリアン、ピエト　Mondrian, Piet　158

**ヤ行**

山田孝雄　261
山本健吉　261
ユイスマンス、ジョリス・カルル　Huysmans, Joris Karl　163, 179

ユゴー、ヴァランティーヌ　Hugo, Valentine　124
ユゴー、ヴィクトル　Hugo, Victor　18, 29, 153
与謝蕪村　217, 218, 224, 230-248, 250-252, 255

## ラ行

ラム、ウィフレド　Lam, Wifredo　142
ランボー、アルチュール　Rimbaud, Arthur　17, 106, 129, 146, 260
李漁　241
リシュパン　Richepin　163
リルケ、ライナー・マリア　Rilke, Rainer Maria　223, 224, 251
ルヴェルディ、ピエール　Reverdy, Pierre　192
ルソー、ジャン=ジャック　Rousseau, Jean-Jacques　216
ルドン、オディロン　Redon, Odilon　97
ルナール、ジュール　Renard, Jules　218
ルナン、アリ　Renan, Ary　179
ルノワール、オーギュスト　Renoir, Auguste　32
ルボン、ミシェル　Revon, Michel　214
ルモール、ドミニック　Lemor, Dominique　104
レイ、マン　Ray, Man　120
レオナルド・ダ・ヴィンチ　Leonardo da Vinci　203
レガメー、フェリックス　Régamey, Félix　164
レキショ　Réquichot　205
レジェ、フェルナン　Léger, Fernand　122
レリス、ミシェル　Leiris, Michel　259
露月　234
ロシュフォール、アンリ　Rochefort, Henri　163
ロダン、オーギュスト　Rodin, Auguste　139, 223
ロチ、ピエール　Loti, Pierre　162, 165, 166, 173-190, 230, 265
ロートレアモン　Lautréamont, comte de (Isidore Ducasse)　105-107

## ワ行

渡辺セイ（渡辺省亭）　176

# 主な参考文献

（その他の文献・全集及び訳書・画集類等については注を参照のこと）

Adéma, Marcel, *Guillaume Apollinaire, le mal-aimé*, Plon, 1952.

Alcock, Rutherford, *Art and Art industries in Japan*, Ganesha/Synapse, 1999.

Aurier, G. Albert, 《Les isolés-Vincent Van Gogh》, *Mercure de France*, janvier 1890, pp. 24-29.

Barthes, Roland, *L'Empire des signes*, Genève, Albert Skira, 1970.

Barthes, Roland, *L'Obvie et l'obtus*, Seuil, 1982.

Bing, Samuel (éd.), *Le Japon artistique* (mai 1888-avril 1891), documents d'art et d'industrie, Maron et E. Flammarion, revue mensuelle.

Bishop, Michael, *René Char, les dernières années*, Rodopi, 1990.

Blyth, R. H., *HAIKU*, 4 vols, Hokuseido, 1949-1952.

Bonnefoy, Yves, *Entretiens sur la poésie (1972-1990)*, Mercure de France, 1990.

Bonnefoy, Yves, *Poésie, peinture, musique : actes du colloque de Strasbourg réunis par Michèle Finck*, Presses Universitaires de Strasbourg, 1995.

Bonneau, Dr. Georges, *Poésie japonaise et Langues étrangères : Technique et traduction*, 1935.

Braque, George, *Le Jour et la nuit—Cahiers de Georges Braque 1917-1952—*, Gallimard, 1952.

Brassaï, *Conversation avec Picasso*, Gallimard, 1964.

Breton, André/Eluard, Paul, *Dictionnaire abrégé du surréalisme*, José Corti, 1955.

Bruyr, José, 《Le Poète et son musicien》, *Europe*, numéro spécial : Eluard, 1972, pp. 343-348.

Butor, Michel, *Les Mots dans la peinture*, Skira, 1969.

Butor, Michel, *Improvisations sur Henri Michaux*, Fata Morgana, 1985.

Calaferte, Louis, *Haïkaï du Jardin*, Gallimard, 1991.

Campa, Laurence, *L'Esthétique d'Apollinaire*, SEDES, 1996.

Chamberlain, B. H., *The Classical Poetry of the Japanese*, London : Trübner, 1880.

Chamberlain, B. H., *Japanese Poetry, Collected Works of Basil Hall Chamberlain, Major Works 4*, Ganesha/Synapse, 2000(1910).

Char, Marie-Claude, *René Char, Faire du chemin avec...*, Gallimard, 1992.

Charbonnier, Georges, *Entretiens avec Michel Butor*, Gallimard, 1967.

Couchoud, Paul-Louis, *Au fil de l'eau*, 1905 (Terebess Asia Online).

Couchoud, Paul-Louis, *Sages et Poètes d'Asie*, Calmann-Lévy, 1916.

Couchoud, Paul-Louis, *Japanese impressions*, J. Lane, the Bodley Head, 1921.

Décaudin, Michel, *Guillaume Apollinaire*, Séquier/Vagabondages, 1986.

Eluard, Paul, *A Pablo Picasso*, Martin Secker and Warburg, London/Editions des Trois Collines, 1947.

Eluard, Paul, *Voir : poèmes, peintures, dessins*, Editions des Trois collines, 1948.

Eluard, Paul, *Anthologie des écrits sur l'art*, Editions Cercle d'Art, 1952.
Eluard, Paul, *Picasso dessins*, Les Editions Braun, 1952.
Gillot, Françoise, *Pouvoir tout dire*, Editions Raison d'être, 1951.
Gogh, Vincent Van, *The Complete Letters of Vincent Van Gogh*, 3 vols, Graphic Society, 1958.
Goncourt, Edmond et Jules de, *Journal : mémoires de la vie littéraire*, 9 tomes, Flammarion, 1935.
Gonzalez, Sylvie, *Paul, Max et les autres—Paul Eluard et les surréalistes—*, Editions de l'Albaron, 1993.
Guerre, Pierre, *René Char*, Seghers, 1961.
Guimet, Emile, *Promenades japonaises*, dessins par Félix Régamey, G. Charpentier éditeur, 1878.
Jaccottet, Philippe, *Airs, poèmes 1961-1964*, Gallimard, 1967.
Jaccottet, Philippe, 《L'Orient limpide》, *Une transaction secrète*, Gallimard, 1987, pp. 123-131.
Jaccottet, Philippe, *A la lumière d'hiver* précédé de *Leçons* et de *Chants d'en bas* et suivi de *Pensées sous les nuages*, Gallimard, 1994.
Jaccottet, Philippe, Haïku, présentés et transcrits par Jaccottet, dessins d'Anne-Marie Jaccottet, Fata Morgana, 1996.
Jaccottet, Philippe, *Carnets 1995-1998* (*La Semaison III*), Gallimard, 2001.
Jean, Raymond, *Paul Eluard par lui-même*, Seuil, 1968.
Jouffroy, Alain, *Une révolution du regard*, Gallimard, 1964.
Jouffroy, Alain, *Avec Henri Michaux*, Editions du Rocher, 1992.
Kandinsky, W., *Du spirituel dans l'art, et dans la peinture en particulier*, traduit de l'allemand par Nicole Debrand, traduit du russe par Bernadette du Crest, Ed. Denoël, 1989.
Loti, Pierre, *Madame Chrysanthème*, Calmann-Lévy, 1923 (1887).
Loti, Pierre, *Japoneries d'automne*, Calmann-Lévy, 1889.
Loti, Pierre, *La Troisième Jeunesse de Madame Prune*, Calmann-Lévy, 1936 (1905).
Martino, Pierre, *Parnasse et Symbolisme*, A. Colin, 1967.
Mathieu, Jean-Claude, *La Poésie de René Char ou le sel de la splendeur*, José Corti, 1984.
Michaux, Henri, 《Portraits des Meidosems》, *La Vie dans les plis*, Gallimard, 1949, pp. 125-206.
Michaux, Henri, *Mouvements*, Gallimard, 1982 (1951).
Michaux, Henri, *Misérable miracle, la mescaline*, Gallimard, 1972 (1956).
Michaux, Henri, *L'Infini turbulent, Gallimard*, 1994 (1957).
Michaux, Henri, *Paix dans les brisements*, Editions Flinker, 1959.
Michaux, Henri, *Passages* (*1937-1963*), Gallimard, 1963.
Michaux, Henri, *En rêvant à partir de peintures énigmatiques*, Editions Fata Morgana, 1972.
Michaux, Henri, *Emergences-Rémergences*, Albert Skira éditeur, 1972.
Michaux, Henri, *Œuvres choisies*, Genève, Musée d'art et d'histoire, 1993.
Michaux, Henri, *Les Estampes 1948-1984, catalogue raisonné*, Genève, 1997.

Miró, Joan/Eluard, Paul, *A toute épreuve*, George Braziller, Inc., 1984.
Moussinac, Léon, 《Paul Eluard et la peinture》, *Europe*, numéro spécial : Eluard, 1972, pp. 87-93.
Munier, Roger, *Haïku*, avant-propos et texte français de Roger Munier, préface de Yves Bonnefoy, Fayard, 1986.
Parrot, Louis et Marcenac, Jean, *Paul Eluard*, Seghers, 1982.
Patin, Sylvie, *Monet, un œil...mais, bon Dieu, quel œil*, Gallimard, 1991.
Paulhan, Jean, *Braque, le patron*, Gallimard, 1952.
Richard, J.-P., *Poésie et profondeur*, Seuil, 1955.
Richard, J.-P., *Onze études sur la poésie moderne*, Seuil, 1964.
Schwartz, William Leonard, *The Imaginative Interpretation of The Far East in Modern French Literature 1800-1925*, Ancienne Honoré Champion, 1927.
Symons, Arthur, *The Symbolist Movement in Literature*, Constable Company, 1911.
Sérullaz, Maurice, *L'Impressionnisme*, P. U. F., 1961.
Valéry, Paul, *Littérature, Œuvres* 2, Bibliothèque de la Pléiade, Gallimard, 1977, pp. 546-570.
Veyne, Paul, *René Char en ses poèmes*, Gallimard, 1990.
Vocance, Julien, *Le Livre des Haï-kaï*, Société Française d'Editions Littéraires et Techniques, 1937.
Worton, Michael J., 《Courbet, Corot, Char, du tableau au texte》, *Littérature,* oct., 1985, Littérature Idéologies Société, pp. 15-30.
Zayed, G., *La Formation littéraire de Verlaine*, Nizet, 1970.
《Haï-kaïs》, *La Nouvelle Revue Française*, n°84, sept., 1920, pp. 329-345.

阿部良雄『イメージの魅惑』小沢書店、1990。

安東次男『現代詩の展開』思潮社、1969。

安東次男『与謝蕪村』筑摩書房、1970。

安藤元雄・乾昌幸『詩的ディスクール』白鳳社、1993。

飯島耕一『シュルレアリスム詩論』思潮社、1961。

飯島耕一『アポリネール』美術出版社、1966。

池上忠治『フランス美術断章』美術公論社、1980。

磯谷孝「偶然性と言語」『九鬼周造の世界』ミネルヴァ書房、2002、78-114頁。

大岡信「詩人の設計図」『ユリイカ』1958、121-162頁。

大岡信「ハイクと俳句」『俳句とハイク』文体論学会、花神社、1994、15-40頁。

大島清次『ジャポニスム―印象派と浮世絵の周辺―』美術公論社、1980。

大島博光『エリュアール』新日本出版社、1988。

岡谷公二『ピエル・ロティの館』作品社、2000。

岡田利兵衛『蕪村と俳画』八木書店、1997。

岡田隆彦『眼の至福』小沢書店、1985。

河北倫明「東洋とブラック」『アトリエ』311号、1952、3-11頁。

河野元昭『与謝蕪村』新潮社、1996。

川本皓嗣『日本詩歌の伝統―七と五の詩学』岩波書店、1991。

川本皓嗣「比較文学の立場から１」「同２」『ハイクと俳句』花神社、1994、71-76頁、105-111頁。

金子（中根）美都子「俳句とハイカイ」『東洋の詩　西洋の詩』朝日出版社、1960、37-67頁。

金子美都子「ハイク・ハイカイ・エリュアール」『講座比較文学３』東京大学出版会、1974、337-364頁。

窪田般彌「ゴッホとルネ・シャール」『みすず』1990年７月号、７-12頁。

黒江光彦「シャルダンとブラック　物たちへの帰依」『美術手帖』219号、1963、97-102頁。

小海永二「アンリ・ミショーの詩画集—『メートザンたち』と『ムーヴマン』」『アンリ・ミショー全集１』青土社、1987、866-874頁。

小海永二『アンリ・ミショー評伝』国文社、1998。

国府寺司「ファン・ゴッホのジャポニスム—日本美術の影響とユートピアとしての日本—」『ゴッホと日本展カタログ』1992、22-36頁。

後藤新治「ボッチョーニとドローネーの「同時性」論争に関する四つのテクスト」『国際文化論集』西南学院大学紀要、第12巻第１号、1997年９月、35-71頁。

後藤新治「アポリネールの未来派美術批評」『国際文化論集』西南学院大学紀要、第13巻第１号、1998年９月、１-83頁。

後藤末雄『ゴンクールと日本美術』北光書房、1933。

後藤末雄他「外国俳句座談会」『ホトトギス』1937年４月号、181-200頁。

小林太市郎「蕪村の世界」『研究』神戸大学文学会1956、９号、126-170頁。

小林太市郎「詩と象徴」『著作集１』淡交社、1973、237-258頁。

小林太市郎「マラルメの詩論」『著作集２』淡交社、1974、337-374頁。

小松左京・高階秀爾『絵の言葉』講談社、1992。

佐々木承平『芸術新潮　与謝蕪村』2001年２月号、新潮社。

佐々木承平・佐々木正子『蕪村　その二つの旅』朝日新聞社、2001。

佐藤巌『ポール・エリュアール』思潮社、1987。

佐藤和夫『俳句からHAIKUへ』南雲堂、1987。

佐藤和夫『海を越えた俳句』丸善、1991。

篠田浩一郎『バルト　世界の解読』岩波書店、1989。

柴田依子「西洋における蕪村発見」『国文学　蕪村の視界』学燈社、1996年12月号、126-138頁。

柴田依子「俳句と和歌発見の旅、ポール・ルイ・クシューの自筆書簡をめぐって」『比較文学研究』76号、東大比較文学会、2000、78-96頁。

清水孝之『与謝蕪村の鑑賞と批評』明治書院、1983。

清水孝之『蕪村の遠近法』国書刊行会、1991。

嶋岡晨『愛と抵抗の詩人たち—アラゴンとエリュアールの道』第三文明社、1973。

嶋岡晨『愛と自由の讃歌—エリュアールの生涯』飯塚書店、1975。

嶋岡晨『愛・詩・エリュアール』飯塚書店、1988。

瀬木慎一『俳画粋伝』美術公論社、1988。

瀬木慎一『蕪村・画俳二道』美術公論社、1990。

ジャポニスム学会編『ジャポニスム入門』思文閣、2000。

宗左近『美のなかの美』スカイドア、1992。

高階秀爾『芸術空間の系譜』鹿島出版会、1983。

高階秀爾『西欧芸術の精神』青土社、1993。

高階秀爾『想像力と幻想―西欧一九世紀の文学・芸術』青土社、1994。

高階秀爾『日本の美を語る』青土社、2004。

高階秀爾・芳賀徹編『芸術の精神史―蕪村から藤島武二まで共同討議―』淡交社、1976。

滝口修造「ブラックと東洋思想」『美術手帖』33号、1950、4-10頁。

滝口修造『画家の沈黙の部分』みすず書房、1969。

鶴岡善久『アンリ・ミショー、詩と絵画』沖積舎、1984。

土肥美夫『抽象絵画の誕生』白水社、1997。

永田龍太郎『離俗の思想』永田書房、1995。

夏石番矢「フランスへ俳句はどのようにデビューしたか」『俳句文学館紀要』5号、1988、135-157頁。

野村喜和夫「ランボーからシャールへ―予備的なメモ若干―」*L'Arche* 3、1992、45-52頁。

羽生谷貴志「フーコーのシャール」『現代詩手帖』1994年3月号、152-161頁。

芳賀徹『与謝蕪村の小さな世界』中央公論社、1986。

芳賀徹『詩の国　詩人の国』筑摩書房、1997。

芳賀徹『ひびきあう詩心』ＴＢＳブリタニカ、2002。

芳賀徹・早川聞多『水墨画の巨匠　蕪村』講談社、1994。

原子朗・ジャン＝ジャック・オリガス「フランスの場合―フランス現代詩に見られる俳句の影響を中心に―」『俳句とハイク』花神社、1994、112-122頁。

早川聞多『与謝蕪村筆　夜色楼台図　己が人生の表象』平凡社、1994。

平川祐弘『西洋の詩　東洋の詩』河出書房新社、1986。

平川祐弘『和魂洋才の系譜―内と外からの明治日本―』河出書房新社、1987。

平川祐弘編『異文化を生きた人々』中央公論社、1993。

藤文彦『ピエール・ロチ　珍妙さの美学』法政大学出版会、2001。

藤田真一「近代の蕪村・近世の蕪村」『国文学解釈と鑑賞　特集芭蕉・蕪村そして一茶』至文堂、1998年5月号、123-127頁。

藤田真一『蕪村』岩波書店、2000。

藤田真一・清登典子『蕪村全句集』おうふう、2000。

船岡末利編訳『ロチのニッポン日記』有隣堂、1979。

星野慎一『俳句の国際性』博文館新社、1995。

星野慎一・小磯仁『リルケ』清水書院、2001。

星野恒彦『俳句とハイクの世界』早稲田大学出版部、2002。

松尾邦之助「フランス文学に移入された日本の俳句」(その1-11)『雲』雲俳句社、第4-5巻、1956-57。

馬淵明子「ゴッホと日本」『ゴッホ展カタログ』1985、154-177頁。

馬渕明子『ジャポニスム』ブリュッケ、1997。

水田喜一朗「シュルレアリスムの克服―あるいはルネ・シャール論」『詩学』1962年9月号、22-30頁。

水田喜一朗「打手のない槌から激情と神秘へ―シュール・レアリスムとルネ・シャール―」『本の手帖』1968年1月号、51-58頁。

宗像衣子『マラメルの詩学―抒情と抽象をめぐる近現代の芸術家たち―』勁草書房、1999。

村松友次『蕪村の手紙』大修館、1990。

山田孝雄『俳諧文法概論』宝文館出版、1956。

山田智三郎編『日本と西洋―美術における対話―』講談社、1979。

山本健吉『俳句とは何か』角川書店、2004（『山本健吉俳句読本』1993）。

吉本素子「断章形式の誕生―ルネ・シャールの『ムーラン・プルミエ』について―」、『仏文研究』（京都大学仏語仏文研究会）31号、2000、85-101頁。

# 図版リスト

第1部　第2章

図 1a　Apollinaire, 《SP》, *Calligrammes*, 1918.
　　b　アポリネール『カリグラム』「消防隊」
図 2a　Apollinaire, 《Saillant》, *ibid.*
　　b　アポリネール　同「出ばったもの」
図 3a　Apollinaire, 《La petite auto》, *ibid.*
　　b　アポリネール　同「小さな自動車」
図 4a　Apollinaire, 《Visée》, *ibid.*
　　b　アポリネール　同「照準」
図 5　Apollinaire, 《Il pleut》, *ibid.*
図 6　Apollinaire, 《La cravate et la montre》, *ibid.*
図 7　Apollinaire, 《Cœur couronne et miroir》, *ibid.*
図 8　Mallarmé, *Un coup de dés*, 1914 (1897).
図 9　*Ibid.*

第1部　第3章

図 1　ミショー〈アルファベット〉1927
図 2　ミショー〈アルファベット〉1943　32×24 cm　紙にインク
図 3　ミショー〈メードザン〉1948　25×42 cm　リトグラフ
図 4　ミショー〈ムーヴマン〉1951　墨
図 5　ミショー　メスカリン画『みじめな奇蹟』より　1956
図 6　ミショー　メスカリン画『荒れ騒ぐ無限』より　1957
図 7　ミショー　メスカリン画『砕け散るものの中の平和』より　1959
図 8　ミショー　墨　1978　75×108 cm　ル・ポワン・カルディナル画廊
図 9　ミショー　墨　1981　105×75 cm　個人蔵

第2部　第1章

図 1　ピカソ〈エリュアールの肖像〉1936.1.8　25×16.2 cm　紙に黒鉛筆（エリュアール『豊かな目』の口絵）
図 2　ピカソ「大気」（エリュアール）1936
図 3　ピカソ〈ニュッシュ〉1936
図 4　ピカソ〈ゲルニカ〉1937　349×776 cm　カンヴァス　プラド美術館
図 5　ピカソ〈平和の顔〉（ピカソ/エリュアール）1951
図 6　同
図 7　ピカソ『ピカソ・デッサン』（エリュアール）の表紙　1952（1944　青鉛筆）

図 8　エリュアールとピカソ　1948
図 9　マン・レイ「手の中の雲」（『自由な手』）（エリュアール/マン・レイ）　1937
図10　マックス・エルンスト『視覚の内側で』（エリュアール/エルンスト）　1947
図11　エリュアール『見る』（詩画集）1948　マルク・シャガール〈犬と狼の間で〉
図12　同　ホアン・グリス〈散文詩〉
図13　同　フェルナン・レジェ〈多色の風景〉
図14　同　ジョルジュ・ブラック〈ギター奏者〉
図15　同　サルヴァドール・ダリ〈腐敗したロバ〉
図16　ホアン・ミロ『試みに』（ミロ/エリュアール）の表紙　1984
図17　フランソワーズ・ジロー『すべてを語り得る』（エリュアール）の挿絵　1951
図18　ヴァランティーヌ・ユゴー『フェニックス』（エリュアール/ユゴー）の表紙　1951
図19　同　挿絵
図20　同

第2部　第2章
図 1　ゴッホ〈モンマジュールから見たクロー平野〉1888　48×60 cm　葦ペンと黒チョーク　ロンドン　ブリティッシュ・ミュージアム
図 2　ゴッホ〈モンマジュールの岩山〉1888　48×60 cm　ペン・葦ペン・鉛筆　アムステルダム　ゴッホ美術館
図 3　ピカソ展（1973）カタログ（「エテジアンの下のピカソ」はこのカタログの序文）
図 4　カンディンスキー『主のない槌』のための挿絵　1934　ドライ・ポイント
図 5　マチス「鮫と鷗」のための挿絵　1947　デッサン
図 6　ミロ「蛇の健康を祝して」のための挿絵　1954　リトグラフ
図 7　ジャコメッティ『二年間の詩』のための挿絵　1955　エッチング
図 8　ブラック『図書館は燃え上がっている』のための口絵　1956　エッチング
図 9　ザオ・ウー＝キー『庭の仲間たち』のための口絵　1957　版画
図10　ピカソ『フローラの階段』のための挿絵「フローラの庭」（シャール命名）版画　1958
図11　マックス・エルンスト『素早い歯』のための挿絵　1969　リトグラフ
図12　ブローネルによるシャール像
図13　エリュアールからシャールに贈られたカード

第3部　第1章
図 1　ミロ〈蝸牛・女・花・星〉1934　195×172 cm　カンヴァスに油彩　バルセロナ　ホアン・ミロ財団
図 2　ジャスパー・ジョーンズ〈50年祭〉1959　152.4×111.7 cm　カンヴァスに油彩とコラージュ　S.I. ニューハウス（二世）蔵
図 3　ホアン・グリス〈詩のある静物〉
図 4　ゴッホ〈花咲く梅の木〉1887　55×48 cm　油彩　アムステルダム　ゴッホ美術館
図 5　広重〈亀戸梅屋舗〉1857　34×22.5 cm　錦絵　東京国立博物館
図 6　ゴッホ〈雨中の橋〉1887　74.3×54 cm　油彩　アムステルダム　ゴッホ美術館
図 7　広重〈大橋　あたけの夕立〉1857　34×23 cm　錦絵　東京国立博物館

図 8　ゴッホ〈花魁〉1887　105×61 cm　油彩　アムステルダム　ゴッホ美術館
図 9　『パリ・イリュストレ』誌（日本特集号）（英泉〈花魁〉の左右逆写し）1886　アムステルダム　ゴッホ美術館
図10　渓斎英泉〈花魁〉1830-47頃　錦絵　千葉市教育委員会
図11　ゴッホ〈ムスメ〉1888　油彩　74×60 cm　ワシントン　ナショナル・ギャラリー
図12　ゴッホ〈坊さんとしての自画像〉（ゴーギャンに贈った自画像）1888　62×52 cm　油彩　ケンブリッジ（アメリカ）フォッグ美術館
図13　ゴッホ〈黄表紙本（パリの小説本）〉1887　73×93 cm　個人蔵
図14　ゴッホ〈本のある静物〉1886　53×72.5 cm　アムステルダム　ゴッホ美術館
図15　ゴッホ〈静物—画板と玉葱〉1889　50×64 cm　クレーラー＝ミュラー美術館
図16　ゴッホ〈聖書のある静物〉1885　65×78 cm　油彩　アムステルダム　ゴッホ美術館
図17　ゴッホ〈悲しみ〉1882　44.5×27 cm　黒チョーク　ロンドン　ウォルソル美術館

第3部　第3章
図 1　エルテ〈アルファベット〉（F）1976　64.8×47.9 cm　リトグラフ/セリグラフ
図 2　アルチンボルド〈秋〉1573　カンヴァスに油彩
図 3　トゥオンブリ〈ウェルギリウス〉紙に油彩，油性チョーク，鉛筆
図 4　レキショ〈螺旋〉1960　厚紙にインクによるペン書き

第4部　第2章
図 1　蕪村〈奥の細道図〉安永戊戌（7年）1778　巻子装二巻の上巻（部分）32×955 cm　紙本墨画淡彩　京都国立博物館
図 2　蕪村『十宜帖』より〈宜秋〉明和8年　1771　17.9×17.9 cm　紙本墨画淡彩　川端康成記念会
図 3　蕪村〈夜色楼台図〉（部分）28×129.5 cm　紙本墨画淡彩　個人蔵
図 4　蕪村〈万歳図〉28.5×30.6 cm　紙本墨画淡彩　個人蔵
図 5　蕪村　墓碑（京都金福寺）

**著者略歴**

宗像衣子（むなかた・きぬこ）

京都市生まれ

1973年　京都大学文学部文学科仏語仏文学専攻卒業、同大学院文学研究科博士課程単位取得退学。新ソルボンヌ・パリ第III大学文学博士

現　在　神戸松蔭女子学院大学文学部教授

著　作　*Lyrisme et abstraction : Mallarmé, ouverture vers l'art contemporain,* Septentrion, France, 1997.『マラルメの詩学——抒情と抽象をめぐる近現代の芸術家たち——』（勁草書房、1999年）、「宙空のアナグラム・宙空のアラベスク——マラルメの『骰子一擲』序論」（『トランスフォーメーションの記号論』日本記号学会、1990年所収）、「詩のことば——マラルメの抽象性をめぐって——」（『現代詩手帖』思潮社、1992年所収）、「文体と芸術ないし文化の様式——マラルメの詩学——」（『文体論研究』文体論学会、1994年所収）、「マラルメにおけるワーグナー——詩人の夢想、賛美と留保の彼方——」（『ワーグナーヤールブーフ』東京書籍、1996年所収）等


ISBN4-409-04073-1 C3010

ことばとイマージュの交歓《こうかん》
——フランスと日本の詩情

二〇〇五年 六 月一〇日　初版第一刷印刷
二〇〇五年 六 月一五日　初版第一刷発行

著　者　宗像衣子

発行者　渡辺睦久

発行所　人文書院

〒六一二-八四四七
京都市伏見区竹田西内畑町九
電話〇七五・六〇三・一三四四
振替〇一〇〇〇-八-一一〇三

印刷　創栄図書印刷株式会社

製本　坂井製本所

落丁・乱丁本は送料小社負担にてお取替いたします